서로의 등을 바라보며

서로의 등을 바라보며

정홍수
산문집

창비

서로의 등을 바라보며

엘리아스 카네티 Elias Canetti 는 『군중과 권력』바다출판사 2010 에서 인간이 낯선 것을 접촉하는 것에 본능적인 혐오와 공포를 가지고 있다고 말한다. 인간이 주변 공간에 거리를 두려는 것은 접촉 공포 때문이라는 것인데, 우리가 평소 전철이나 버스 안에서 어떻게 행동하는지 돌아보면 얼마큼 수긍이 가는 이야기다. 그런데 인간이 접촉 공포로부터 해방되는 유일한 경우는 군중 속에 있을 때다. 군중 속에 놓이는 순간 인간은 서로 몸이 닿는 것을 두려워하지 않게 된다.

카네티는 그 이유를 평등의 느낌에서 찾는다. 접촉 공포는 타자와 구별되고 차이를 유지하려는 노력의 이면이기도 한데, 여기에서 오는 피로감 또한 만만치 않다는 것이다. 간격의 고수는 자유의 제한이기도 하다. 군중 안에 있을 때 그러한 구별과 차이는 일시적으로 지워지며 해방감이 온다. 민 자가 곧 밀린 자이며, 밀린 자가 곧 민 자인 것처럼 느끼게 된다. 아무도 남보다 위대할 것도 나을 것도 없는 축복의 순간을 맛보기 위해 인간은 군중을 형성한다는 것이다.

카네티의 '접촉 공포'라는 말을 떠올리게 된 것은 최근에 인상적으로 읽은 시 한편 때문이다. 백무산 시인의 「무게」『이렇게 한심한 시절의 아침에』, 창비 2020라는 시인데, 시내버스에서 누구나 경험했을 법한 일로부터 시인은 뜻밖의 느낌과 마음이 피어나는 과정을 지켜본다. 시의 화자는 시내버스에 앉아 졸고 있다. 퇴근길 만원버스인 듯하다. 의자에 바투 붙어 서 있는 다른 승객 또한 선 채로 피곤에 겨워 졸고 있었던 모양이다. 차가 갑자기 기우뚱 쏠리자 "서서 졸던 / 살찐 사람의 무게가 사정없이 내 가슴을 밀어붙인다". 이럴 경우 대개는 짜증이 일기 쉬운데, 어찌 된 일인지 생각지도 못했던 느낌이 피어오른다. "그 당황한 무게의 여운이 얼룩처럼 / 몸에 남는다 연민처럼 번진다". 여기서 핵심은 '당황한 무게의 여운'일 것이다. 사실은 그렇게 몸이 쏠려 자신도 모르게 남의 가슴에 몸을 밀착하게 된 이에게 무슨 잘못이 있는 것은 아니다. 만원버스의 어찌지 못하는 상황 탓일 뿐이다. 그러나 그이의 무안함과 미안함은 또 그것대로 자연스러운 마음의 움직임일 수밖에 없다. 아마도 사과의 말과 행동이 오갔으리라. '당황한 무게의 여운'은 이러한 정황을 간결하면서도 정확하게 포착해 보여주는 시인의 언어다.

그런데 여기서 '당황한'이라는 마음의 움직임에 멈추고 만다면, 그래서 이어지는 '무게'의 함의를 곱씹어보지 못한다면 우리의 시 읽기는 충분치 못하리라. 얼룩처럼 남아 있는 '무게'는 불쾌할 수도 있는 육체적 접촉의 느낌이 아니더라도 통상 덜어내고 싶은 부정적인 무엇이 아닐 수 없다. 그런데 당황스러움과 무안함의 느낌 안에서 감지된 '무게'가 그이가 짊어지고 있는 하루 치의 피곤, 혹은 삶의 짐으로부터 번져온 것이라면? '연민처럼 번진다'는 것은 바로 그 느낌을 말한다. 그러니 만원버스 안의 피곤이 빚어내어 시의 화자에게 당도한 '무게'는 졸며 앉아 있던 '나'와 서서 졸고 있던 '그이'를 연결해주는 공통의 무엇이기도 하다. 두 사람은 그렇게 잠시 나누었던 무게 안에서 이상한 방식으로 함께 이어져 있다고도 할 수 있다. 무게라는 연대감으로 말이다. 어쩌면 우리는 사회적 구호 차원의 '연대'의 이야기를 쏟아내는 한편으로 몸에 실리고 몸으로 나누는 무게의 실감을 망각해왔는지도 모른다.

사정이 이렇다면, 우리는 시인이 다음 연에서 "모든 절박한 것은 무게다 / 슬픔의 모든 것은 무게에서 배어나온다 / 견디기만 해왔던 무게 / 들어내려고만 해왔던 그 무게에서"라며 무게의 방향을 전혀 다른 쪽으로 전환하는 것에 기꺼이 동참하게 된다. 벗어버리고 싶은 짐짝으로, 우리를 붙들어 매는 중력으로, 그리하여 늘 허덕이게 해온 그 무게가 나만의 것이 아니었다는 깨달음은 그렇게 온다. 이 깨달음은 놀랍도록 생생하다. 여기에는 규범적 차원에서 미리 마련된 생각과 느낌의 울타리가 없다. 일상의 우연찮고 피곤한 작은 사건이 만들어낸 즉각적인 감각의 이야기에서 피어난 예상치 못한 경이가 있을 뿐이다.

이제 시의 화자에게 무게는 '쾌활하고' '긍정적인' 무엇이 된다. "그런데 이렇게 쾌활한 무게라니 / 묵직하게 실리는 무게의 실감이여 / 긍정적인 무게라니 / 나를 덜어내는 무게라니". 이때 '덜어냄'은 '나'에게 일어나는 일이되, 아마도 자신도 모르게 '나'에게 기댈 수밖에 없었던 버스 안의 누군가와 함께하는, 그 당황과 절박함을 생각하는 가운데 일어나는 일이 될 것이다. 코로나의 시절을 지나며 한층 과도해질 가능성이 높은 서로의 짐과 무게를 느끼고 헤아리는 마음의 온축을 생각해보게 된다. 퇴근길에는 서로의 등이 더 많이 보인다.

대만 감독 에드워드 양의 영화 「하나 그리고 둘」2000에서 집안의 막내인 초등학생 양양은 카메라로 사람들의 뒷모습을 열심히 찍는다. 아이는 그렇게 찍은 사진을 곤경에 빠진 삼촌에게 건네며 말한다. "삼촌은 삼촌의 뒷모습을 못 보잖아요. 그래서 내가 도와주려고요." 우리는 아이의 맑고 천진한 마음을 통해 예사롭게 지나치던 진실과 맞닥뜨린다. 영화가 감동적으로 환기하는 '우리의 뒷모습'은 우리의 앎이 온전하기 힘들다는 사실에 대한 지시와 은유로도 은근하지만, 영화를 다 보고 나면 '이(一) 이(一)'라는 영화의 원제에 대한 생각으로도 우리를 이끈다. 우리는 나눌 수 없는 '하나(一)'로 존재하는 것 같지만, 그 하나와 하나가 모인 '둘(二)'에 우리가 살아가는 방식과 살아가는 이유의 더 끈덕지고 소중한 차원이 있는 듯하다.* 사회나 관계, 연대 등의 큰 언어로 말해버리고 말기에는 그 '둘'의 이야기는 너무 사소하고 때로 너무 번잡하기도 하다. 자주 문학이나 영화의 이야기에 몸을 기울이게 되는 것도 그래서일 것이다. 그러니까 당위의 목소리로 할 이야기는 아닌 셈이다. 만원버스 안에서 일어나는 '무게'의 놀라운 전환도 '밀어붙이는 무게'의 이상한 당혹을 제대로 겪고 나서야 오지 않던가. 산문집 제목을 '서로의 등을 바라보며'로 붙인 소이다.

이번 산문집에 묶인 글들도 주로는 신문에 칼럼 형식으로 발표된 것들이다. 간혹 글의 온도가 상승했다면, 지면이 주는

* '이 이'는 중국어로 '하나하나', 즉 '각각'이라는 의미로, 이 영화에 나오는 가족구성원들이 인생의 각 단계를 대표하는 인물이라는 해석도 가능하다. 허문영 『세속적 영화, 세속적 비평』, 강 2010, 242면 참조.

공적인 부담도 이유가 되었을 것이다. 그 부담이 꼭 부정적으로만 작용한 것은 아니었다 싶은 게, '서로의 등'처럼 평소라면 잘 가닿지 않는 곳까지 내 생각과 느낌을 확장해보는 계기가 되기도 했기 때문이다. 영화에 대한 세편의 에세이를 함께 수록했는데, 세 감독의 영화는 내게는 언제든 따라가보고 싶은 마음의 길을 열어준다. 첫 산문집에 이어 이번 두번째 산문집도 창비에 큰 신세를 졌다. 깊이 감사드린다. 부족한 원고를 섬세하게 편집해준 창비 문학팀 이진혁 씨에게도 고마움을 전한다.

2023년 여름
정홍수

차례

제2부

제3부

제4부

제5부

어둑새벽의 빛

글을 쓰는 시간이 내 일상의 한 부분이 되리라고는 생각지 못했다. 우리 세대의 독서 경험이 대개 그렇듯, 나도 중고등학교 때 삼중당문고나 동서그레이트북스의 세계문학 작품들을 읽으며 문학이라는 세상과 만났다. 고등학교 때는 독일어 선생님이 수업 중 지나가듯 흘린 문예지 이야기가 머릿속을 맴돌았고, 그 무렵부터 도서관 정기간행물실에서 문예지를 찾아 읽는 습관이 추가되었다. 가끔 돈이 생기면 서점으로 달려가 갓 나온 문예지를 구입하기도 했다. 문학을 좋아하게 되었고, 거기서 무언가를 찾을 수 있겠다는 희미한 생각이 일어나기도 했으나 나 자신이 작가가 되어 글을 쓴다는 생각은 해보지 못했다. 그러기에 작가들의 세상은 너무 높고 먼 곳에 있었다. 대학에 입학하고 얼마 되지 않았을 때 혼자 좋아하던 선배의 소설 작품이 『대학신문』에 실린 걸 보고 충격을 받은 기억이 난다. 작가는 '저 너머'의 사람이지 나와 비슷한 세상 속의 누군가일 수는 없었다. 어쩌면 한편의 작품을 완성하는 일이 너무 대단해 보였는지도 모르겠다. 그러나 선배의 작품은 충격과 함께 자극도 주었던 것 같다. 원고지를 사서 처음으로 소설이라는 걸 써보려고 끙끙댔다. 혼자서야 꽤 읽었다고 착각하고 있었지만, 사실 얼마 되지 않는 얄팍한 독서 이력에다 글쓰기에 대해서는 아무런 준비나 공부도 없는 마당이었다. 그때 60매 정도 분량으로 썼던 원고지 뭉치는 대학을 졸업한 뒤에도 한동안 버리지 못했는데, 습작의 모양새도 못 갖춘 그 원고를 가끔은 들여다보았다면 그건 떨치지 못한 자기연민 같은 것 때문이었으리라.

제대로 된 노력도 하지 않았고, 또 그만큼의 열정도 없었지만 그때의 치기 어린 시간으로부터 얻은 게 전혀 없는 것은 아니었다. 무언가를 창조할 능력, 창작의 재능이 내게는 없다는 빠른 포기가(해본 것도 없으니 포기라고 할 수도 없지만) 소득이라면 소득이었다. 그러나 문학에 대한 생각이 머리를 떠난 것은 아니었다. 내 대학 시절은 이른바 '운동'의 시대였다. 한두번의 시위 참가가 문제가 아니었고, '운동'의 무게는 내 미숙한 젊음의 시간을 무겁게 짓눌렀다. 그럴 때마다 문학 작

품 속의 언어로 만든 다른 세상이 내게는 도피처였다. 지금 생
각해보면 어떻게 그런 식의 시간이 가능했을까 싶게 겨우 학
적만 유지한 채 이어지던 얼치기 운동권의 대학생활은 군 입
대와 복학을 경계로 삶의 자존감을 잃고 막막한 불안에 시달
리는 고립 속으로 던져졌다. 그사이 부친이 세상을 떠나고 부
산에 홀로 있던 모친이 서울로 올라와 두 식구의 단칸방 서울
생활이 본격적으로 시작되기도 했다. 복학한 학교에서도 도
서관 정기간행물실 말고는 딱히 갈 만한 곳이 없었지만, 휴일
이나 방학 때 시간이 나면 집에서 그리 멀지 않던 정독도서관
을 찾았다. 정독도서관에서는 박경리의 『토지』를 한권씩 대출
해서 읽기도 했지만, 주로는 정기간행물실에서 문예지를 읽
었던 것 같다. 중간에 우동을 파는 도서관 구내식당에서 도시
락을 먹고 벤치에 앉아 담배 몇대를 피우고 나면 하루해는 금
방 저물었다. 문예지 독서도 발표되는 소설, 시 작품 읽기에서
조금씩 문학비평을 읽는 쪽으로 범위가 넓어지고 있었다. 문
학비평의 언어를 좋아하게 된 것도 이 무렵이 아니었나 한다.
은사인 김윤식 선생의 영향이 제일 컸겠지만, 백낙청 김현 김
우창 유종호 선생의 글은 문학 작품이 주는 울림과는 다른 방
식으로, 문학을 말하고 문학에 대해 쓰는 비평이 인간과 세계
를 전면적으로 성찰하는 힘을 가지고 있다는 것을 알려주었
다. 비평의 문체가 문학 언어의 매력적인 존재 방식이란 것도

조금은 눈치챌 수 있었다. 물론 그것은 내가 넘볼 수 없는 고
도의 지성의 세계였고, 비평을 써보리라는 생각 따위는 감히
품어보지도 못했다. 나는 언젠가 어느 글에서 서울에서 대학
을 다닌 80년대를 돌아보고 싶지 않은 시간으로 기술한 적이
있다.

> 삶의 궤도가 툭툭 끊어지고, 뭉턱뭉턱 돌아보고 싶지 않은
> 시간의 공동(空洞)이 생겨버릴 때 사람들은 행복의 느낌을 가
> 질 수 없다. 내 경우 서울에서 대학을 다닌 80년대가 그러했다.
> 사실 이상의 심리적 과장이 많이 개입했겠지만, 그 시절 곳곳
> 은 꼭 불에 덴 흉터처럼 남았고 어느 날 고개를 들어보니 이제
> 할 일은 이 도시에서 살아남는 것뿐이었다. 무언가가 사라졌
> 다. 그러면서 삶을 돌아보는 게 너무 쓰라린 일이 되어버렸다.
> 그 와중에도 과거로부터 흘러온 시간은 나에게 머물렀다 쌓이
> 고 다시 어떻게든 흘러가고 있었겠지만, 마음은 그 흐름에서
> 너무 멀어져 있었고, 삶은 서걱이는 모래알처럼 되어 있었다.
> (…) 문학을 '하고' 싶다는 막연한 생각만이 무너지기 직전의
> 나를 지탱해주고 있었다. 문학을 '하다'니? 도대체 문학이 무
> 엇이기에?

> ──「문학의 가난을 생각하며」 부분,
> 졸저 『흔들리는 사이 언뜻 보이는 푸른빛』, 문학동네 2014

졸업을 앞둔 가을학기에 어찌어찌 출판사에 취직이 됐고, 이후 간헐적 실업 기간을 포함해서 삼십오년을 출판 밥을 먹고 살고 있다. 여러 출판사를 떠돌았는데 대개는 문학 전문 출판사였고, 지금 근 이십년째 맡아 하고 있는 강출판사는 1995년 백수 시절 대학 선배가 출판사를 차릴 때 처음 합류한 곳이기도 하다. 서교동에 사무실을 마련한 뒤 본격적으로 책이 나올 때까지 한동안은 시간 여유가 있는 편이어서, 지금은 세상에 없는 소설가 김소진에 대한 글을 한편 써서 문예지 공모에 냈고 얼떨결에 '등단'이라는 걸 했다. 그러기는 해도 '문학평론가'라는 자의식은 내게 있을 수 없었고, 아주 가끔 들어오는 원고 청탁도 버겁기만 했다. 몇번의 계기가 있었던 것 같다. 1999년 문학동네에서 일할 때였는데, 김정환 시인이 『작가』의 계간평 지면을 1년간 맡아서 써보라는 고마운 제안을 했다. 글을 쓸 시간이나 공간이 마땅치 않아서 편집자들이 퇴근한 텅 빈 출판사 사무실에 앉아서 글을 썼다. 마감이 닥치면 가끔 밤을 새우기도 했다. 문학동네는 그 무렵에도 한국문학 출판을 왕성하게 하고 있었고, 소설집 해설 원고를 쓸 기회가 몇차례 주어졌다. 일산에서 첫 전철을 탔다. 안국동에서 내려 버스로 갈아타고 동소문동 출판사 문을 열면 책들만 어지럽게 쌓여 있을 뿐 편집부 공간에는 아무도 없었다. 한두시간

글과 씨름하고 있으면 사람들이 출근하는 소리가 들렸다. 그러니까 처음부터 출판사 편집부 사무실이 일터이자 내 글쓰기의 공간이었던 셈이다. 2003년 안국동 수운회관 건물에서 강출판사를 혼자 맡아 하고 있을 때였는데, 놀랍게도 『문학사상』에서 월평을 써보지 않겠느냐는 제안을 했다. 계간평도 마찬가지지만 기실 월평이야말로 '대가'만이 할 수 있는 영역임은 김윤식 선생이 몸소 보여준 바이기도 하다(우선 매달 쏟아져 나오는 작품들을 계속 읽고, 그 흐름을 숙지하지 않으면 월평은 쓸 수 없다. 게다가 그 작품들은 세상에 나온 '처음'의 상태로 평자와 만난다). 나는 아무 생각이 없었던 셈이다. 1년쯤인가, 정신없이 돌아오는 마감을 넘기고 나니 글을 쓴다는 것, 비평을 한다는 것이 조금은 나의 삶의 일부로 다가오기 시작했던 것 같다. 그렇게 두 권의 평론집과 한 권의 산문집을 냈고, 이제는 가끔 문학평론을 한다는 소리가 내 입에서도 나올 지경이 됐다(물론 여전히 '문학평론가'라는 자의식은 희미하고, 떨치려고 한다). 경제적인 이유가 크지만, 가급적 원고 청탁은 거절하지 않으려 하고 원고의 질과 무관하게 원고 마감은 지키려고 하는 편이다. 매번 마지막 청탁이 아닐까 싶은데, 또 잊을 만하면 원고 청탁이 온다. 내 글의 쓰임이 있다는 게 고맙기도 하고 두렵기도 하다. 지금 운영하는 강출판사에서는 주로 문학책을 내는데, 내가 작품 해설을 써야만 하는 경우도 있다. 어쩌다 보니 영화 쪽 글도 쓰게 되었고, 요 몇년은 거의 쉴 틈 없이 써온 것도 같다. 어쭙잖지만 글을 쓸 시간과 리듬을 찾는 시도를 여러모로 해보게 된 것도 그래서일 테다.

어릴 적 우리 집의 아침은 유달리 일찍 시작되었던 것 같다. 단칸방 생활을 오래 했는데 선친의 기침 시간이 일러서 늦잠이라는 걸 자본 기억이 없다. 선친이 시켜서 추운 겨울의 어둑새벽에 동네를 한바퀴 뛰는 아침 운동을 하기도 했다. 중학교는 학교가 먼 곳으로 배정되어 그럴 수 없었지만, 초등학교와 고등학교 때는 거의 내가 교실 문을 처음 열었다. 당시는 괴롭기도 했지만, 지금 돌아보면 선친이 내게 준, 그다지 줄어들 기미가 없는 든든한 생활의 유산이라는 생각도 든다. 술을 꽤 좋아하는 편인데도 아침에 일찍 눈을 뜨는 습관은 버리지도 바꾸지도 못했다. 첫 직장이 종로 관철동에 있던 민음사였는데, 편집부 아래층은 영업부와 창고가 같이 있었다. 일찍 출근하면 아무도 없는 창고에서 누렇게 변해가는 오래전 책들을 구경하는 재미가 쏠쏠했다. 『박상륭 소설집』, 이제하 소설집 『초식』, 조해일 소설집 『아메리카』, 강은교 산문집 『추억제』 같은 책들을 거기서 처음 보았다. 일간지의 문학 기사를 스크랩하기도 했다. 한국일보 김훈 기자의 '문학기행'은 말 그대로 '작품'이었다. 쌓여 있는 게 각종 문예지여서 발표되는 작품이나 비평을 읽기에도 그만한 시간이 없었다. 학교 때도 그랬지만 내게는 조금 일찍 시작하는 아침이 무언가를 해볼 수 있는 시간이었던 셈이다.

작년 여름에 스마트워치가 하나 생겼다. 신기할 정도로 기능이 많았는데, 내게는 '만보기' 용도가 제격이었다. 목표 걸음 수를 정해놓으니, 그걸 달성하는 재미가 있었다. 전날 술이 과해서 아침에 걷지 못하면 점심시간에 채웠다. 한때는 달리기로 버텼다. 무릎을 다치면서 점심 먹고 사무실에서 가까운 한강변을 주로 걸었다. 이런저런 일로 마음이 바빠지면서 걷는 반경이 조금씩 줄어들었다. 사무실 주변 동네 한바퀴로 그칠 때가 많았다. 그러던 것이 스마트워치와 함께한 새벽 걷기가 이어지자 몸 상태가 좋아지는 느낌이었다. 씻고 아파트 베란다에서 커피 한잔을 마시며 담배 한대를 피우는 시간이 달았다. 책상 앞에 앉으면 조금 집중이 되고, 글이 써졌다. 아침 시간의 글쓰기로 생활 리듬을 맞춘 지는 꽤 되었지만, 새벽 공기를 쐬고 난 몸은 훨씬 가벼웠다. 경의중앙선은 문산이 종점인데 9시 43분 전철은 일산역에서 출발한다. 시간에 맞춰 나가면 앉아서 갈 수 있다. 집에서 노트북을 덮고 역으로 걸어 나오다보면 쓰고 있는 글도 따라 나온다. 승객이 몇 없는 전철 간에서 노트북을 열고 이어서 써본다(지금 이 대목을 전철에 앉아 쓰고 있다). 잘 써지면 원고지 한두매, 그렇지 않을 때는 한두 문장에 그칠 때도 있지만 짭짤하다. 홍대입구역에서 사무실까지 15분쯤 걸린다. 운이 좋으면 사무실까지 글이 따라오기도 한다. 혼자서는 '티끌 모아 태산(?) 작전'이라고 불러보기도 한다. 티끌이 조금 쌓이면 주말에 조금 길게 붙들고 앉아 있곤 한다.

　김윤식 선생님은 글은 엉덩이로 쓰는 거라고 하셨다. "하루 70매를 쓸 때는 사흘을 앓았고, 하루 3매밖에 쓰지 못할 때도 사흘을 앓았소. 이렇게 해서 20매 분량이 나의 리듬 감각이라는 것을 알았지요." 군대 가기 전까지 나의 대학생활은 학교 밖에서 보내는 시간이 더 많았다. 일요일이면 부평역으로 나가서 서점을 찾았다. 문예지를 펼치면 거기 김윤식 선생님의 글이 있었다. 그 글들은 당시 나의 시간과 너무 먼 곳에 있었지만, 또 아주 가까운 곳에 있었다. 주인의 눈치를 보며 한참을 서점에 있다가 나오면 바깥의 풍경이 낯설었다. 문학을 하고 싶었다. 여전히 나는 그 길 위에, 그 갈망 속에 있지만, 그때로부터도 멀리 왔다. 걷는 수밖에 없을 것이다. 있다면 길은 거기 있을 테고, 혹 어딘가에서 새벽의 빛이 반짝일지도 모른다.

제1부

마음의 가난, 문학의 가난

어쭙잖게 두번째 평론집을 묶어보려고 할 때였다. 제목을 붙여야겠는데 마땅히 떠오르는 게 없었다. 출간 자체가 부담인 책이라 편집부 쪽에 고민을 나누자고 할 형편도 안 되었다. 작품들에 기대어 문학에 대한 이런저런 질문과 고민을 토로해본 글들이었는데 들여다볼수록 어수선하고 염치없기만 한 터였다. 그렇다고 해서 어수선한 대로 글들의 바닥에 놓인 마음의 흐름이 전혀 없기만 한 것은 아니다 싶었고, 그 희미한 흐름을 되새기며 떠올려본 단어가 '가난'이었다. 그러니 '문학의 가난'쯤이 내가 처음 생각해본 제목이었다.

문학의 가난이라니? 그렇지 않아도 냉소와 적의에 둘러싸인 한국문학의 현장 아닌가. 한국문학의 과실을 온당히 평가

하는 가운데 적절하게 기운을 부추겨도 모자랄 형국에 '가난 운운'의 힘 빠지는 제목이라니. 나름의 뜻이야 없지 않겠으나 '가난'이라는 단어가 주는 부정적인 뉘앙스가 걸림돌이었고 주변의 반응도 신통치 않았다. "가난이야 한낱 남루에 지나지 않는다/저 눈부신 햇빛 속에 갈매빛의 등성이를 드러내놓고 서 있는/여름 산 같은/우리들의 타고난 살결, 타고난 마음씨까지야 다 가릴 수 있으랴"^{서정주 「무등을 보며」}고 노래한 한 시인의 절창도 단순히 정신승리법 운운으로 희화화되고 있는 마당 아닌가. 서둘러 안을 접을 수밖에 없었다.

대학 입학한 첫 학기였을 것이다. 아는 이도 별로 없고 해서 대학 생활을 어떻게 꾸려야 하는지 막막하기만 할 때였다. 부산에 계신 부모님에게서 우편환이 오면 학교 우체국에 가서 돈을 찾는데 괴롭기 그지없었다. 어쨌든 기숙사비를 내고 책이라도 사보려면 당장은 달리 방법이 없었다. 얼마 전 대학 성적표를 떼야 할 일이 있었는데 1학기 성적이 그나마 좋았다. 그 시절 얼마나 긴장하고 겁을 먹고 있었던 것일까. 그때의 절박함을 달리 표현해본다면 마음의 가난 같은 것은 아니었을까. 사복형사들이 학교 곳곳에 진주해 있던 시절이었다. 조용한 캠퍼스 어딘가에서 갑자기 핸드마이크의 사이렌 소리가 울리고 구호가 들리면 곧장 사복들의 무참한 진압과 폭력이 이어졌고, 그렇게 끌려가는 학생들을 보면 세상이 온통 낯설고 견딜 수 없었다. 서울로 올라올 때 가져온 책들이 있었다. 삼중당문고와 동서그레이트북스의 세계문학 작품들. 도스토예프스키, 카프카, 토마스 만이 있었던 것 같다. 강의가 끝나면 도서관에 가서 그 책들을 읽었다. 책을 접는 게 싫어 읽은 페이지를 책 뒤의 백지에 숫자로 적으며 읽어나갔다. 달리 길이 보이지 않았다. 정기간행물실이나 개가열람실에 가면 문예지가 있었고 한국소설도 많았다. 밤늦게 도서관을 나오면 가로등의 흰 불빛만이 적요한 캠퍼스를 지키고 있었다. 한낮의 폭력적인 진압과 연행은 다음 날 신문 사회면 한구석에 두 줄 정도의 기사로 처리될 것이었다.

가끔 그 시절 도서관에서 나와 걷던 교정의 밤길이 생각난다. 온통 갈구하는 마음 같은 것. 거기 그 책들에 답이 있을 리 없었다. 그럼에도 조금씩 채워지고, 형성될 수 있을 것 같다는 기대는 있었던 것 같다. 마음은 한없이 가난했지만 남루하지 않았다. 인간을 깊이 알고 싶었고 세상의 이치에 가닿고 싶었다. 지금 생각해보면 어떻게 그럴 수 있었나 싶게 그때 읽었던 구절구절들은 종이 위에 꾹 눌러진 납활자처럼 마음에 각인되었던 것 같다. 아니, 그렇게 믿었다. 물론 지금 나는 그 구절들의 행방을 모르고, 자취를 모른다. 언젠가부터 책은, 문학은 생활의 건조한 필요 안으로 들어와버렸고 막막하고 절박한 질문 같은 것은 사라져버렸다. 생각해보면 그 시절 내가 문학에 투사했던 것은 어떤 시대에 만들어진 '문학'이라는 관념이었을 테고, 그 관념의 실질은 약간의 인문적 교양에 불과했을 것이다. 그럼에도 그립다. 그렇게 밤을 새워 책을 읽고 부옇게 밝아오던 새벽을 맞던 시간이. 문학의 가난과 마음의 가난이 서로를 애타게 찾던 시간이. 『카라마조프가의 형제들』의 마지막 대목이었던가. 우리가 이곳에서 아름답고 선량한 감정으로 한 시절을 보냈던 걸 잊지 말자고 했던게.

있는 그대로 이야기한다는 것

    김종철 선생님은 환하게 웃고 계셨다. 절을 올린 뒤, 차려주신 밥을 한그릇 잘 먹고 돌아와서 이 글을 쓴다. 작년 봄에 책을 한권 보내주셨다.『대지의 상상력: 삶-생명의 옹호자들에 관한 에세이』녹색평론사 2019. 꽤 긴 분량의 '책머리에'에서 선생은 영문학자·문학평론가로 활동하던 시절의 소산인 이 책이『녹색평론』탄생의 정신적 전사로 읽히기를 소망한다는 뜻을 특유의 정연하고 담백한 문체로 이야기하고 있다. 윌리엄 블레이크, 리처드 라이트, 프란츠 파농 등 책에서 다루는 일곱 작가는 선생에 따르면 "근대의 어둠에 맞서 '삶-생명'을 근원적으로 옹호하는 일에 일생을 바친 사람들"15면 인데, 내게 특히 인상 깊게 다가온 것은 흔히 난해하다고 알려진 영국 시인

윌리엄 블레이크 편이었다. 선생은 '책머리에'에서 대학 때 우연히 집어 든 블레이크의 시집 한권이 가져다준 놀라운 충격과 이후 그이의 문학에 빠져들면서 한국 사람이 영문학을 한다는 자괴로부터 얼마간 빠져나오게 된 경위를 술회하고 있지만, 그 오랜 공부와 감동의 온축을 보여주듯 민중적 세계관과 상상력에 단단히 뿌리박은 윌리엄 블레이크의 해방적이고 혁명적인 시세계에 대한 전체적인 조망이 깊이를 덜어내는 바 없이 너무도 명료하고 풍부하게 전개되고 있었다. 나 같은 문외한에게는 접근조차 힘들 것 같던 윌리엄 블레이크로 들어가는 문 하나가 그냥 쉽게 열려버린 기분이었다.

그러나 블레이크 편이 더 인상적이었던 것은, 블레이크의 시적 도정을 서술하는 선생의 글이 자신이 감동받은 시인에게서 삶과 사유의 실천적 이정표와 지향을 얻겠다는 마음을 글의 행간에 차곡차곡 채워놓고 있었기 때문이었던 것도 같다. 시인을 '시대의 예언자'로 부르는 오래된 수사학은 상당히 낡은 느낌을 주는 것도 사실이지만, 블레이크에게는 아주 온당한 호칭이었던 듯하다. 블레이크에게 '예언자'는 "있는 그대로 정직하게 말하는 사람"[47면]이다. 이어서 선생은 쓴다. "있는 그대로 이야기한다는 것은 누구에게나 가능한 일이 아니다. '예언'은 자신이나 남들에게 속임수를 쓸 것이 없는 사람들의 눈에 비친 삶과 역사의 진실을 말하는 것이기 때문이다. 그러므로 민중적 삶의 진실에 확고한 뿌리를 내리고 있는 인간에게만 그 예언은 가능하다고 할 수 있다.”^{같은 면} 우리는 1991년 『녹색평론』을 창간하면서 근대 산업문명에 대한 근원적 비판과 함께 삶의 전면적인 위기를 선언한 선생의 외로운 외침과 이후의 묵묵한 실행이 ‘예언’에 값하는 것이었음을 안다.

그런데 ‘있는 그대로 정직하게 말하는 사람’이 된다는 것은 얼마나 어려운가. 정직하겠다고 다짐한다 해서 우리가 있는 그대로 말할 수 있는 것은 아니다. 이데올로기적 제약과 왜곡 없는 공평무사한 인식의 추구가 쉽지 않다는 것은 많이 알려진 사실이다. 사유의 훈련을 통해 어느 정도까지는 객관적이고 타당한 인식에 이를 수 있다 하더라도, 동의의 영역이 적거나 거의 보이지 않는 갈등의 사안에서 우리의 판단은 결국 어떤 입장의 선택으로 향할 수밖에 없다. 김종철 선생이 블레이크에 기대어 우리에게 말하고자 한 ‘정직한 인식’의 용기와 가능성 또한 보편적이고 해방적인 인간 역사의 실현이라는 하나의 이데올로기적 선택일 수 있다. 그러나 이데올로기가 불가피하게 추상적인 언어로 표현될 수밖에 없다면, 시는 구체성과 감각적 충실성을 보존하면서 인간 진실의 보편성을 향한 인식론적 경합의 장에 참여한다. “자신이나 남들에게 속임수를 쓸 것이 없는 사람들의 눈에 비친 삶과 역사의 진실”^{같은 면}은 이데올로기의 언어가 아니라 시의 언어다. “새장에 갇힌 한 마리 로빈 새는/온 하늘을 분노로 떨게 한다./주인집 대문 앞에 굶주려 쓰러진 한 마리 개는/제국의 멸망을 예고 한다."『대지의 상상력』, 14면 재인용 선생이 대학 때 우연히 집어 든 고 풍스러운 시집에서 발견하고 충격을 받았다는 블레이크 시의 한 대목이다. 선생의 사상적 전모를 잘은 모르지만, 일찌감치 근대 산업문명에 기반한 발전사관으로서의 맑시즘의 한계를 꿰뚫고 욕망의 절제와 생명 존중에 기반한 생태 사상의 구체 적 의제를 끊임없이 한국사회에 제출했던 용기와 자유의 뿌 리 하나를 이 어름에서 짐작해본다. 생각해보면 이 지면『한겨레』 칼럼에 어쭙잖은 글을 쓰면서 가장 힘들었던 일이 나에게는 세 상을 바라보는 나의 입장과 언어가 있는가 하는 자문이었다. 날선 목소리의 회피를, 나 자신을 조금은 덜 속이는 일이라는 생각으로 버텼던 지점도 없지 않았다. 그러나 어떻게 해도 내 가 나 자신에게 썼던 속임수는 남는다.

두겹의 시간

　황석영의 장편 『철도원 삼대』창비 2020 의 주인공은 발전소 공
장 45미터 높이의 굴뚝에서 기약 없는 복직투쟁에 나선 50대
의 중공업 노동자 이진오다. 긴 소설은 이진오가 쭈그리고 앉
아 용변을 보는 모습으로 시작한다. "발가락들은 운동화 안에
서 독수리의 발처럼 잔뜩 오그리고 있을 것이다."7면 어렵사리
노사 합의에 이르러 410일 만에 굴뚝에서 내려오기까지(그러
나 합의는 지켜지지 않는다), 이진오는 둘러 걸으면 이십보쯤
될 허공의 콘크리트 바닥에서 꿈꾸듯 그 자신의 4대에 걸친
가족사이자 한국 근현대사 백년의 세월을 만난다. "이런 모든
일이 그들 가족이 살아가던 같은 시대에 벌어진 일이었다니,
깊은 계곡을 빠르게 굽이쳐 흘러가는 성난 물결의 소용돌이

같은 세월이었다."604면

　책을 읽다 잠시 밖으로 나가면 마스크를 하고 어딘가로 열심히 걸어가는 사람들이 꿈길에 있는 것 같고, 지금 우리가 살고 있는 이 시간의 무심한 고요와 잡답이 낯설게 느껴진다. 작가는 책 뒤에 "방대한 우주의 시간 속에서 우리가 살던 시대와 삶의 흔적은 몇점 먼지에 지나지 않을지도 모른다. 그리고 세상은 느리게 아주 천천히 변화해갈 것이지만 좀더 나아지게 될 것이라는 기대를 버리고 싶지는 않다"작가의 말, 617면고 쓴다. 『철도원 삼대』는 방금까지 우리 뒤를 쫓아왔다 먼지처럼 사라져가는 시간을 허공에 둔 채 우리를 이루어왔고 이루어가는 역사의 시간을 꿈처럼 드러내어 그것과 단단히 때로는 느슨하게 얽어맨다. 꿈은 비유가 아닌 것이 이진오의 증조모인 주안댁은 이미 이 세상을 떠난 사람인 채로 이들이 겪는 대소사에 어김없이 산 사람으로 현신現身하여 그 크고 두툼한 팔을 걷어붙인다. 경신년부터 을축년 대홍수까지 잇따른 큰 물난리의 와중에 그이가 보인 전설적인 활약이며 그밖의 긴박하고 맞춤한 현신의 이야기들은 시누인 막음이 할머니의 유다른 입담이자 자신만의 골똘한 생각을 혼자 믿어 버릇하는 데서 부풀려진 것이기 쉬울 테지만, 주안댁이 진오의 조부모인 이일철과 신금이에게도 종종 나타났다는 점에 이르면 이런 일이 우리가 언제든 명확히 알지 못하는 사람살이의 음덕 같은 것이겠거니 짐작하게 된다. 자식들이 걱정되면 부모가 꿈에라도 나타나는 것처럼 말이다.

영등포 철도공작창 노동자인 부친 이백만을 이어 경의선 특급열차의 기관수로 일하다 해방 공간의 혼란기에 월북하는 이일철, 그리고 부친을 찾아 평양으로 가서 철도원의 길을 걷다 반공포로가 되는 이지산까지 철도원 삼대의 이야기는 일철의 아우 이이철을 따라 사회주의 계열 항일 노동운동의 험로에서 일을 하다 먼지처럼 사라져간 무수한 노동자, 민중의 이야기와 이어진다. '경성 콤그룹'과 연계되어 일을 하다 전주형무소에서 옥사하는 이이철은 막음이 고모의 말을 늘 우스갯소리로 치부하는데, 그의 동지였다 부인이 되는 한여옥은 말한다. "그냥 따뜻하게 받아주시면 돼요. 세상사란 우리가 모르는 게 훨씬 더 많잖아요."275면

정작 고공의 추위와 외로움 속에서 이진오가 앞선 시간과 만나는 게 간절한 그리움을 통한 사람들의 현신이자 현몽인데, 그때마다 우리의 불신을 정지시키며 말을 걸어오는 뭉근하고 부드러운 전환의 순간이야말로 소설 『철도원 삼대』가 살벌하게 소용돌이치며 지나가버리고 마는 역사의 횡포에 맞서 찾아낸 값진 '이야기의 형식'이자 우리의 시간을 구획된 격자에서 흘러나오게 한 예술적 기여일 것이다. 물론 그것은 시절과 세태, 하루의 볕과 공기까지 눈앞에 그려내는 기억과 사실

의 풍성한 언어로 뒷받침되면서 힘을 얻는데, 그런 것들은 또한 늘 입말과 글말 사이에서 어슷어슷하게 약동하는 언어의 리듬으로 다가온다. 가령, "한쇠일철—인용자는 처마 밑에서 빗물 떨어지는 소리를 들으며 자고 깨는 날이면 어쩐지 아늑하고 고즈넉해서 시끄럽기는커녕 잠이 잘 왔다."78면 그것은 다소 역설적이거나 어느 한쪽이 뭉개진 채 연속적인 흐름을 이루는 우리네 삶의 실질에 부합하는 한국어의 배열과 결합의 리듬이라고 나는 생각한다.

작가가 실제 굴뚝 농성 408일의 노동자로부터 세세히 전해 들었다는 굴뚝 위의 일상은 몹시 규칙적이고, 아마 그러지 않고는 한시도 버텨내기 힘들 것이다. 이진오는 '셋 동작 체조'로 체력을 단련하며 한발 난간 밖 부드러운 안개의 유혹과 싸운다. 그러면서 이 모든 노력들에 의미가 있다고 생각한다. 철도원 삼대를 거쳐 자신에게 전해진 그 의미. "그것은 아마도 삶은 지루하고 힘들지만 그래도 지속된다는 믿음일지도 모른다. 그렇게 오늘을 살아낸다."207면 그 하루하루가 백년이고 지금 이 순간이라는 느낌은 어쩐지 서럽기도 하지만 벅차기도 하다.

시대 안에서 산다는 것

5·18 민주항쟁이 40년을 맞았다. 올해는 4·19 민주혁명 60주년이며, 노동자 전태일의 죽음이 있었던 1970년 11월 13일로부터도 50년이 되는 해다. 2020년은 코로나의 해로 기억되기 쉽겠지만, 우리 민주화의 역사에서 큰 획을 그은 중대한 사건들을 특별한 시간의 감각 속에서 기억하고 기리는 해이기도 한 것 같다.

내가 집에서 받아 보던 조간신문 1면 중간쯤에서 '광주사태'라는 말을 처음 접한 게 고등학교 2학년 때였다. 무서운 느낌의 한자 활자로 인쇄된 '폭도' '유언비어' 같은 단어가 또렷이 기억난다. 계엄하의 언론이 전하는 통제된 정보 외에 광주의 실상에 대해 전혀 들을 수 없었지만, 그이들이 '폭도'가 아니라는 것쯤 알 정도는 되었던 것 같다. 이듬해 전두환이 대통령이 되자 학교에는 '새 시대' 운운하는 포스터가 곳곳에 붙기 시작했는데 아침 일찍 학교에 가서 포스터에 몰래 칼을 대기도 했다. 그 무렵 신문 사회면에는 대학생의 집시법 위반 구속 기사가 1단으로 조그맣게 실렸다. 그러면 거기 적혀 있는 이름들을 들여다보며 그들의 알지 못하는 얼굴을 떠올려보는 게 나로서는 이상하게 가슴 설레고 막막한 일이 되고 있었다. 대학에 입학해서 처음 학내 시위를 접하고 사복형사들에게 짓밟히며 끌려가는 시위 주동 학생을 멀리서 지켜보며 눈물을 흘렸던 것 같은데, 무섭기도 했겠지만 분하고 서럽기도 했을 것이다. 어느 세대에게나 역사나 정치에 대한 나름의 느낌과 시각을 형성하는 계기가 있게 마련이라면, 내게는 '광주'가 그러했던 것 같다.

최근 비평가, 작가로 왕성하게 활동하다 세상을 뜬 존 버거 John Berger 에 대한 평전을 인상 깊게 읽었다. 『우리 시대의 작가』, 미디어창비 2020 젊은 시절 사회주의적 가치를 옹호하며 맹렬하게 미술 비평을 전개했던 존 버거는 「이상적인 비평가, 싸우는 비평가」 톰 오버턴 엮음, 『풍경들: 존 버거의 예술론』, 신해경 옮김, 열화당 2019 라는 글에서 비평가의 역사적 시야와 관련된 흥미로운 생각을 전한다. 장기적인 역사관은 시대 바깥에 스스로를 세우면서 전반적으로 옳은 의견을 낼 가능성이 크지만, 우리가 우리 스스로를 변

　　　　　　　　　　　제1부

화시키는 과정은 잘 보지 못한다. 반면, 제한적인 역사관은 당장의 흐름 전체에 열려 있고 거기에 공감하는 데 능하지만, 옥석을 가리는 데 실패하기 쉽다는 것이다. 필요한 것은 두 접근법의 적절한 조합인데, 이것은 이상적인 이야기이고 실제로는 거의 불가능하다. 왜냐하면 우리는 한곳에 있으면서 동시에 모든 곳에(역사 속에) 있을 수는 없기 때문이다. 그는 비평이 훨씬 겸손한 자리로 갈 것을 제안한다. 두겹의 눈을 갖지 못하는 것을 두려워하지 말고, 당장의 예술에 대해 지금 이 순간 할 수 있는 질문을 하자는 것이다(물론 이 과정에서 실수할 수도 있고, '천재'의 작품을 몰라볼 수도 있다). 그가 자기의 시대 한가운데서 찾아내 던진 질문은 이렇다. '이 작품은 사람들이 각자의 사회적 권리를 인식하고 요구하도록 돕거나 권장하는가?' 그의 적들이 몰아붙였듯 존 버거가 예술을 도구나 선전의 자리에서 보고 있었던 것은 아니었다. 그가 찾았던 것은 예술이 세계를 보는 방식 속에 간접적으로 혹은 잠재성의 형식으로 보존되어 있을 터였다. 그리고 그 희망의 형식은 역사와 시대에 따라 서로 다른 질문 혹은 약속으로 의미화되기도 할 것이었다. 그렇다면 존 버거에게 자기 시대는 개인의 사회적 권리와 예술의 사회적 의미가 좀더 강조되어야 하는 시대였을 뿐이었다고도 할 수 있다.

이 글은 1959년에 발표된 것인데, 격렬한 문화적 투쟁의 전선에서 물러나 제네바 인근의 산악 마을에 살며 자연과 농민의 시간, 육체적 노동이라는 조금은 다른 차원의 문제로 관심이 옮겨간 1985년의 글에서도 그는 자신의 생각에 변함이 없다는 것을 확인한다. 다만 그는 "예술의 다른 얼굴은 인간의 존재론적 권리라는 질문을 제기한다"『우리 시대의 작가』 330면는 말을 덧붙인다. '존재론적 권리'의 의미를 음미하는 것은 별도의 과제로 하더라도, 있을 수 있는 이율배반 안에서 자신의 생각을 계속 붙잡아 담금질한 흔적을 포함하고 있는 신념의 지속과 갱신은 감동적이다. 어떤 말은 그냥 가져다 쓸 수 있는 게 아닐 것이다. 존 버거는 그의 '시대' 안에서 살았던 것 같다.

존 버거는 1959년의 글에서 예술에 부여되는 사회적 의미를 폄하하는 이들을 향해 한마디를 남긴다. "그들은 자기가 옳은 시대를 살고 싶은 것이다."『풍경들』 141면 우리가 시대를 선택해서 태어날 수 없다는 말은 생각 이상으로 무겁고, 많은 겸손의 사유를 요구하는 명제인 듯하다. 4·19, 전태일, 5·18의 헌신과 희생을 기리는 깊은 이유의 하나가 여기에도 있을 것이다.

제1부

하루 또 하루 우유를 따르는 일

얼마 전 저녁 자리에서 취기를 빌려 옆자리 선배에게 실없이 물어본 적이 있다. "형, 문학이 뭡니까?" 바로 대답이 돌아왔다. "전체에 대한 느낌, 생각이지." 명쾌하다 싶었다. 문학출판 일을 하고, 어쭙잖은 글을 쓰며 그 언저리에서 생활해온 지꽤 되지만 문학의 어떠함에 관해서라면 정리되고 분명해지는 것은 그리 많지 않은 것 같다. 그러면서 그때그때의 개별 작품에서 배움과 답을 구하는 일이 가능한 최대치가 아닐까 하는 생각을 더 자주 여투게 된다.

문학이 전체에 맞서고 있다는, 한때는 정언명령처럼 나를 지배했던 명제도 평소에는 거의 망각 상태로 있다가 숙제하듯 읽는 시 한편에서 슬그머니 일깨워지기도 한다. 가령 폴란드 시인 심보르스카^{W. Szymborska}의 다섯행짜리 짧은 시 「베르메르」. "레이크스 미술관의 이 여인이 / 세심하게 화폭에 옮겨진 고요와 집중 속에서 / 단지에서 그릇으로 / 하루 또 하루 우유를 따르는 한 / 세상은 종말을 맞을 자격이 없다." 『충분하다』, 최성은 옮김, 문학과지성사 2016 그리고 그럴 때, 베르메르의 그림 「우유를 따르는 여인」¹⁶⁵⁸에 대한 한없는 경의와 찬사를 품고 있는 이 시의 '전체'가 '단지에서 그릇으로'와 '하루 또 하루 우유를 따르는'의 작은 세부, 일상의 무심한 구체성과 한몸이라는 게 꽉 차게 다가온다. 동시에 창으로 흘러들어 여인의 노동을 비춰주는 그림의 환한 빛은 그 묘사를 생략한 시인의 결단을 통해 대지의 시간과 다른 지평의 결속에 대한 상상을 시의 또다른 공간으로 만든다.

그러고 보면 삶의 세부, 구체성을 부조하고 기억하려는 언어의 집념에 대한 다하지 않는 놀라움이야말로 나를 오래 문학의 동네에 머물게 해주고 있는 요인이 아닌가도 싶다. 제발트^{W. G. Sebald}의 소설 『이민자들』^{이재영 옮김, 창비 2019}의 두번째 편 「파울 베라이터」에서 화자 '나'는 초등학교 시절 담임선생님이 목숨을 끊었다는 소식을 듣고 고향인 독일 남부의 소도시로 향한다. 필기며 행동이 굼뜬 짝 프리츠의 숙제를 대신 해주는 '나'를 야단치지 않고 격려해주었던 파울 선생님. 소설에는 두 아이가 파울 선생님의 수업 중에 함께 공책에 그린 교실의 그림이 실려 있다. 선이 좀 삐뚤긴 해도 1 대 100의 척도에 맞춰 꽤 정확히 그려보려 한 것 같다. 그리고 거의 한 페이지에 걸쳐 먼 기억 속 파울 선생님의 교실이 묘사된다. "교실 안에는 기름을 먹인 나무바닥에 나사로 고정해놓은 스물여섯개의 책상들이 세줄로 늘어서 있었다. (⋯) 하지만 그가 가장 좋아하던 자리는 깊숙한 벽감 속에 있던 남쪽 창문 옆이다."46~47면 인용하려고 책을 펼치니, '이런 디테일한 묘사란 무엇인가?' 하고 적어놓은 메모가 보인다. 그 밑에 '한 사람에 대한 사랑' 이라고 자답해놓기도 했다. 아마도 그러기 쉬울 것이다.

문학의 전체는 매일의 우유 따르는 노동, 어떤 선생이 늘 서 있던 벽감의 세부 없이는 성립되지 않을 것이다. 제발트는 렘브란트의 그림 「튈프 박사의 해부학 강의」1632에서 동료 의사들의 시선이(정확히는 한 사람을 빼고는) 해부되고 있는 몸이 아니라 그 너머에 펼쳐진 해부학 도해서를 향하고 있다는 점에 주목하기도 한다. "이 도해서에는 끔찍한 육체성이 하나의 도표, 하나의 인간의 도식으로 환원되어 있다."『토성의 고리』, 이재영 옮김, 창비 2019, 24면 그 끔찍한 육체성의 주인은 바로 몇시간 전에 절도죄로 교수형에 처해진 아리스 킨트라는 인물이었다. 도해서가 체계와 법칙으로 도달하려 한 보편적 전체가 문명의 빛이고 대로라고 해도, 어떤 이는 어떻게 해도 그 보편에 환원되지 않는 개별의 어둠과 미로에 남으려 한다. 전체에 대한 문학의 지향이 때로는 턱없이 무모하게 보이는 이유도 그 때문이리라.

서정인의 명편 『달궁』개정합본판, 최측의농간 2017 을 읽다가 '저자 후기' 한 대목이 새삼 눈에 들어왔다. "어떤 사람을 그 사람을 오염시키지 말고 그 사람이 가지고 있는 모든 기억을 가진 그 사람인 채 사람으로 대접하라. (…) 그 사람의 과거를 없애면 그를 죽이는 거다."864면 행갈이며 대화의 따옴표 하나 없이 하염없이 이어지는 이 장편소설을 두고 한때 우리는 '문학의 실험'을 말하기도 했던 것 같다. 그러나 소설의 한 사람을 기억의 전체로서 그 사람인 채로 대접하려면 달리 다른 방법이 없었던 것은 아닐까. 앞으로 나아간다는 것은 소멸되는 것, 잊히는 것, 파괴의 잔해를 동반한다. 그 잔해를 불러 모으고 일으켜 세우며 사라진 시간의 기억을 복구하는 일이 누군가에 의해서 진행되는 동안은, "세상은 종말을 맞을 자격이 없"을지도 모른다.

연결과 거리 사이에서

　혼잡한 시간을 비켜 일산역에서 출발하는 경의중앙선 열차를 출근길에 이용한 지 꽤 됐다. 같은 시각, 같은 칸에 오르다 보니 낯이 익은 이들도 생겼다. 코로나19가 일상을 뒤흔들면서 플랫폼이 많이 한적해졌다. 다른 교통편을 이용하는지 보이지 않는 얼굴도 있다. 하차하는 홍대입구역은 언제나 색색의 캐리어로 북적이는 곳인데 요즘은 휑한 느낌마저 든다. 많은 일들이 취소되거나 연기되고 있다. 언제나 당연하게 진행되고, 거기 있으리라 여겼던 일상의 테두리와 풍경이 어느 순간 멈추거나 사라질 수 있다는 사실을 당혹스럽게 확인하는 나날이다. 감염의 직접적인 피해자분들이나 그들 가족이 겪고 있는 고통에는 이런 감상적인 당혹감 같은 게 스며들 여지도 없을 것이다. 바이러스 사태의 관리와 방역에 매진하고 있는 일선의 많은 이들을 생각하면 무슨 말을 얹기가 힘들다. 사태의 영향을 혹독하게 겪고 있는 업종도 많고, 여파는 여력이 없는 영세 자영업자나 시간제·비정규직 노동자들에게 우선적으로 미치면서 최소한의 생업 공간마저 위협당하는 이들이 늘어나고 있다. 실제 이상으로 사태를 어둡게 보며 불안을 지피는 일을 경계하는 한편으로, 사회 전반의 토대가 흔들리지 않게 지혜와 마음을 보탤 때라는 걸 절감한다.

나는 생업으로 조그만 출판사를 꾸리고 있는데 준비해오던 책의 출간을 늦추어야 할지 고민이 없지는 않지만, 한권 한권 책을 만들고 세상에 내보내는 것도 지금의 할 일이라는 생각도 든다. 최근에 나온 강영숙의 장편소설 『부림지구 벙커 X』창비 2020는 지진으로 한순간에 붕괴되어버린 도시에서 생존을 이어가는 이들의 이야기다. 누군가 재난을 대비해 지하에 묻어둔 낡은 버스 몇대가 생존자들의 피난처가 된다는 상상력이 이채롭다. 이야기가 진행되면서 점차 그 지하의 이상한 벙커는 일시적 피난처가 아니라 이들이 지켜내야 할 지속의 공간으로 바뀌어간다. 거기에도 일상이 흐른다. 소설의 제사題詞에는 "대부분의 사람들은 조용히 필사적인 삶을 살아가고 있다"는 『월든』의 구절이 인용되어 있고, '작가의 말'은 "맑은 하늘과 깨끗한 공기를 갖고 싶다는 게 욕심일까. 어쨌든 나

제1부

는 겨우 이 정도의 소설을 쓰느라 주변의 고통을 몰랐다. 미안하고 또 미안하다"298면는 말로 끝난다. 소설의 앞뒤에 놓인 이 두 언어들 사이에 재난의 시간을 상시적 감각으로 소설화할 수밖에 없는 작가의 절실한 문제의식과 함께, '쓴다'는 일이 그 '거리距離'로 인해 제기하는 물리치기 힘든 윤리적 곤혹도 있는 듯하다. 생각해보면 감염병의 존재는 바로 우리가 서로 연결되어 있고 함께 살아간다는 사실을 이상한 방식으로 확인시켜주는 것이기도 하다. '사회적 거리두기'라는 말은 임시적이고 실용적으로 마련된 방편의 언어이지만, 실제로도 우리의 '연결'이 늘 일정한 '거리'를 포함하고 있다는 사실을 역설적으로 되짚어주기도 한다. 이때 '거리'는 우리 각자의 실존적이고 물리적인 한계일 수 있으며, 그 한계의 겸허한 수용이 오히려 적절한 공동체 의식을 일상의 감각이나 태도로 만들 수도 있다. 불안을 지피고 전체를 전유하는 비장한 언어에서 우리는 종종 특정한 이해가 접혀 있는 위선의 가면을 감지한다.

지난주 하루는 영화관을 찾았다. 왕 빙王兵 감독의 「철서구」2003는 중국 선양의 공업단지 '철서구鐵西區'의 쇠락하는 2년여의 시간을 담은 551분 분량의 다큐멘터리다. 일본 점령기에 군수산업 기지로 건설된 뒤, '신중국' 수립 이후 발전을 거듭해 한때는 백만명의 노동자들이 일하기도 했던 철서구의 국영기업들이 하나하나 문을 닫게 되면서 하루아침에 일터를 잃게 된 노동자들의 힘겨운 삶을 감독의 카메라는 하염없이 따라간다. 고된 작업 뒤 몸을 씻기 위해 시커먼 먼지로 뒤덮인 벌거벗은 몸을 내보일 때든, 강제 철거로 전기도 끊긴 쓰러져가는 집에서 촛불 아래 끼니를 챙길 때든, 공단 내 화물량이 줄어들면서 한가해진 열차 기관실에서 카드놀이를 할 때든 이들과 카메라 사이에는 무심하면서도 설명하기 힘든 친밀한 거리가 있는 듯했고, 그 기적 같고 끈질긴 영화의 노동 덕분에 나는 평생 연결될 일 없어 보이는 중국의 노동자들과 만나고 있었다. 석탄을 훔치기도 하며 두 아들과 함께 철로 근처에서 살아가는 한 사내는 말한다. "평생을 살기는 정말 힘든 일이야." 영화가 끝나니 열시가 넘었고, 서른명 남짓한 관객들은 마스크를 챙기며 조용히 일어서고 있었다.

어떤 껴안음, 겨울나무와 함께

시인에게 탄식의 말을 배운다. "이렇게 한심한 시절의 아침에"라니. 근자에 출간된 백무산 시집^{창비 2020}의 제목이다. 이렇게 말해도 된다면, 시원하기까지 하다. 「겨울비」라는 시의 마지막 연에 그 탄식의 언어가 나온다. "이렇게 한심한 시절의 아침에 겨울비 온다/어깨에 머리에 찬비 내린다 배가 고파 온다/이제 나도 저기 젖은 겨울나무와 함께 가야 할 곳이 있다". 아침 일찍 문자메시지로 온 부고('노동자'의 죽음인 듯하다)에 겨우 행장을 꾸려 현관문을 나서는데 전화벨이 울리고 전화기 저편에서는 올 필요가 없다는 말을 전해준다. 새벽부터 천장에서 떨어져 거실 바닥을 흥건하게 만들던 찬 겨울비는 이제 어깨와 머리를 적신다. 식전이라 배도 고프다. 어째야 하나. 시는 여기서 갑자기 무언가를 건너버리며 끝난다. "이제 나도 저기 젖은 겨울나무와 함께 가야 할 곳이 있다"고.

　이 돌연한 건너감은 많은 생각을 불러일으키지만, 일단 미뤄놓고 다른 시편들을 읽는다. 사실 '한심한 시절'이라고 탄식할 때 우리 누구도 그 '한심함'의 바깥에 있지 않다. 「사랑 혹은 불가능」이라는 시에서 시의 화자는 후배의 주례 부탁에 "벌건 숯불을 깔고 앉은 듯"한 부끄러움을 느끼며 고백한다. "나는 믿음이라는 말을 싸구려로 만들었다 / 영원이라는 말도 잡동사니로 만들었다 / 세상에는 사랑이라는 이념과 영토가 분명 있지만 / 내가 그 나라에 기여한 것은 아무것도 없다"고. 우리는 80년대 노동자 대투쟁의 현장에서 솟아오른, 노동계급의 육체와 시선으로 무장한 견결한 백무산의 시를 기억한다. 다음의 고백이 더 아프다. "사랑을 위한 것이라고 믿고 노동하고 피 흘렸지만 / 그 때문에 나는 멍청이가 되고 / 내 손길은 흉기가 되었다 / 정작 그 문은 열어보지도 못하고 끝장이 났다."

　며칠 전 우연히 「진정성 시대」[2019]라는 다큐를 보게 되었다. 어느 부녀가 티베트 고산을 힘겹게 오르고 있었다. 내 나이 어름으로 보이는 중년의 남자는 학생운동을 하고, 고문을 당하고, 감옥에 가고, 오래 시민단체 일을 한, 386세대(586세대)의 한 전형적인 삶을 살아온 것 같았다. 아이는 대안고등학교 졸업반으로 산행 중간에 그리는 그림을 보면 미술에 특별한 재능이 있는 듯했다. 그런데 부녀 사이에는 고산 트레킹의 힘겨움 때문만은 아닌, 이상한 서걱거림, 거리감이 있었고, 이번 산행은 그 거리를 회복하려는 노력처럼도 보였다. 다큐멘터리의 소제목은 '나는 잘 살아왔는가?'라는 직설적인 질문이었는데, 주인공 남자의 나지막하고 조심스러운 내레이션과 함께 설명하기 힘든 착잡함을 불러일으켰다. 그이는 건강을 해쳐 큰 수술을 받은 모양으로 지금은 고향에 내려가 있다고 했다. 찾아보니 다큐멘터리 「진정성 시대」는 6부작으로 방영된 것으로, '촛불 광장'의 감격과 환희 이후 다시 우리 사회 곳곳에서 심상찮게 재연되고 있는 사회적 갈등의 뿌리를 짚어보려는 기획인 듯했다.

사회학자 김홍중은 지난 80년대를 '진정성'이라는 '마음의 체제'가 우세하게 작동했던 시대로 설명한 바 있다. 이때 '진정성'은 삶의 척도를 자신의 내면에서 찾으며, 그 양심의 기율에 따라 살아가고자 하는 태도를 가리킨다. 5월 광주의 참극 이후 '살아남은 자의 부끄러움'은 누구도 강요하지 않은 채로 "벌건 숯불"의 도덕적 명령이 되어 타오르고 있었고, 불의와 불평등, 폭압이 지배하는 세상과의 투쟁은 훼손될 수 없는 믿음이 되었다. 그런 의미에서라면 '진정성'의 시대가 분명 있었던 것 같다. 그러나 사회학적 분석이 불가피하게 구획 짓는 것과는 달리('포스트-진정성 시대' '속물의 시대' 등) 우리는 연속적인 존재이며, 종종 길을 잃고 헤매기는 하지만 어떤 식으로든 삶의 척도를 찾으려는 노력을 포기하지는 않는다. 생각해보면 '정치적 진정성'이 과도한 도덕적 명령의 자리를 차지하면서 여타 삶 곳곳의 세세한 민주주의를 외면하고 익히지 못한 대가를 지금 '386세대'는 혹독히 치르고 있는지도 모른다. 그러나 한숨이 절로 나오는 지금의 '나'보다는 세상이 조금씩 더 나아져왔다면 거기 저 부녀의 힘든 걸음과 같은 또다른 '진정성'의 싸움이 계속되고 있었다는 증거이기도 하리라. 산행의 끝에 부녀는 껴안는다. 힘에 부친 듯 약간 거리를 둔 채. 백무산의 「겨울비」에서 걸려온 전화는 "올 필요 없답니다 민주화가 되었답니다"다. 그래도 시의 화자는 '어딘가'로 가기로 한다. 고산을 오르는 부녀의 힘겨운 걸음과 다시 가야 할 곳을 떠올리는 '겨울비'의 아침은 그리 다르지 않다고 나는 생각한다. 다음 주 오늘은 선거일이다.

조용한 미덕

흔히 소설은 '평면적인 인물'보다 다면적이고 변화하는 '입체적인 인물'을 선호한다고 알려져 있다. 그러나 소설에는 입체적인 인물 못지않게 평면적인 인물도 필요하며, 중요한 것은 사회적 차원을 포함하는 두 인물 유형 사이의 긴장된 조화일 테다. 실제로 어떤 인간도 늘 평면적이거나 늘 입체적일 수는 없다. 역동적이고 변화하는 삶은 하나의 기대치로 존재하는 가운데 대개 우리는 '평면적'으로 답답하게 살아간다. 현대소설은 그 '평면적 삶'의 반복과 구속 안에서 자유의 환상이 제거된 세계의 실상을 보기도 한다.

코로나19 발생이 인구 천백만이 넘는 거대 도시의 봉쇄로까지 이어지는 상황을 보면서 누구나 쉽게 떠올릴 법한 소설이 카뮈 A. Camus 의 『페스트』 1947 다. 1940년대 알제리의 해안도시 오랑이 소설의 무대인데, 페스트가 발생하면서 도시의 폐쇄가 결정된다. 중세 유럽에서 크게 유행했던 감염병을 20세기 현대의 도시로 옮겨온 작가의 상상력은 카뮈 당대의 세계역시 페스트 못지않은 재난의 가능성과 도덕적 윤리적 위기에 직면해 있다는 판단에서 말미암은 것 같다. 작가는 리외라는 의사를 서술자 겸 주인공으로 내세워 10개월간 이어진 재난의 연대기를 들려준다. 그 연대기는 서술자가 말하는 대로 "두드러지게 악하지도 않고 또 흥행물처럼 저속하고 자극적이지 않은, 선량한 감정으로 이루어진 보고서" 유호식 옮김, 문학동네 2015, 165면 다. 참혹한 죽음의 행렬과 앞을 알 수 없는 끔찍한 공포, 폐쇄와 격리가 주는 느닷없는 고립과 이별의 아픔이 그려지지 않는 것은 아니지만, 보고의 초점은 그런 가운데서도 페스트와 싸워나가는 인간의 의지에 모아진다. 재난의 상황에서 도드라질 수 있는 관료적 무능, 인간성의 바닥이나 혼란도 그다지 중요하게 다루어지지 않는다. 그것은 서술자인 의사 리외가 그렇게 보고자 하기 때문인데, 그는 스스로가 말하듯 의사라는 자기 직분 안에서 페스트와 싸워나가는 사람일 뿐이다. 그의 보고서는 자원 보건대를 만들어 감염의 위험을 무릅쓰고 예방 사업에 힘쓰거나 환자들의 이송을 돕는 이들의 이야기를 전한다. 그들 중에는 도시 탈출을 포기하고 봉사대에 합류하는 외지에서 온 기자 랑베르도 있다. 그는 파리에 사랑하는 아내가 있다. 랑베르는 말한다. "혼자서만 행복한 것은 수치스러울 수 있어요." 리외는 행복을 위한 랑베르의 선택을 수긍했고, 보건대를 주도적으로 이끄는 타루 역시 그의 탈출 계획을 돕기도 한 터였다. 리외의 보고서가 굳이 내세우는 '영웅'은 시청 비정규직 직원인 그랑이라는 인물로, 그는 자신의 직분에 충실하면서도 보건대에 참여하여 의사 리외의 일을 돕는다. 그랑에게는 비록 첫 문장을 계속 고쳐 쓰는 난관의 연속이지만 매일 저녁 소설을 쓰는 중요한 개인적 과업도 있다. 그런 그랑의 작은 노력, 성실성은 연일 방송과 신문에서 쏟아지는 근사한 상투어들(여기에 진심이 없는 것은 아니겠지만)의 밖에 있으리라고 리외는 생각한다. 그는 보건대 일에 퇴근후 두시간을 내어놓으며 미안해하는 그랑을 보면서 '조용한 미덕'이라는 말을 떠올린다. 리외는 사랑이 많은 경우 침묵으로 이루어진다는 것을 페스트와 싸우는 사람들 속에서 깊이 확인한다.

서술자를 겸하고 있긴 해도 의사 리외는 인간에 대한 믿음을 시종 큰 흔들림 없이 유지한다는 점에서 조금은 밋밋하고 재미없는 '평면적 인물'로 분류될지도 모른다. 그의 휴머니즘은 일견 현대의 세련된 '인간 회의懷疑'에 덜 물든 만큼 낡고 고지식해 보이는 것도 사실이다. 그러나 먼 기억 속에 묻혀 있던 소설에서 다시 만난 몇몇 인물의 '조용한 미덕'은 이즈음의 어떤 얼굴들을 겹쳐 떠올리게 만든다. 신종 바이러스의 가능성을 처음 경고한 뒤 고초를 치르고, 환자 치료 과정에서 자신도 감염되어 세상을 떠난 우한의 젊은 의사 리 원량. 연일 푸석하고 초췌한 얼굴로 상황과 대책을 설명하는 정은경 질병관리본부장. 방호복으로 중무장한 채 격리병동에서 일하는 의사와 간호사들. 우한 교민 이송버스를 세차례 운전한 경찰관과 그런 남편을 지지해준 아내. 리외는 "인간에게는 경멸해야 할 것보다 찬양해야 할 것이 더 많다는 것만이라도 말하기 위해"[360면] 자신이 겪은 페스트의 이야기를 글로 남기기로 결심한다. 우리는 스스로의 나약함을 알기에 이런 이야기에 고개 숙인다. 여기에는 도덕적으로 우월한 자리가 없다. '혐오'라는 말을 남용하며 인간 사이의 연결을 과장되게 황폐화하거나, 오늘의 사태를 실제 이상으로 나쁘게 보려는 이들은 무엇보다 먼저 스스로를 경멸하고 있는지도 모른다.

북 치는 소년과 마지막 편지

아침에 우편물을 뜯어보니 어느 문화재단에서 보낸 연하장이다. 나뭇잎을 꽃처럼 그려놓은 그림이 환하다. 인쇄된 새해 인사도 아침에 읽는 첫 언어로는 괜찮다. 연하장이라면 이제는 단체 이름으로 발송되는 이런 식이 거의 다지 싶다. 지난가을 부산에 갔다가 예전 살던 동네를 찾았다. 좁은 동네 골목을 한참 걸었다. 어릴 적 친구의 집 앞을 지나는데 성탄절 무렵 카드를 만들어 문틈으로 밀어 넣던 기억이 났다. 어둑한 저녁, 카드를 품에 넣고 골목을 돌던 아이의 부끄러워하는 등이 눈앞에서 사라지고 있었다. 문방구에서 산 카드에 크레용으로 색을 칠했을 것이다. 적어 넣은 글이라야, '누구야 매리^{mary} 크리스마스' 정도였을 테다(괜히 영어로 썼던 것 같은데, 난 오랫동안 '메리'merry 라는 단어를 몰랐다).

"내용 없는 아름다움처럼 // 가난한 아희에게 온 / 서양나라에서 온 / 아름다운 크리스마스카드처럼 // 어린 양들의 등성이에 반짝이는 / 진눈깨비처럼."김종삼「북치는 소년」 시의 제목에 나오는 '북 치는 소년'은 크리스마스카드의 어린 양들 그림 속에 있는 것이겠지만, 카드의 아름다운 그림에 낯설어하는 "가난한 아희"(고아원의 아이였을 수 있다)의 감당할 수 없는 외로움에도 함께 깃들어 있을 것이다. 어린 양들의 등성이에 반짝이는 것이 왜 흰 눈이 아니고 진눈깨비여야 했을까. "내용 없는 아름다움"은 지금 소년의 골목에 내리는 진눈깨비와 함께 궁핍한 현실의 대비를 아프게 환기하지만, 그것이 결국은 아름다움이라는 점에서는 그 카드에 얼마간 남아 있는 구원의 약속을 다 지우고 있는 것은 아니리라.

연말의 술자리 사이로 책 한권을 들고 다니며 읽고 있다. 『아도르노-벤야민 편지』길 2019 는 제목 그대로 독일의 두 사상가가 주고받은 편지 묶음이다. 이 시기 벤야민W. Benjamin 은 파리에 혼자 머물며 극도의 경제적 궁핍 속에서 연구와 집필을 이어가고 있었고, 호르크하이머M. Horkheimer 가 주도하는 '사회연구소'의 핵심 멤버로 베를린, 런던, 미국으로 옮겨 다니며 저술 활동을 하고 있던 아도르노T. Adorno 는 조금은 나은 형편이었던 듯하다. 기실 두 사람의 편지는 점점 임박해오는 나치즘의 기운, 파국을 향해 치닫는 세계사의 흐름에 대한 우려 가운데서 서로의 사유를 교환하고 집필을 격려하는 내용 못지않게 벤야민의 긴박한 경제적 구조 요청과 이에 대한 아도르노의 다각도의 지원 방안 모색이 거의 매 편지의 핵심 사안을 이루고 있다. 벤야민은 여력이 있는 지인을 알아봐준 아도르노에게 감사하며 쓴다. "그런 식으로 정기적인 도움을 주신다면, 그 도움은 제가 개인적으로 잘 알지 못하는 그 기부자들께서는 결코 헤아릴 수 없는 그런 정도의 가치를 지닌다는 말씀을 드리겠습니다. 제가 지난 몇달 동안 처했던 상황에서 가장 파괴적인 것은 당장 코앞의 며칠도 내다볼 수 없는 완벽한 속수무책이었습니다."⁵⁶~⁵⁷면 그러나 내게 특별히 인상적이었던 것은 아마도 편지라는 형식으로만 가능하리라 싶은 마음의 어떤 드러냄이었을 수도 있다. "밤에 잠을 잘 못 잡니다. 늦게 잠들었다가 일찍 깨어납니다. 이 편지로 생제르맹의 종소리로 깨었다가 빗소리로 다시 잠드는 하루의 첫 순간을 당신께 보냅니다."⁵⁰면

그러고 보니 언제 편지를 썼는지 가물가물하다. 대학 신입생 때 처음에는 부모님께 꽤 긴 편지를 썼던 것 같다. 결국에는 돈을 좀 부쳐달라는 반복되는 용건이 스스로도 계면쩍어지면서 그만두고 말았지 싶다. 그 무렵이라면 부치지 못한 편지도 몇장 있을 법하다. 그러나 크리스마스카드도 편지도 이

젠 내게는 거의 잊힌 사물일 뿐이다. 벤야민과 아도르노의 편지에는 '변증법적인 상像'이라는 말이 여러차례 나온다. 깊은 함의는 잘 모르는 대로, 꿈의 형상과도 관련된 그 말을 벤야민은 '깨어남'이라는 계기에서 사용하고 있는 듯하다. 잊힌 것, 버려진 것 안에서 돌출하는 '깨어남'의 장소, 시간은 어떻게 찾을 수 있는 것일까. 이들이 나눈 편지야말로 이제는 망각에서 일깨워지고 '지금-시간'과 결속되기를 기다리고 있는 그 '변증법적인 상'의 하나일지도 모른다. '북 치는 소년'이 받았던 카드처럼. 1940년 9월 25일 벤야민은 피레네산맥의 작은 마을에서 망명길 동행이었던 한 부인에게 모르핀을 삼킨 상태로 마지막 편지를 구술한다(긴박한 상황에서 편지는 바로 폐기되었다가 그 부인이 훗날 기억을 돌이켜 아도르노에게 전했다). "부탁건대 내 친구 아도르노에게 내가 처했던 상황을 설명해주십시오. 쓰고자 했던 말들을 쓸 시간이 내게는 충분히 남아 있지 않습니다."514면 또 한해가 가고 있다.

김군은 누구인가

지난 연말 영상자료원 기획전에서 강상우 감독의 영화 「김군」[2018]을 봤다. '광주'를 다룬 다큐멘터리로, 2018년 부산영화제에서 첫 선을 보이고 서울독립영화제에서 대상을 받은 작품이다.

한장의 흑백사진이 중요하게 등장한다. 광주항쟁 때 무장한 시민군의 모습이다(우리는 이들이 왜 무장할 수밖에 없었는지 잘 알고 있다). 총이 장착된 가스차 위에서 고개를 돌려 내려다보는 모습인데 눈길이 맵다(증언에도 나오지만 다들 사진에 민감할 수밖에 없었을 거다). 차에는 '전두환 죽여라'라는 구호가 적혀 있다. 영화 「김군」은 이 인물을 찾는 이야기다.

영화가 지만원이라는 사람을 인터뷰하는 데서 이 인물을

찾는 이유가 드러난다. 사진의 젊은이는 지만원이 북한군 '광수 1호'로 지목한 이였던 것이다. 말을 옮기기도 무참하지만 1980년 5월 600여명의 북한군 특수부대가 광주로 잠입해 '무장 폭동'을 주도했는데, 평양에서 열린 5·18 30돌 기념식에 참석한 북한 인사들 중에서 당시 '시민군'과 동일한 인물 세 사람을 확인했다는 것이다. '안면 인식 프로그램' 운운하며 그렇게 확인한 '광수'가 567명이라나. 그러고 보니 이런 황당한 소리를 어딘가에서 본 적이 있는 듯했다. 제대로 챙겨볼 생각을 하지 않았던 것은 거짓 주장의 의도가 너무도 빤히 짐작되었기 때문이리라. 그러나 감독은 이 주장을 일단 자신의 영화 안으로 들여온 뒤, 사진 속 '북한군 광수'를 찾는 방식을 취한다. 지만원 무리의 거짓 선동을 무시하고 내버려두고 있는 동안, 전두환은 회고록에서 이른바 '폭동'의 근거로 지만원의 주장을 인용하고, 자유한국당^{현 국민의힘} 의원들은 지만원을 발표자로 초청해 그의 주장에 힘을 실어주는 '광주 왜곡' 공청회를 열기도 했다. 그 당의 원내대표는 공청회가 국민의 거센 분노를 사자 한발 물러서는 듯한 입장을 취하면서도 "역사적 사실에 대한 다양한 해석은 존재할 수 있다"며 '속내'를 숨기지 않았다. 광주의 법정에 소환된 전두환은 끝내 아무런 사과의 말도 하지 않았다.

영화 「김군」은 지만원이 '제1광수'로 지목한 시민군을 찾았을까. 영화에는 다른 '광수들'로 지목된 세분이 증언자로 나오는데, 사실 당자들로서야 자신이 '전직 북한군 특수대원'이 아니라는 반박을 해야 한다는 게 그저 황당할 뿐이리라. 더구나 희생자들의 시신을 관리했던 한분의 증언처럼 그때의 일들은 많은 이에게 기억하고 싶지 않은 참상의 시간이기도 하다. 오랜 시간이 지나면서 기억은 흐트러져 있고, 곳곳에 구멍이 뚫려 있다. 그이는 반문한다. 왜 그런 가짜 주장에 반응해서 우리가 우리 스스로를 증명해야 하냐고. 시위대에게 먹을 것을 날랐던 한 여성은 사진 속의 인물을 생생히 기억해낸다. 부모님이 운영하던 식당에도 자주 왔으며, 다들 '김군'으로 불렀다고. 그러나 그 '김군'을 찾는 일은 쉽지 않다. 이 과정에서 고아 출신의 '넝마주이들'이 시민군에 다수 참여했고, 이들의 이후 행적이 많이 지워져 있다는 사실이 드러난다. 영화가 한시간쯤 진행되어서야 이강갑이라는 분이 사진 속 시민군이 확실한 것 같다는 증언이 나오지만 정작 그이에게는 사진이 찍힌 그날의 기억이 많이 없다. 그이는 체포된 후 국군통합병원에서 4년 만에 깨어났다고 말한다. 그이는 결국 '지만원 고소인단'에서 빠질 수밖에 없었다. '김군'에 대한 또다른 증언이 나온다. 1980년 5월 24일 광주 송암동에서 벌어진 계엄군들 간의 오인 전투와 이어진 주민과 시민군에 대한 보복 학살(초등학생 둘과 50세 주민 여성 포함 6명 사망) 때의 이야기다. 그

가슴을 에는 증언의 순간에 대해서는 말을 아낄 수밖에 없겠다. 다만 사진 속의 김군을 우리는 만나지 못한다. 김군은 끝내 직접 증언하지 못한다. 영화 「김군」은 그렇게 사라진 '김군'의 실패할 수밖에 없었던 증언을 통해 광주의 살아 있는 아픔과 진실에 다가가려 한다. 아니 다르게도 말할 수 있겠다. 많은 '김군들'은 이미 광주의 진실을 그이들의 고통과 죽음으로 증언했다고. 영화는 그렇게 침묵하고 있는 또다른 김군들에 대한 생각으로 우리를 이끈다.

지만원의 블로그 글을 봤다. 그는 영화 「김군」에 대한 기사를 인용한 뒤, 김군을 살아 있는 인물로 확정하고 불러내지 못한 영화의 '실패'가 자신의 주장에 대한 '간접적 인정'인 양 자랑하고 있다. 사악함 못지않게 이 '사유의 무능'이 가련할 뿐이다.

영원성과 사라짐의 어떤 결속

변화가 나날의 감각이 된 지는 오래지만, 이즈음 특별히 강하게 느끼게 되는 것은 더 나은 세상을 향한 우리 사회 성원들의 소진되지 않는 강렬한 변화의 의지와 열망이 아닌가 한다. 변화된 매체 환경, 공론장의 새로운 작동 방식과 함께 그 의지와 열망은 이제 거의 상시적인 민주주의의 압력이 되고 있는 듯하다. 그런데 최근 읽은 한 책은 조금은 다른 맥락에서 사회적 변화의 동역학과 관련된 생각들을 이어가게 만든다.

알렉세이 유르착 Alexei Yurchak 의 『모든 것은 영원했다, 사라지기 전까지는: 소비에트의 마지막 세대』 김수환 옮김, 문학과지성사 2019 는 제목만큼이나 흥미로운 책인데 억압과 저항, 탄압과 자유, 국가와 인민, 공식 경제와 2차 경제, 전체주의 언어와

반反언어, 공적 자아와 사적 자아, 진실과 거짓 등등 소비에트 현실을 묘사하는 데 사용되어온 기존의 이원론적 모델이 실제 현실과 변화 과정을 포착하지 못한다는 문제의식에서 출발하고 있다.

이 책은 변화를 향한 인간의 행위 능력만큼이나 각각의 역사적 사회적 맥락에서 그 변화가 어떻게 구성되는지 이해하는 게 중요하다는 걸 일깨워준다. 올 초에 본 키릴 세레브렌니코프Kirill Serebrennikov 감독의 영화「레토」2018가 생각난다. 1981년 소련의 레닌그라드를 배경으로 록음악에서 자유를 구했던 젊은이들의 이야기인데 요절한 한국계 록 뮤지션 빅토르 최의 무명 시절이 담겼다는 점도 나를 극장으로 이끈 요인이었을 것이다. 그런데 영화를 보면서 당시 록음악 공연을 비롯한 서구 최신 음악의 향유가 당의 통제 안에서일망정 젊음의 분출구로 꽤 열려 있다는 느낌도 받았다. 어쨌든 억압적 전체주의 시스템 아래서 서구 문화에 대한 상상적 동경과 함께 자라난 일탈적 반문화의 형태로 나는 그 젊은이들의 뜨거운 몸짓을 이해했지 싶다. 그리고 이와 같은 일탈이(때로는 저항이) 일어날 수밖에 없는 시스템의 허위와 억압으로부터 이후 페레스트로이카와 함께 소비에트 체제에 일어난 거대한 변화를 설명하는 방식이 대개는 일반적인 것이 아닐까 한다.

그러나 유르착은 십대 때부터 록음악에 빠졌던 한 젊은이의 예를 들면서 그가 콤소몰^{공산주의청년동맹} 서기로 성실하게 활동하는 한편 그 콤소몰의 대학생 행사에서 아마추어 록밴드들의 공연 기획에도 열성적이었다고 알려준다. "분명히 안드레이에게 레닌과 레드 제플린 양쪽에 열광하는 일은 모순되는 것이 아니었다.' '후기 사회주의'(스탈린 사후부터 페레스트로이카 이전까지) 시기에 시스템의 권위적 담론의 불변적 형식들이 초규범적으로 경직된 채 재생산되었는데 이 과정에서 권위적 담론의 진술적 의미(진위 여부)는 점점 더 축소되었다는 게 저자의 진단이다. 그러니까 사람들은 조직 활동이나 집회에 참석해 의례적인 연설을 듣는 일을 공식적 의미와 거리를 둔 채 '수행'하면서 권위적 담론의 진술적 의미를 비결정적으로, 혹은 부적절하게 만들어갔다는 것이다.

우리는 이 책에서 저자가 '수행적 전환'이라고 부른 이 과정이 소비에트 사람들에게 열어준 의미 있는 사회적·개인적 공간들을 흥미롭게 만나게 되는데 단지 반문화의 범주로만 환원될 수 없는 록음악의 다양한 향수 방식도 그 예가 될 것이다. 체계 내부와 외부에서의 동시적 실존을 뜻하는 '브녜'^{vnye}의 개념 등등 전체적으로 간단치 않은 문제를 포함하고 있지만, 저자의 입장은 명확하다. 소비에트의 마지막 세대는 "권위적 담론이 제공하는 대본에 따라 살아가는 시스템의 주인공이었지만, 동시에 권위적 대본 형식의 수행적 복제가 제공하는 매개변수들 내부에서 현실에 대한 자신만의 새롭고 예측 불가능한 해석을 창조해내는 시스템의 저자이기도 했다." 540~41면

　아마도 이는 변화의 주체성을 어떻게 이해하느냐 하는 문제이기도 할 것이다. 시스템이 재생산될수록 내적 전치轉置 혹은 내파內破의 가능성이 생겨났다는 소비에트 후기 사회주의의 역설에서 저자가 강조하는 것은 둘 사이에 존재하는 상호 구성적인 관계인데, 이때의 수행적 참여를 변화의 '주체성'으로 볼 수 있는 것일까. 잘 모르겠다. 그러나 소비에트라는 특수한 역사적 경험의 테두리 안에서이긴 해도, 변화가 반드시 적극적인 저항적 주체성과 거기에 맞서는 지배적 힘의 대립이라는 일반적인 모델 안에서만 작동하지 않는다는 것은 생각해볼 만한 문제인 듯하다. 가령 변화를 가능케 하는 중간 지대의 가능성 같은 것. 1962~1990. 소비에트의 '마지막 세대' 빅토르 최의 시간이 「레토」의 마지막 화면에 자막으로 떠올랐던 것 같다. 소비에트연방이 공식적으로 해체된 게 1991년이었다.

태극기와 우리가 알지 못하는 것

한때 10월은 법정공휴일의 달이었다. '유엔데이'라고 부른 국제연합 창설일 10월 24일 은 일찌감치 공휴일에서 제외되었지만 10월 1일 '국군의 날'은 꽤 오랫동안 하루 건너의 개천절과 함께 10월의 달력을 기다리게 만들었다. 10월 9일 '한글날'은 '노는 날이 너무 많다'는 이유로 '국군의 날'과 함께 공휴일에서 빠졌다가 2013년에 재지정되어 10월의 위신을 조금은 살려주고 있다. 국경일이라면 빠질 수 없는 게 국기 게양의 기억일 텐데 이상하게도 떠오르는 게 거의 없다. 어릴 적은 게양 공간이 마땅찮았던 주거 환경 탓을 한다고 해도 나중에는 왜 그랬을까. 국민교육헌장이니 국민총화니 하는 관제 애국의 오랜 후유증도 있을 텐데, 또 이즈음은 '태극기 부대'가 연출하는 섬뜩함의 후과 때문인지도 모르겠다. 문구점에서 팔려나, 이제는 하나 제대로 장만할 때가 됐지 싶다.

작년 이맘때 발표한 권여선의 단편소설 「하늘 높이 아름답게」_{2018; 『각각의 계절』, 문학동네 2023 수록}에는 생활방편으로 태극기를 팔러 다니다가 태극기를 사랑하게 된 파독 간호사 출신 여성 '마리아'의 이야기가 나온다. 처음 시작은 아파트 단지들이 한창 들어서던 80년대쯤으로, 새로 지어 입주하는 곳에서는 꽤 많이 팔기도 한 모양이다. 계절로는 봄이 괜찮은데, 곧 현충일과 6·25가 오기 때문이란다. 태극기 행상이 거의 없는 최근까지도 마리아만은 혼자 태극기를 팔러 다녔던 설명하기 힘든 이유가 이 소설이 다가가려는 인간 이야기의 은밀한 곳에 있다. 소설의 제목은 그러니까 동요 「태극기」의 '하늘 높이 아름답게 펄럭입니다'에서 따온 것이다.

찾아보니 1883년 고종 때 국기로 제정·공표된 태극기가 지금의 형태로 확정된 것은 대한민국 정부 수립 직후다. 초등학교 시절 태극기 그리는 과제를 한 기억은 있지만 아직도 건곤감리 4괘는 자신이 없다. 나 개인의 문제인지 모르나 이상하게 친밀한 느낌이 적다. 「하늘 높이 아름답게」가 신선하게 다가왔다면, 무엇보다 태극기가 소설의 중요한 모티브로 쓰이고 있다는 사실 때문이었던 것 같다. 정부 수립 무렵 완고한 남존여비의 가부장 집안 막내딸로 태어난 마리아가 체득한 생존 전략은 최대한 자신을 숨기는 것이었고, 열아홉살 나이에 파독 간호사로 이 땅을 떠날 때조차 가족 누구에게도 알리지 않았다. 소설은 일흔두살의 나이로 마리아가 세상을 떠난 뒤 비교적 가깝게 지낸 성당의 성도들이 그녀의 죽음을 이야기하는 방식으로 진행되는데, 마리아가 혼자 진통제를 투여하며 죽음의 고통과 싸우고 있었다는 사실을 알아챈 이는 아무도 없었다. 평생을 고단한 노동과 고독 속에 살다 세상을 떠난 이 여성에게 태극기가 은밀한 '희열과 공포'의 사물로 다가온 순간을 상상하는 소설의 시선은 작가 세대의 여성들이 그 앞 세대의 여성들에게 내미는 뒤늦은 연대와 이해의 간절함을 품고 있는 듯도 하다. 그러면서 소설 속 한 인물이 제기하는 '고귀함'의 문제를 깊이 생각해보게 만든다. '고귀함'이라는 단어도 태극기만큼이나 내게는 멀게만 느껴지지만, 세상이 자신에게 부과한 부당하고 모욕적인 시간을 묵묵한 겸손과 노동, 고독 속에 처리해갔을 마리아의 모습은 그 시대적·세대적 한계의 뚜렷함에도 불구하고 인간 역사에서 지워져간 무명과 무언의 인간들을 어떤 부끄러움 속에서 상상하게 해준다.

마리아의 죽음을 안타까워하며 생전의 기억을 나누는 가운데 가을 바자회가 끝나가는 파라솔 아래의 성도들은 생각과는 달리 자신들이 마리아에 대해 알고 있는 것이 거의 없다는 사실을 깨달아간다. 왜 그렇지 않겠는가. 아일랜드 작가 존 밴빌 John Banville 의 소설 『바다』정영목 옮김, 문학동네 2016 에서 주인공은 수십년을 같이 살았던 죽은 아내에 대한 기억이 너무도 빨리 닳고 깨어져나가기 시작하는 데 놀라면서 자신이 아내를 제대로 알기나 했는지 자문한다. 그의 첫 변명은 예상할 만한 수준이다. "나 자신도 요것밖에 모르는데 어떻게 다른 사람을 안다고 생각할 수 있겠는가?"200면 그러나 그의 자기검토는 조금 더 신랄해진다. "하지만 사실은 우리는 서로를 알고 싶어하지 않았다. 나아가서, 우리가 바랐던 것은 바로 그것, 서로 알지 못하는 것이었다."같은 면 조금 과도한 느낌도 있다. 그러나 서로에 대해 너무 많이 너무 빤하게 안다고 자신하고, 그 앎을 도덕적 윤리적 선고로 쉽게 바꾸는 이즈음의 세상에서는 일부러라도 챙겨두고 싶은 생각이다.

이국땅에서 울리는 한국어와 한국문학

　지난주 한국문예창작학회가 오스트리아 한인 문우회와 '역사와 민족, 언어와 문화'라는 주제로 공동 개최한 문학 심포지엄을 참관했다. 빈 도나우강변에 자리한 '오스트리아 한인문화회관'은 실용적인 형태의 단층 건물로, 한쪽 벽에는 2007년 발의되어 2012년 5월 개관한 한인문화회관의 연혁과 후원자 명단이 빼곡히 적혀 있었다. 십시일반의 정성이었다. 2500여명의 많지 않은 교민(그중 700여명은 유학생) 수로 이루어낸 성과라는 데서도 충분히 자부심을 가질 만한 일이겠다는 생각이 들었다.

　"소리나는 것만이 아름다울 테지. / 소리만이 새로운 것이니까 쉽게 죽으니까. / 소리만이 변화를 신고 다니니까." 기형도 「종이

달」, 『입 속의 검은 잎』, 문학과지성사 1989 한국에서 온 한 발표자는 기형도
의 시에서 '소리'는 '살아 있음'을 표명하고 각성하는 매개체
이자 '살아 있음'을 추동하는 동력이라고 말하고 있었는데, 아
닌 게 아니라 모네의 '수련'을 연상시키는 이국의 호숫가에서
듣는 한국어의 소리는 서울에서와는 조금 다른 공기와 울림
속에서 깨어나고 있는 듯했다. 발표자들의 입에서 박경리, 성
석제, 신경숙 등 한국 작가들의 이름이 이상하게 낯선 파동으
로 흘러나올 때, 나는 이곳 문우회분들의 표정을 훔쳐보고 싶
기도 했다. 그러니까 이날의 심포지엄이란 이국땅에서 '한국
문학'의 소리들, 그 새로운 파장 안에 함께 잠겨보는 시간일 수
도 있다. 이때 '한국문학'은 그 '음성 자질'만으로도 성립한다.

물론 언어는 소리의 파장 안에 역사 혹은 우리가 '삶'이라는
모호한 범주로 부를 수밖에 없는 무심하고 잔혹한 시간의 이
야기를 담고 있다. 우리가 종종 돌부리에 채어 넘어지는 곳이
여기이기도 하다. 뒤에 오는 사람들을 위해 돌부리를 뽑고 길
을 닦아나가지만 모순의 제거나 해소는 쉽지 않다. 오스트리
아 빈국립대학 동아시아학연구소에 재직 중인 윤선영 박사는
얼마 전 루마니아 바베슈-보여이대학에서 열린 제4회 한국어
말하기대회에 학생들을 인솔해서 참석한 특별한 경험을 발표
에 담았다. 윤 박사는 대회에서 일등상을 받은 류블랴나대학
한국학 전공 학생 카탸 주판치치의 발표문을 소개해주었는

데, 카탸는 자신의 발표(직접 작성한 원고를 외워서 말함)에서 '위안부'라는 한국어 표현의 부적절함을 예리하게 지적하고 있었다. "위안이라는 말에는 강제성이 없고 매우 개인적이며 그다지 부정적인 이미지도 없습니다."

한국어를 배우고 있는 외국인으로서 카탸가 제기하고 있는 정당한 반문은 사실 그이의 녹록지 않은 한국어 학습 능력만을 보여주고 있는 것은 아닐 테다. 사고하고 성찰하는 힘, 타자의 아픔에 공감하는 특별한 마음의 흐름이 여기에는 있다. 때로는 역사의 시간 안에서, 때로는 지리적 거리 안에서 우리가 다른 인간과 함께 있다는 사실을 아는 것, 혹은 저 강물, 저 하늘, 저 호수에 일렁이는 바람과 함께한다는 사실을 깨닫는 것, 거기에 우리가 상상하고 지켜가는 인간성의 수원이 있을 것이다. 그 '함께'가 결국 유한한 시간 안에서의 일이라는 것을 깨닫고, 똑같은 바람과 똑같은 강물을 다시 마주할 수 없다는 사실을 알아가면서 우리는 조금씩 성장한다.

한국정부가 피해자 지원을 위해 제정한 법에서 '일본군 위안부'라는 명칭을 쓴 것은 피해 생존자분들이 입을 수도 있는 정신적 상처를 고려한 것인데, 이럴 때 말의 한계와 불완전함은 안타깝기만 하다. 그렇다는 것은 사안의 복잡성과 민감성을 여러 차원에서 웅변하는 터이겠지만, 한 외국의 학생이 제기한 상식의 반문을 새삼 소중하게 되새기게 만든다. 카탸의 발표는 이렇게 끝난다. "전쟁은 아무도 위안해주지 않으며 아무도 위안받지 못합니다." 아베 정권의 보복적 경제 제재는 이 상식으로부터 너무 멀리 있다. 가해자의 진심 어린 사죄, 이것이 문제 해결의 출발이자 끝이다.

클라우디오 마그리스Claudio Magris에 따르면 여행사 요금표의 '모든 것 포함'이라는 조항에는 하늘에 부는 바람까지도 포함된다고 한다. 정말 그런 것도 같다. 나라면 구름을 빠뜨리지는 않을 것 같지만. 그는 여행지에서 집에서 떼놓고 온 똑같은 권태를 발견할지라도, 움직이는 것은 아무것도 하지 않는 것보다 낫다고도 말해준다. 그런데 이상하게도 저 바람과 구름은 내게 너무도 무관심한 채 불고 흘러간다. 한갓 여행자의 감상일지도 모르겠다. 다양한 민족들을 느슨하게 아우르는 세계, 합스부르크 왕가가 꾸었던 꿈이란다.

'우리 집'이라는 말

엘리아스 카네티의 『군중과 권력』은 접촉 공포의 전도顚倒에서 군중의 본질을 끌어내며 논의를 시작한다. 군중 속에서 서로 밀고 밀리며 밀착될 때 사라지는 것은 사람 사이의 간격인데, 이때 그 간격이 사회적 위계, 계급, 차이의 공간이기도 하다는 것이 카네티의 특별한 통찰인 것 같다. '방전'放電, Entladung이라는 해방과 폭발이 일어나는 순간 군중은 서로간의 차이가 제거된다고 믿는다. 낯선 존재와의 접촉에 대한 혐오와 공포를 포함해서 인간이 자신의 계급과 신분, 재산을 지키기 위해 간격의 유지에 얼마나 골몰하는지 생각해보면 이건 정녕 아이러니한 일이다. 카네티의 설명은 그 간격이 구속이고 질곡이며, 인간의 자유를 제한한다는 점에서 찾아진다.

"몸과 몸이 밀고 밀리는, 틈이라곤 거의 없는 밀집 상태 속에서 각 구성원은 상대를 자기 자신만큼이나 가깝게 느끼게 되며, 결국 커다란 안도감을 느끼게 된다. 아무도 남보다 위대할 것도 나을 것도 없는, 이 축복의 순간을 맛보기 위해 인간은 군중을 형성하는 것이다."[22면]

그러나 굳이 카네티에 더 기대지 않더라도 이러한 방전의 순간이 환상임을 모르는 사람은 없을 테다. 잠시 폭발적으로 누렸던 평등의 느낌과는 달리 우리는 실제로 그렇게 평등하지 않다. 군중은 와해되며, 우리는 결국 각자의 집으로 돌아가 문을 닫아걸고 잠자리에 눕는다. 아무도 자신의 소유물, 자신의 사회적 신원을 버리지 않으며 가족을 이탈하지도 않는다. 카네티의 논의는 이제 겨우 시작이고 그의 군중론과 권력론은 한층 더 복잡한 국면을 거쳐가게 되지만, 지금 내 관심은 그렇게 군중이 돌아가는 각자의 집을 향해 있다. 가족이 기다리고 있는 집은 어쨌든 접촉 공포의 상대적인 예외지대이며 자발적 구속은 없지 않으나 친밀감과 안전감이 대가로 주어지는 공간이다. 양차대전과 히틀러의 시대라는 특별한 역사적 실존적 근심에 밀착해 있는 카네티의 군중론은 기실 건전한 스포츠의 영역이나 민주적 시민정치의 제대로 된 활성화 같은 데서 극단을 완화하는 안전지대를 발견할 수 있다. 그럴 때도 집은 광장의 들뜬 시간이 안정화되고 새롭게 의미화

제1부

되는 근거일 것이다. 그런데 그런 집이 지금 존재하는가. 며칠 전 윤가은 감독의 영화 「우리집」2019을 보고 나오면서 머릿속을 맴돈 질문이다.

영화는 부부간 언쟁이 차가운 쇳소리로 울려 나오는 좁은 아파트 거실에서 시작해 그 거실의 식탁에 초등학교 5학년인 딸 하나가 차린 음식을 놓고 모여 앉은 네 식구의 무거운 숨소리와 함께 끝난다. 영화가 진행되는 동안 그전까지 식탁에 식사가 제대로 차려진 적은 없었던 것 같다. 맞벌이 부부의 갈등은 돌이키기 힘든 지경인 듯하다. 중학생인 하나의 오빠 찬은 아빠 엄마에 대한 기대가 없어 보이는데, 하나는 어떻게든 지금은 사진으로만 남은 가족 여행의 단란한 시간을 회복해보려 한다. 감독이 실내 장면의 프레임을 좁게 잡아내고 인물들의 호흡을 가까이 느끼게 만들면서 하나의 집의 어수선하고 불안한 공기는 좀더 직접적으로 힘들게 감각된다. 그리고 하나가 동네에서 알게 된 유미10살, 유진7살 자매와 어울리며 또 하나의 가족 이야기가 등장한다. 도배 일을 하는 유미네 부모는 지금 남쪽 바닷가의 호텔 공사 현장에 장기간 가 있어 어린 유미가 동생을 보살피며 집을 지키고 있다. 두 집 모두 위태롭기 그지없는데, 영화는 무너져내리는 집을 지키려는 아이들의 분투를 섬세하고 정직한 눈으로 따라가며 우리 시대 가족 현실에 대한 가슴 아픈 실감을 자아낸다. 영화에서 어른들의 자리가 지워지고 아이들의 이야기가 이상한 활력 속에서 전경화될 때 결국 우리가 묻게 되는 것은 남아 있는 희망의 분량, 시간 같은 것인지도 모른다. 유미네 부모를 찾아 나선 여행길에서 아이들이 서로를 상처 내는 말을 쏟아내며 그들의 소중한 마음이 담긴 '그것'을 내던지고 짓밟아버릴 때 우리가 보고 있는 것이 금세 지워지고 사라져갈 저 아이들의 시간이 아니라면 무엇이겠는가. 영화의 마지막, 암전되는 화면 위로 들려오는 식탁 위의 무거운 숨소리는 우리의 것이 된다. 그 숨소리의 자리에 '하나'가 포기하지 않은 시간이 아직 남아 있을까. 경제적 계급 격차는 고정되거나 심화되는 가운데 '가족과 집'을 둘러싸고 일어나고 있는 커다란 사회적 변동과 이데올로기적 해체 과정은 당장은 개인이 감당하기에 너무 버거운 아픔들을 강요하며 진행되고 있는 것 같다. 한국어 '우리 집'에 담긴 특별한 뉘앙스는 이제 얼마간 화석화되고 있는지도 모르겠다.

제1부

제목으로 돌아와 끝나는 이야기

    해외에서 연일 수상 소식을 전하고 있는 봉준호 감독의 「기생충」[2019]은 국내 개봉 전부터 제목과 함께 비밀을 품은 듯한 묘한 구도의 포스터로도 화제가 되었다. 이즈음은 해외 개봉 포스터가 종종 소개되곤 하는데 하나같이 흥미롭다. 당장 떠오르는 것은 물에 잠긴 반지하의 집을 맨 아래에 두고 차곡차곡 탑처럼 집을 쌓아 맨 위에 화려한 저택을 올려놓은 일러스트다. 영화가 겨냥하는 계급 격차의 세계를 간명하게 보여주면서도 금방이라도 허물어지는 게 이상하지 않은 그 구조의 기이함에 대해서도 비판적 응시를 가능하게 한다(영화는 박 사장의 정원에서 일어나는 난장의 파국을 보여주지만, 그것을 삼키고 지속되는 '공중정원-바벨탑'의 완강함에 대해 더 많이 생각하게 한다). 다른 하나는 엇갈리는 계단을 사이에 두고 계속해서 위로 올라가는 사람들과 끊임없이 하강하는 사람들을 나란히 배치해둔 일러스트인데, 이 역시 비슷한 이야기가 가능하지 싶다. 물론 두 일러스트 포스터는 메시지 이전에 한눈에 보아도 재미있고 호기심을 불러일으키게 그려져 있어, 「기생충」의 영화적 실질과도 얼마큼 부합한다.

'기생충'이라는 제목의 결정이 그리 쉬웠을 것 같지는 않다 (편집자로 일하는 내게 제목은 언제나 탄생과 운명을 예측하기 어려운 수수께끼의 사물이다). 영화의 성공이 인증해주는 권위를 감안하더라도 제목 '기생충'은 슬그머니 일어나는 또 다른 의미의 층위가 있다는 점에서 썩 괜찮은 명명이라는 생각이 든다. 박 사장의 집을 숙주로 기생하는 두 가족의 존재는 영화의 표면적 서사에서 '기생충'의 의미를 확인시켜주지만, 해외 포스터가 알레고리 방식으로 표현한 '공중정원'의 구조가 알려주는 것처럼 숙주와 기생의 관계는 그렇게 한 방향으로만 규정하기 어렵다. 눈에 보이는 관계들은 더 근원적인 착취와 기생의 이야기를 은폐하는 것일 수도 있다. 영화가 끝나고 나면 우리는 '기생'의 의미가 생각만큼 그렇게 자명하지 않다는 사실을 곱씹게 된다.

수사학에서 모호성 혹은 중의성이라고 불리는 이 지점을 가장 잘 활용해온 영역은 문학이며, 그중에서도 시일 테다. 그러면서 시는 제목을 자신의 텍스트에 포함하는 기술에서도 가장 앞선 장르이기도 하다. 마지막에 제목으로 다시 돌아가야만 끝나는 시가 많다. 시에서 제목은 단순한 명찰이 아니라 종종 시의 중요한 육체다. 켄 로치 Ken Loach 감독의 「미안해요 리키」2019 도 제목까지 포함해야 완성되는 영화다. 원제 'Sorry we missed you'(죄송해요, 우리가 당신을 놓쳤네요)는 수취인 부재 시 택배 회사에서 남기는 쪽지에 인쇄되어 있는 글이다. 중년의 주인공 리키는 주 엿새 하루 14시간을 길에서 보내야 하는 택배 노동자다(겉으로 리키는 택배회사와 계약한 자영업자처럼 되어 있지만, 그 '자영'은 화장실 갈 시간도 없이 배송 업무를 정확히 완수하며 무사고, 무벌점의 '기적'을 바라야 한다는 점에서 택배회사의 가혹한 노동 착취, 이윤 착취를 가리는 허울일 뿐이다). 아내 애비는 파트타임 방문 요양보호사로 일하는데, 일의 힘겨움(어머니를 생각하며 병약한 노인들의 예측하기 힘든 행동을 받아낸다는 애비의 말은 영화에 묘사된 대로 일의 어려움을 역설한다) 안에는 버스를 타기 위해 길에서 종종걸음 치는 시간도 들어 있다. 그녀의 발이 되어준 중고차는 남편의 밴을 구입하는 계약금을 위해 처분해야 했다. 저녁이나 주말 시간도 불시에 도움을 요청하는 이들 때문에 두 아이를 보살피는 데 제대로 쓰지 못한다. 큰아이인 세브는 길거리 그라피티에 빠져 학교는 뒷전인 채 가족들의 우려를 외면하고, 아버지에게 거세게 반항한다. 세브가 보기에 세상은 자신들의 이야기를 들어줄 생각이 없으며, 미래는 보이지 않는다. 영화를 보며 여러번 깊은숨을 내쉬어야 했다. "사는 게 이렇게 힘들 줄 몰랐어. 난 늘 악몽을 꿔." 그나마 찾아든 작은 휴식의 잠자리를 앞두고 애비가 오래 견뎌온 말을 토할 때는 쓰라림에 몸을 고쳐 앉을 수밖에 없었다. 그러고도 힘듦에는 바닥이 없는가. 켄 로치의 리얼리즘은 희망의 구조나 윤리를 쉽게 설계하지 않는 가운데(막내딸 라이자를 중심으로 가족 안에 깃드는 작은 행복의 시간, 의지가 반드시 무력한 것만은 아니겠지만) 이들 가족이 감내하고 대면해야 하는 좁고 숨 막히는 시간 안으로 끝내 우리를 데려간다. 그렇다면 이들 가족을 놓친 '우리'는 누구인가. 혹은 '무엇'인가. 영화의 제목은 다시 우리를 심문한다. 그 질문이 너무 크고 버겁기에 나는 우선 한국어 제목에 머문다. "미안해요 리키."

문학이라는 매체

    80년대 후반 내가 처음 출판사에 취직하던 무렵만 해도 활판이 남아 있었다. 그러던 것이 금방 전산 조판과 필름 인쇄가 대세가 되었고 컴퓨터와 인터넷 세상으로 넘어가는 데 채 10년도 걸리지 않은 것 같다. 지금은 아예 필름을 만들지 않고 파일 상태로 인쇄소에 전송한다. 컴퓨터 편집 프로그램을 익히면 기술적으로는 누구나 쉽게 책을 만들 수 있는 시대이다. 좀더 넓게 책이라는 매체를 둘러싼 제반 환경 쪽으로 시선을 돌리면 그 변화의 폭이 어떠한지는 주지하는 대로다. 여기에 한국 특유의 역동적인 정치 사회적 변화까지 가세하면서 한국문학의 '장場'은 지금 지각 변동을 겪고 있는 것처럼도 보인다. 이 과정은 문학에 대한 재정의를 둘러싼 세대 간 젠더 간

이해와 이데올로기의 충돌 양상으로 진행되고 있기도 하다.

생각해보면 내가 문학 출판 일에 입문하던 그 무렵 '문학의 죽음'이라는 말이 처음 등장하기 시작했던 것 같다. 그때의 맥락은 주로 대중매체의 위세, 영상문화의 부상 앞에서 예견되는 문학 영역의 위축이었다. '구텐베르크의 은하계'가 종말에 이르렀다는 진단이 잇따랐다. 지금 돌아보면 너무 성급한 진단이었던 것 같고, 이즈음의 판단으로는 IT 문명이 자신을 낳은 문자 매체의 초라한 연명에 그리 가혹하지 않을지도 모른다는 기대를 품어보게도 된다. 그러나 '축음기, 영화, 타자기'와 같은 새로운 기술 매체가 기록과 정보 전달에서 독점적 권위를 누려온 문학의 자리(문자라는 '매체'의 총화로서)를 대신하기 시작했던 19세기 후반에 이미 '문학의 죽음'이 선언되었다고 보는 키틀러[F. Kittler]라면(그는 1880년에서 1920년 사이 최초의 기술 매체들에 대해 작가들이 '경악하며' 썼던 텍스트를 논거로 활용한다), 20세기 후반 컴퓨터를 통해 새로운 매체연합이 완성되고 그것이 인간 삶의 핵심 조건이 된 상황에서 문학은 일찌감치 시효를 다한 낡은 '매체'라고 단호하게 말할 것이다. '인간 중심의 환상', 그러니까 '총체적인 인간'은 곧 '문학'이라는 환상이었고, 그것은 해체될 수밖에 없는 것이었다. 프리드리히 키틀러 『축음기, 영화, 타자기』, 유현주·김남시 옮김, 문학과지성사 2019

키틀러에 따르면 축음기가 소리나 소음을 있는 그대로 재생했을 때, 의미화라는 인간의 필터가 그 실재의 세계에 가해왔던 상징적 폭력이 고스란히 드러난다. 소리에 대한 문자적 기표라 할 수 있는 악보는 인간이 얼마나 선별적으로 세상의 소리를 기록해왔는지 보여준다. 시의 운율은 망각을 이기기 위해 문학이 발명해낸 기억술의 하나이지만, 축음기는 기억을 기술화한다. 문학의 상상력은 인간의 '머릿속'에서 그 실현 공간을 찾아왔지만, 영화는 그것을 스크린 위에 가시적으로 제시한다. 인간 내면의 영상은 스크린 위에서 실현된다. 영화가 상상계의 완성이라는 것은 스크린을 활보하는 인간이 '나'의 도플갱어들이라는 점에서도 확인된다. 문자의 기록 방식 또한 타자기의 발명으로 큰 전환을 맞는다. 여성 타자수의 등장으로 글쓰기의 남성 독점이 깨어지고 개개인의 인장이 제거된 규격화된 기록이 가능해진다. 타자기는 문자 정보의 처리 기술 전반을 상징하는 장치가 된다. 키틀러는 타자기의 문법이 디지털이라는 혁명적 기술로 진화하는 과정을 흥미진진하게 보여준다. 사람들은 이제 전혀 새로운 방식으로 듣고, 보고, 쓰게 되었던 것이다. 키틀러의 책은 이렇게 시작한다. "매체가 우리의 상황을 결정한다."[7면]

키틀러의 입론에 대해서는 '매체 결정론'이나 '반인간주의' 등 그간 많은 비판이 있어온 모양이다. 그러나 문학을 매체의 역사 안에 놓는 그의 발상은 곳곳에서 신선한 자극을 준다. 키틀러가 보기에 문학은 자신의 매체적 속성을 망각하는 방식으로 스스로를 특권화했다. 그런데 기술 매체의 등장으로 문학이 그 오랜 특권과 한계를 드러낸 순간 문학은 '예술'에서 '낡은 매체'로 강등되었을 수 있으나, 그것이 전체적으로 반드시 부정적인 방향만은 아니었던 것 같다. 키틀러는 괴테의 발언을 구전 전통에 대비되는 문자 독점의 문학이 스스로의 한계를 인식한 예로 인용하고 있지만, '매체의 시대'에 문학이 스스로의 현실적 좌표를 겸허하게 받아들이는 데도 충분히 시사적일 수 있겠다는 생각이 든다. "문학이란 파편들의 파편이다. 일어나고 말해진 것 중 아주 작은 부분만이 쓰여지고, 쓰여진 것 중에서도 아주 작은 부분만이 남게 된다."[21면] 문학의 자기의식은 의외로 유연하며, 역사를 잊은 적이 없다. 문학이 결국 '역사적'으로만 정의될 수 있는 것이라면 이런 맥락에서도 그러하리라.

제1부

태어남, 그리고 이별을 위한 긴 망각의 여정

내 세대는 대개 생일을 음력으로 쇤다. 나는 12월 25일생인데, 기억하기 좋다는 이유로 선친은 내게 양력 생일을 남겨주었다. 젊은 시절 좋은 이념을 따라 종교에 적대적이기까지 했던 선친에게 예수 탄신일이 불편한 하루였을 수도 있었다면, 이건 지금 생각해보면 조금 이상한 결정 같기도 하다. 당신에게 육체적 고초 말고도 평생의 사회적 배제와 경제적 무능을 안겨주었던 이념이라는 게 '결정적'이거나 그다지 공고하지 않았다는 증거로 이 사소한 삽화를 되짚어볼 수도 있을까. 돌아가신 선친의 나이에 근접해가는 동안 내가 겪은 세상의 변화는 이데올로기의 허위의식을 깨는 '과학적 이념'의 존재가 그 자체로 또 하나의 특정한 소망의 형식이었다는 걸 말해주는 듯도 싶다.

어쨌거나 선친 덕분에 내 생일은 매번 세상의 큰 축일과 함께하게 되었고, 성탄절 날 동네 교회에서 나누어주던 향기로운 빵은 은총의 선물처럼 도착했다. 그 무렵이라면 나 자신 기독교의 신을 믿지 않는 채로 나의 탄생이 절대자의 보호 아래 있다는 생각을 한번쯤 떠올렸을 법도 하다. 그러나 자라면서 한두번 기회가 없었던 것은 아니지만, 나는 종교와는 인연을 맺지 못했고 생각은 늘 눈앞의 현실을 벗어나지 못했다. 성스러움이나 초월적 지평에 대한 막연한 상상과 동경 정도는 있었을 테고, 내가 그것을 구한 곳은 문학이었다. '구원' 같은 말을 종교적 맥락에서 믿은 것은 아니지만, 문학에서 말하는 '자기실현'의 서사나 '인간해방'의 이야기 안에서 그에 버금가는 모종의 가능성을 희미하게 상정은 해보았던 것 같다. 어디 다른 글에서도 썼는데, 종교철학자 야콥 타우베스 Jacob Taubes 의 책을 읽다가 "내재성에서 나오는 건 아무것도 없다는 말입니다. [건널 수 있는] 다리는 건너편에서 오는 겁니다. (…) 건너편에서 우리에게 '너는 해방되었다'라는 음성이 들려와야 합니다."『바울의 정치신학』, 조효원 옮김, 그린비 2012, 178면 라는 대목에서 뭔가가 쿵 하고 내 머리를 강타하는 느낌을 받았던 것도 그 때문일 테다.

비슷한 충격을 '게니우스' Genius 라는 낯선 단어를 통해 받은 게 최근의 일이다. 라틴어 게니우스는 어떤 사람이 태어난 순간, 그의 수호자가 되는 신을 지칭하는 말이라고 한다.조르조 아감벤 『세속화 예찬』, 김상운 옮김, 난장 2010 생일은 게니우스가 빛처럼 갑자기 모습을 드러내는顯現, epifania 날로서, 생일 파티는 고대인들이 게니우스에게 바친 축제와 희생제의의 기억을 품고 있다. 게니우스는 우리 안에 있는 비인격적·전前개체적인 요소로서 우리 안에서 우리를 넘어서고 초과하는 화신이다. 게니우스는 우리를 살아 있게 하는 미지의 역량인바, 게니우스는 우리에게 속해 있지 않는 한에서 우리의 생명이다. 고대인들의 이 독특한 사유와 상상 안에서 게니우스와 함께 산다는 것은 비의식의 지대, 낯선 존재와 내밀한 관계를 맺으며 살아나가는 것을 뜻한다. 나라는 존재는 자아 말고도 게니우스의 힘이 가로놓인 장이다.

그렇다면 게니우스는 억압된 것의 귀환으로 이야기되는 '무의식'의 영토나 주체를 파열시키는 '타자성'의 영역과는 어떻게 다른 것일까. '게니우스를 따르기'가 답인 듯하다. "우리는 게니우스에게 동의해야만 하고, 우리 자신을 맡겨야만 하고, 게니우스가 무엇을 요구하든 양보해야만 한다. 게니우스의 요구사항과 행복이 우리의 요구사항이고 행복이기 때문이다."11면 게니우스를 따를 때 우리는 우리 자신의 작아짐을 확인하고, 자아의 속성을 스스로 덜어낸다. 동시에 누구에게나 자신의 게니우스와 헤어져야 할 때가 찾아온다. 자신이라고 알고 있던 것의 기나긴 망각이 시작되는 순간. 그러니 탄생일은 떠나는 날을 이미 예비하고 있고, 자아의 이야기는 그 이별을 향한 점진적이고 긴 망각의 여정이 된다. 물론 이것은 죽음의 공포에 맞서는 가운데 생명의 신비에 다가가고자 했던 인간의 오래된 자기이해의 서사일 수 있다. 그러나 이 상상의 서사 안에서 우리는 우리를 넘어서는 지평, 큰 흐름에 포함된다. 동일성의 좁은 테두리, 자아의 오만은 깨어진다. 선친도, 너무 일찍 세상을 떠난 어떤 친구도 그렇게 게니우스를 따라서 살다가 자신들의 시간을 떠나갔다면, 우리의 어쩔 수 없는 안타까움은 조금 덜어질 수도 있지 않을까. 주변에서 아픈 이들, 떠나가는 이들의 이야기가 잦다. 앞으로 몇번 더 게니우스의 현현을 기대할 수 있을지 모르겠으나, 올해의 생일은 게니우스의 숨결을 느껴보고 싶다. "게니우스 앞에서 위대한 인간이란 없다. 우리 모두는 똑같이 왜소하다."[17면]

바보의 웃음

최근 카프카의 「변신」을 다시 읽을 기회가 있었다. "그레고르 잠자는 어느날 아침 불안한 꿈에서 깨어났을 때 자신이 흉측한 벌레로 변해 침대에 누워 있는 것을 발견했다"『변신·단식 광대』, 편영수·임홍배 옮김, 창비 2020, 9면 라는 첫 문장은 너무도 유명해서, 그 강렬함으로는 『안나 까레니나』의 서두 "행복한 가정은 모두 서로서로 닮았고, 불행한 가정들은 각각 나름대로 불행하다"『안나 까레니나1』, 최선 옮김, 창비 2019, 11면 와 거의 쌍벽을 이루는 듯하다. 그거야 어쨌든, 그레고르가 날벼락처럼 딱딱한 등껍질을 가진 자신을 발견했을 때 사실 「변신」의 이야기는 이미 '죽음'이라는 이야기의 끝을 준비해놓은 거나 마찬가지다. 그레고르만이 이를 모르는데, 처음에는 혼란과 당혹감이, 그리고 나중에는 점차 곤충의 몸에 익숙해져가는 그의 의식이 상황의 정확한 이해를 가로막고 있다. 아니, 늘 자신보다 가족을 먼저 생각하는 그레고르의 선한 마음 때문이라는 게 더 맞는 말일 수 있다. 그는 자신에게 기대고 있는 가족을 생각해서라도 죽는다는 것은 생각할 수도 없는 존재인 것이다. 가족들의 경우는 일종의 '자기기만'에 빠져 예정된 비극의 수순을 짐짓 모르는 것처럼 행동하는데, 여기에는 과학적이라는 느낌을 줄 정도의 카프카의 정밀하고 냉연한 언어가 기여한 바가 크다. 덕분에 폐기와 망각으로 예정된 그레고르의 절박한 운명이 잘 보이지 않을 뿐이다. 말하자면, 「변신」은 그 자체로 '죽음'을 연기延期하고 있는 이야기인 셈이다. 이 점을 의식하면 할수록 독자는 깊은 연민 속에 그레고르의 운명을 따라가게 되고, 결말에 이르러 말 그대로 벌레 한마리를 치워버리는 듯한 무심한 가족 비극의 완성에 전율하게 되는 것이다.

그런데 착하디착한 그레고르 잠자는 정말 그렇게 망각될 수 있는 것일까. 모든 근사한 이야기가 그런 것처럼 우리는 이들 가족의 뒷이야기를 계속 생각하게 된다. 봄날의 소풍을 떠나며 '새로운 꿈과 계획'에 부풀어 있던 남은 가족의 바람과는 달리 말이다. 그런데 혹 카프카가 써놓은 또다른 짧은 소설 「가장의 근심」이 그 후일담은 아닐까. 그 이야기에 나오는 '납작한 별 모양의 실패'(실패 한가운데에서 작은 막대가 두

개 튀어나와 서 있을 수도 있고, 가끔은 묻는 말에 대답도 하고, 웃기도 한다), '오드라덱'이라는 알 수 없는 이름으로 불리는 이상한 사물은 대개는 나무토막처럼 아무런 행동도 하지 않기 때문에 죽을 수도 없는 존재 같다. 그래서 가장은 근심한다. "그가 누구에게도 해를 끼치지 않는 것은 분명하다. 그러나 내가 죽고 난 후에도 그가 살아 있으리라는 생각이 내게는 아주 고통스럽다."「변신·단식 광대」, 198면 발터 벤야민은 오드라덱이 종종 나타나는 장소가 '다락방'라는 사실에 주목하면서, 오드라덱의 흉하게 일그러진 모습이 사물들이 망각된 상태에서 갖게 되는 형태일 거라고 말한 바 있다. 그렇다면 폐가 없는 듯이 웃는 오드라덱은 곤충이 되어 폐기되고 망각의 저편으로 던져진 그레고르 잠자일 수 있지 않을까. 그는 너무 착해서 죽을 수도 없는 존재가 아닌가. 이야기는 또 이렇게 이어지는 것일까.

벤야민은 「카프카론」에서 전해지는 이야기 한편을 소개한다. 어느 시골 주막, 안식일 저녁에 사람들이 모여 앉아 있는데, 한쪽 구석의 걸인 같은 뜨내기손님 한 사람을 빼면 모두 마을 주민들이다. 돌아가면서 각자의 소원을 이야기해보기로 했다. 마지막에 걸인에게 차례가 왔다. 그는 왕이 되고 싶다고 했다. 그런데 적국의 군대가 쳐들어오는 바람에 내의 차림으로 왕궁을 나와 산을 넘고 숲과 언덕을 넘으면서 밤낮으로 쫓

긴 끝에, 지금 여기 주막의 구석 자리에 안전하게 도착했으면 한다는 것이다. 사람들이 어리둥절해서 묻는다. 당신이 그 소원의 이야기에서 바라는 것이 무엇이냐고. "내의 한 벌이요." 그것이 그의 대답이었다는 이야기다. 그러니까 지금 자신이 입고 있는 남루한 내의 한벌을 가리킨 것인데, 그렇다면 그의 소망은 이미 실현되어 있는 셈이 아닌가. 나는 이보다 더 선하고 깊은 울림을 주는 이야기를 알지 못한다.

벤야민은 카프카에게는 다음 두가지가 분명했다고 쓴다. 도와주기 위해서는 누군가 한 사람은 바보가 되어야 하며, 어떤 바보의 도움만이 진정한 도움이라는 것. 그레고르 잠자도, 벤야민 이야기 속의 걸인도 바로 그 바보의 형상인 것만 같다. 오드라덱으로 변신해서 우리를 향해 바스락거리는 낙엽의 소리로 웃고 있을.

제2부

초행(醮行) 혹은 초행(初行)

    소설집이나 시집의 제목을 표제작 없이 독립적으로 정하는 경우가 늘고 있다. 장석남 시집 『꽃 밟을 일을 근심하다』^창_{비 2017}를 받아들고는 목차부터 살폈다. 「입춘 부근」이라는 짧은 시는 창가 식탁에 끓인 밥을 퍼다놓고 달그락거리는 조금은 처연한 풍경 사이로 문득 무심하게 다가서는 봄기운을 그린다. 시의 화자는 식탁 옆 창의 커튼을 내린 모양인데 햇살 들이치는 늦은 아침이 부끄러웠던 것일까. 시는 다가서는 '침침해진 벽'을 부유하는 생활의 둘레로 수용한 뒤 모종의 근심과 흐릿한 의지를 함께 다진다. "오는 봄/꽃 밟을 일을 근심한다/발이 땅에 닿아야만 하니까". 달력을 보니 입춘이 얼마 안 남기도 했다.

김숨 소설집 『당신의 신』문학동네 2017 도 표제작이 없는 경우다. 「이혼」이라는 작품에 이런 대목이 나온다. "나는 당신의 신이 아니야. 당신의 영혼을 구원하기 위해 찾아온 신이 아니야. 당신의 신이 되기 위해 당신과 결혼한 게 아니야."64면 남편의 공격에 대한 아내의 답변이다. 아내는 시인인데 남편은 그 점을 문제 삼고 있다. "네가 날 버리는 건 한 인간의 영혼을 버리는 것이나 마찬가지야. 그러므로 앞으로 네가 쓰는 시는 거짓이고, 쓰레기야."59면 누가 보아도 유치한 논리다. 남편은 비정규직 노동자들의 아픔과 좌절을 기록하는 다큐멘터리 사진작가인데, 정작 자신과 가장 가까운 존재인 아내의 고통에는 무감하고 무신경한 태도를 보이지 않았던가. 무엇보다 결혼이 누가 누구를 구원하는 일이 아니듯 이혼 역시 누가 누구를 버리는 문제가 아니다. '당신의 신'이라는 제목은 이미 충분히 해체되었으리라고 믿고 있는 결혼의 환상이 이상한 윤리적 환상 아래 잔존하고 있다는 사실을 알려주는 효과가 있는 듯하다. 그런데 이 소설집에서 작가가 '결혼'이라는 제도에 대해 품고 있는 문제의식은 한층 착잡한 것으로 보인다. 여기에는 이른바 '폭력의 대물림'을 수반하는 폭력의 역사가 어른거린다. 좀더 분명하게는 남성 가부장제의 폭력인데, 결혼은 그 폭력의 구조를 보존하고 재생산한다. 어릴 적 가정폭력을 겪은 이는 그 폭력을 자기도 모르게 학습하고 내면화하는 가운데 폭력의 가해자로 성장해간다는 서사도 있다. 이혼 후일 담이라 할 만한 소설집 속의 「새의 장례식」은 이 서사를 지지한다. 나는 이런 문제가 언제나 개별 사례 안에서 다루어져야 한다고 믿지만, 폭력의 대물림을 거절하는 일은 결코 쉽지 않고 상당한 의지와 노력이 필요한 것일 테다. 어쨌든 '이혼'이 통과의례가 될 수밖에 없는 '결혼'이란 무엇인가. 어쩌면 김숨의 소설은 좀더 큰 틀에서 결혼제도가 봉착한 딜레마를 건드리고 있는지도 모르겠다. 남성 가부장제의 틀이 허물어지고 있는 것은 분명하다. 그러나 친밀성의 새로운 관계는 아직 충분히 도착하지 않은 듯하다. 보다는 사회 전체가 일종의 아노미 상태에 들어가 있는 것도 같다.

연말에 개봉한 김대환 감독의 영화 「초행」[2017]은 7년차 동거 연인의 막막한 시간을 뛰어난 현실감으로 전한다. 남자 쪽 아버지의 회갑연이 열리는 속초의 가족 현실은 별다른 과장 없이도 이들의 미래를 막아선다. 경제적 문제도 크지만, 가족을 만드는 일은 선뜻 내딛기 어려운 길로 보인다. 두 연인이 내뱉는 새된 숨소리와 간헐적 침묵은 잊기 힘들다. 영화의 마지막, 두 사람이 광화문 광장에서 촛불을 들고 진행 방향을 찾는 모습은 이상하게 뭉클하다. 그들은 사람들이 움직이고 있는 쪽으로 합류하고 싶지만 가다보면 반대편으로 가고 있는 사람들이 더 많아 보인다. 기실 개개의 삶 안에서 모든 길은 초행일 수밖에 없을 테다. 이런저런 명쾌한 진단과 분석은 넘쳐나지만, 정작 살아가는 사람에게 삶을 조망할 자리는 좀체 주어지지 않는 것인지도 모르겠다.

잠시 숨을 고르며

하동은 선친의 고향이다. 하동군 금남면 덕천리. 덕개라고 했다. 중학교 1학년 때인가 선친을 따라 시사時祀에 참례한 적이 있다. 이제 그럴 만한 나이가 되었다고 생각하셨던 것 같다. 부산에서 시외버스를 타고 남해고속도로를 달려간 먼 여행은 힘들었던 차멀미의 기억과 함께 남아 있다. 넓은 마당 한쪽에 차일을 치고 큰 솥에 끓여내던 국이 생각난다. 돼지고기를 넣고 벌겋게 끓인 국이었는데 처음 보는 음식이었다. 비 내리는 쌀쌀한 날씨에 마루 한쪽에 앉아 국밥을 먹은 기억이 생생하다. 꽤 큰 한옥이었는데 선친이 나고 자란 집이라는 말을 들었던 것 같다. 그때 우리는 부산에서 단칸방에 살고 있었다. 그게 처음이자 마지막 시사 참례였고, 내가 군대 있을 때 돌아가신 선친 산소가 남해 바다 앞 노량에 있는데도 하동에 가본 게 몇차례 안 된다. 성묘마저 게을리한 지도 오래됐다.

그런데도 누가 고향을 물으면 꼬박꼬박 하동이라고 대답해 왔다. 이즈음이야 부친의 고향을 자신의 고향으로 삼는 관행도 많이 흐릿해진 걸로 안다. 그러거나 선친은 언제나 하동 분이었고, 하동 이야기만 나오면 얼굴이 밝아지셨다. 소설가 이병주 선생이나 악양 평사리 이야기도 들었던 기억이 난다. 그렇게 자주 걸음할 형편은 아니었으니 시사 때나 다녀오시지 않았나 싶다. 선친은 좌익 활동이 문제가 되어 보도연맹에 가입해야 했다. 큰 화는 면했으나 그 뒤로 변변한 직업 없이 살다 가셨다. 선친의 일로 심하게 고초를 치렀던 숙부는 나중에 절에 들어가 스님이 되었는데 얼마 전에 돌아가셨다. 내 본적지는 하동이 아니고 산청이었는데, 그렇게 호적을 옮기게 된 연유도 선친 때문이라고 들었다. 그러나 산청의 작은 숙부 역시 지리산 산사람이 되어 젊은 날에 세상을 버렸다. 난 지금도 서부경남 쪽 말씨는 바로 알아듣는다. 작년 상가에서 만난 하동 큰누이가 수야 하고 부르며 건네던 하동 말은 어찌나 환하고 달던지. 지금 칠순을 넘긴 누이는 섬진강 건너 광양 다압면으로 시집갔고 평생을 거기서 살고 계신다. 다압은 광양시이지만 생활권은 하동이고 차의 전남 번호판 때문에 종종 괄시를 당했다던 매형의 말씨도 하동 사람과 진배없다.

제2부

"하동쯤이면 딱 좋을 거 같아. 화개장터 너머 악양면 평사리나 (…) 어릴 적 돌아보았던 악양 들이 참 포근했어. 어머니가 살아 계시다면 얼마나 좋아하실까! (…) 하여간 그쯤이면 되겠네. 섬진강이 흐르다가 바다를 만나기 전 숨을 고르는 곳. 수량이 많은 철에는 재첩도 많이 잡히고 가녘에 반짝이던 은빛 모래 사구들." 이시영 「하동」 부분, 『하동』, 창비 2017

그래, 재첩. 한편의 시를 이렇게 골똘하게 읽은 적이 있었나 싶다. 시인의 고향인 구례군 산동면 산수유가 지켜본 젊은 매형 이상직 서기의 죽음「산동 애가」이나 세상 너머까지 이어지는 사촌간 우애의 시「형제를 위하여」는 저 지리산 산사람들의 사연으로 너무 아프다. 하스미 시게히코蓮實重彦는 "사람들은 자신이 아닌 것이 되기 위해서 '문학'을 읽는 것이다. 자신의 얼굴, 자신의 기억에의 향수를 끊고, 아무도 아닌 것이 되기 위해"『나쓰메 소세키론』, 이모션북스 2017, 313면 라고 존재의 변용을 실천하는 '표층 비평'을 감동적으로 마무리하지만, 기실 우리의 기억 역시 무슨 심층이나 답답한 의미의 자장에 환원되기만 하는 것은 아닐 테다. 그것은 때로 '잠시 고르는 숨' 같은 것이 될 수도 있다. 희박하고 가벼워서 역사의 잔혹한 무게도 어쩌지 못하는 지금 당장의 숨. 시인이 들려주는 '하동'은 그 순간을 전하고 닿힌다. "하동으로 갈 거야. 죽은 어머니 손목을 꼬옥 붙잡고 천천히, 되도록 천천히. 대숲에서 후다닥 날아오른 참새들이 두

눈 글썽이며 내려앉는 작은 마당으로." 추석이 며칠 앞이다.

용산, 잊고 있었다

최근 용산참사를 다룬 소설과 다큐멘터리를 연이어 접했다. 2009년 1월 20일 새벽의 일이었다. 어제 같은데 8년의 세월이 지나 있었다. 잊고 있었다는 말이겠다.

소설집 『가시』큰 2017 를 읽다 만난 김정아의 단편 「마지막 손님」은 참사가 일어나기 직전의 시간으로 돌아가 철거가 진행 중이던 그곳 재래시장 세입자들의 이야기를 들려준다. 30년 넘게 시장에서 국숫집을 해온 선례라는 여성은 법적 근거 미비로 턱없이 부족한 보상에서도 사각지대에 놓여 있다. 텅 빈 시장에서 그이의 국숫집만 영업을 하고 있는데 철거 용역을 하는 이들이 새참처럼 국수를 찾으면서 남아 있게 된 것이다. 남일당(소설에서는 '행운당'으로 변용되어 나온다) 옥상에 망루가 올라가는 모습이 보이고, 건물 계단에서는 '용역들'이 폐타이어를 태우며 위협하고 있다. 선례씨는 국숫집 한쪽에서 커피를 팔아온 남순씨와 함께 망루의 사람들에게 국수를 말아 올리기로 마음을 먹는다. 소설은 여기서 끝나는데 국수는 망루의 사람들에게 제대로 전해졌을까. 인상적인 삽화가 하나 더 있다. 전날 용역들에게 내놓은 국수의 국물이 맹물이었다. 세입자대책위와 짜고 골탕을 먹이려 했다며 난리가 났다. 듣기는 하지만 말은 못하는 선례씨를 향해 험한 욕이 쏟아졌다. 30년 장사에 처음 있는 일이었다. "이렇게 정신줄을 놓다니 선례 씨는 그 자리에 그만 주저앉아버렸다. 골탕이라니, 누가 누구에게 골탕을 먹인단 말인가."^{11면} '용역들' 역시 누군가의 대리인들이다. 그때의 용산뿐이랴만, 재개발 철거의 현장에서 마음의 뿌리를 잃어버리는 순간이 아프게 포착되어 있다.

김일란·이혁상 감독의 다큐멘터리 「공동정범」²⁰¹⁶은 용산 참사의 진실을 경찰특공대의 증언과 재판 과정을 재구성하는 방식으로 규명하려 한 다큐 「두 개의 문」^{김일란·홍지유, 2011}에 이은 후속 작품이다. 「두 개의 문」을 보면 경찰특공대가 망루의 상황을 정확히 알지 못한 가운데 무리하게 투입되었다는 사실이 드러난다. 변호사의 반대신문 과정에서 어렵게 입을 연 특공대원은 진압 작전은 보류되는 게 맞았다는 판단을 내놓는다. 그러나 재판은 사망한 경찰특공대원 한명을 피해자로 두고, 범죄의 주범을 특정하지 못한 가운데 나머지 망루의 농성자 전원을 살인의 '공동정범'으로 기소한 검찰의 구도대로 진행되었다. 다큐 「공동정범」은 기소되어 5년여 형을 살고 나온 (옥상 난간을 붙잡고 있다 떨어진 한분은 심한 부상으로 집행이 유예되었다) 다섯 농성자들의 현재 시간에서 시작한다. 망루의 불지옥에서 살아나온 과정을 정확히 기억하는 사람은 없었다. 눈을 뜨니 그들은 '살인자'가 되어 있었다. 그 사실을 어떻게 받아들일 수 있었겠는가. 인터뷰는 시종 조심스러웠지만 거기 그이들 앞에 카메라를 두어야 한다는 사실만으로도 다큐는 힘겨워 보였다. 기억은 조금씩 흔들렸다. 망루가 갑자기 불길에 휩싸이는 당시의 현장 동영상이 다큐 중간중간 계속 나오고 있었지만, 그 순간의 진실을 그이들의 기억으로 복원하기에는 한계가 있어 보였다. 무엇보다 그들은 너무도 고통스러운 피해자들이었다. 그이들의 얼굴, 어렵게 떼놓는 말 한마디 한마디에는 지옥의 시간이 그대로 남아 있었다. 예상치 못한 대목에서 가슴을 아프게 한 사실은 살아남은 농성자들 사이의 오해와 갈등이었다. 다큐의 후반에 이르면 조금씩 서로에게 마음을 여는 모습이 보인다. 이 갈등을 마주하기로 한 것은 다큐의 어려운 결정이었으리라. 다행스럽게도 정부 차원의 공식적인 용산참사 진상조사위원회가 새로이 꾸려질 거라는 소식이다. 촛불 민의의 덕분이기도 하겠지만 무엇보다 망각과 싸워온 이들의 힘일 테다.

죽음이라는 유산

새벽에 다큐 한편을 봤다. 갠지스강이 벵골만으로 흘러드는 삼각주 지대 순다르반스. 세계 최대의 맹그로브 숲이 있는 곳. 가난한 주민들에게는 숲의 벌꿀이 중요한 수입원이지만 벵골 호랑이 때문에 목숨을 걸어야 한다. 한해 150명가량이 목숨을 잃는다. 벌꿀 채취 기간이 2주로 제한되어 있는 것도 그 때문. 어린 딸과 아내를 건사해야 하는 한 젊은이는 아버지를 따라 숲으로 들어간다. 숲속에서는 고함을 질러 호랑이의 접근을 막는다. 다행히 벌꿀 채취에 성공한다. 꿀을 자르는 일은 초행의 아들 몫이다. 대견해하는 아버지 곁에서 아들은 눈물을 글썽이며 기뻐한다. 꿀을 팔면 60불, 가족의 1년 생활비다. 동남아 어딘가의 거대한 해안 동굴 이야기도 있다. 아버지와 젊은 아들이 동굴로 들어간다. 거기 금사연金絲燕이 해조류에 침을 섞어 지어놓은 제비집이 있다. 밧줄 사다리가 설치된 곳은 하늘이 뚫려 있는 까마득한 절벽이다. 아버지가 아래에서 사다리를 잡고, 아들이 오른다. 94미터 높이에서 대나무 다리를 통해 절벽으로 접근한다. 아들은 말한다. 이렇게 번 돈으로 자신의 아이를 교육시키고 싶다고. 아이에게는 절대 이 일을 시키고 싶지 않다고.

필립 로스Philip Roth의 『아버지의 유산』정영목 옮김, 문학동네 2017은 86세의 아버지에게 뇌종양이 발견되고 2년 뒤 세상을 뜨기까지의 시간을 기록한 글이다. 아버지가 행하고 아들이 기록한 죽음의 노동일지인 셈이다. 폴란드계 유대인 이민자의 아들로 태어난 작가의 아버지는 8학년이 최종 학력이지만 굴하지 않는 투지로 하루하루 차별과 모욕의 전쟁터를 헤쳐 나왔고 보험회사 관리직으로 정년퇴직했다. 그 생존의 투쟁일지이기도 한 이 책은 필립 로스 소설의 단호한 현실주의가 뿌리내리고 있는 강고한 유산을 곳곳에서 증명한다. 작가는 아버지에게서 끈덕진 힘을 지닌 일상어를 배웠다고 말한다. 그 일상어들이 로스의 소설을 얼마나 생동감 있고 풍부하게 만들었는지 우리는 안다. 유언장에서 자신의 몫이 비어 있는 것을 발견한 뒤(이것은 작가 자신의 뜻이었다), 작가가 아버지에게서 버림받은 듯한 당혹스러운 느낌에 빠지는 장면이 있다. 그 돈은 아버지 인생의 구현물이었던 것이다. 유산의 물질성에 포함된 가장 강력하고 끈질긴 끈이 여기 있었다. 어린 시절의 작가를 그토록 좌절시킨 아버지. 대학 강의실에 들어가며 작가는 아버지의 분신으로 거기 존재한다는 느낌을 떨칠 수 없었다. 왜 아니었겠는가. 그러나 아버지와 연결된 방식이 더 비비꼬이고, 더 깊어질 수 있는 것이었음을 작가는 몰랐다. 이 책은 그 각성의 일지이기도 하다. 작가는 여러차례 아무것도 이해 못하겠다고 쓴다. 아버지의 똥이 유산이었다. 그것이 아버지가 살아낸 현실 그 자체였기 때문이다.

뉴어크 구석구석의 역사를 다 알고 있는 아버지에게 삶은 '기억'하는 일이었다. 어떤 것도 잊지 말아야 한다는 아버지의 문장紋章은 작가 자신의 다짐으로 재차 등장한 뒤, 책의 마지막에 다시 돌아온다. 아버지와 아들의 최종적인 연결 지점일 테다. 그런데 이상하다. 로스 집안의 이야기를 넘어 죽음에 맞서온 인간 종의 끈덕진 저항을 담고 있는 이 말이 내게 지나간 세계의 이야기처럼 들리는 것은. 이즈음 '아버지의 유산'은 그 어느 쪽이든 낯선 언어가 되고 있다. 죽음이 그저 그런 것일 때, 인간의 자리는 얇아진다. 필립 로스의 책은 말해준다. 죽음이 인간의 진정한 유산이라는 것을.

87년의 기억

1987년 나는 대학 마지막 학년이었다. 1, 2학기 모두 최대한 학점을 이수해야 겨우 졸업이 가능한 형편이었고, 야학과 공장생활로 이어졌던 어설픈 운동 언저리의 일에서도 복학을 전후해 발을 뺀 상황이었다. 만나는 사람도 거의 없었고, 모친이랑 단 둘이 살던 길음동 단칸방에서 학교까지 95번이나 25번 버스를 타고 오갔다. 어느 날은 불쑥 스카라극장 앞에서 내려 텅 빈 극장에서 조조영화를 보기도 했다. 피터 위어^{Peter} ^{Weir} 감독의 「위트니스」¹⁹⁸⁵라는 영화였는데 그때는 감독에 대해서는 전혀 몰랐고, 아마도 극장 간판에 그려져 있던 해리슨 포드^{Harrison Ford} 때문이 아니었나 싶다. 문명을 거부하고 자신들만의 종교 공동체를 꾸려 살아가는 아미시교도의 마을이 아름다운 자연 풍광 속에 화면을 가득 채웠다. 형사 스릴러물의 외피는 뜻밖의 영화적 속살을 숨기고 있었고, 경찰 내부의 부패 세력에 쫓기는 형사 해리슨 포드와 아미시 마을의 여인 켈리 맥길리스^{Kelly McGillis}의 위태로운 감정은 당시 나의 지리지 어디에도 존재한 적이 없던 밝고 평화로운 전원의 풍경과 함께 마음을 흔들었다. 영화가 끝난 뒤 극장 휴게실에서 혼자 모친이 아침에 싸준 도시락을 먹고 나니 도저히 학교로 갈 마음이 생기지 않았다. 말하자면 그런 날들이었다.

연말에 장준환 감독이 만든 화제의 영화 「1987」²⁰¹⁷을 보면서 계속 탄식과 함께 몸을 뒤척였던 것 같다. 일단 30년 전의 시간, 기억으로 돌아간다는 게 쉽지 않았다. 무엇보다 영화 속에서 재현되는 폭력 장면을 견디기 힘들었다. 정말 지랄 같은 시절이었다. 공권력에 의한 불법 연행, 고문이 아무렇지도 않게 일어나던 때였다. 1호선 남영역을 지나다보면 나타나는 어두운 벽돌 건물. 치안본부 대공분실이라고 했다. 1987년 1월 14일 그곳에서 서울대 언어학과 학생회장 박종철 군이 숨졌다. 수배 중인 선배의 소재를 추궁하며 무자비한 폭행과 전기고문, 물고문이 자행되었다. 물이 가득 찬 욕조에 머리를 강제로 밀어 넣는 과정에서 일어난 경부 질식이 최종 사인이었다. 경찰의 첫 발표는 그 유명한 "책상을 탁하고 치니 억하고 쓰러졌다"였다. 영화는 사건의 진실을 은폐하고 조작하려 한 세력과 진실을 밝혀 불의의 세상을 바꾸려는 이들의 대립 구도 아래에서 굉장한 박진감과 속도감을 보여준다. 사태의 진행을 이미 알고 있는데도 치안본부 박처장으로 대표되는 악의 세력이 진실의 힘 앞에서 한발씩 퇴각하는 순간에는 조였던 몸이 풀어지며 작은 안도의 한숨이 찾아온다. 김윤석이 연기한 박처장은 한국 현대사의 가장 깊은 모순이자 상처라 할 레드 콤플렉스, 극단적 반공주의의 화신이다. 그의 이북 사투리는 서북청년단 같은 역사적 기원을 환기하면서 '좌경세력'에 대한 생래적인 증오를 적절하게 표현한다. 김윤석은 이 모두를 눈빛과 손짓, 걸음 하나에 담아내면서 살아 있는 악으로 움직인다. 진실의 편에서는 뜻밖에도 검찰이 중요한 역할을 감당하고, 의사, 기자, 학생, 재야 운동권, 종교계, 거리의 상인이 각자의 자리에서 세상의 변화를 향해 움직여가는 모습이 화면에 담긴다. 교도관들의 숨은 헌신도 인상적이다. 언제든 세상은 그렇게 바뀌어가는 것이리라. 6·10항쟁을 거쳐 백만 시민이 집결한 이한열 노제의 광경이 노래 「그날이 오면」과 함께 엔딩 크레딧에 올라올 때 눈물을 참기 어려웠다. 사실 이미 여러차례 눈가를 훔친 뒤였지만 말이다.

그런데 장르 영화에 버금가는 이 영화의 속도감과 카타르시스에 대해서는 조금 생각해볼 여지도 있는 것 같다. '87년 체제'라는 역사적 성과를 남겼지만 87년 6월 시민항쟁의 정치적 후과가 어떠했는지 우리는 안다. 박처장 캐릭터에 과도하게 모인 악의 에너지는 좀더 현실적으로 배분되는 가운데 역사를 성찰하는 시선으로 전화될 수도 있었다. 역사를 돌아보는 것은 좌절과 전망이 뒤섞인 혼돈과 무지의 자리로 돌아가는 일이기도 하다. '아는 자'의 시선을 선점하거나 하나의 악을 만드는 것은 질문을 단순화한다. 난 그해 명동과 시청의 열기 속에서 이상하게 힘들었고, 도망가고 싶었다. 그 힘겨움은 오랫동안 부끄러움으로 남아 나를 괴롭혔다. 그때 나는 무엇이 그렇게 두려웠던 것일까.

회고록을 읽는 시간

    칠레 작가 아리엘 도르프만Ariel Dorfman 의 희곡 「죽음과 소녀」1990 는 민주화 이행기에 제기되는 '과거 청산'의 어려움을 깊이 있게 파헤친 작품이다. 정의의 즉각적인 실현은 당연하고 절박한 요구지만 그 진실의 회복 과정에도 역시 따라야 하는 민주주의의 시간과 비용은 문제 해결을 더디게 만들고 때로는 불투명하게 한다. 연극의 마지막에 무대 위로 커다란 거울을 내려 관객들이 자신의 모습을 바라볼 수 있게 한 것은 어두운 과거의 청산이 법적 정의를 넘어서는 보다 복잡하고 착잡한 문제일 수 있음을 암시한다. 그 거울은 작가가 언급한 대로 "타협하지 않는 윤리적이고 미학적인 공간을 확립하는 방도"『아메리카의 망명자』, 창비 2019, 414면 로 고안된 것이었겠지만, 끝내 조국 칠레에서의 초연을 가로막은 불편한 요인이 된다. 최근에 번역 출간된 작가의 회고록 『아메리카의 망명자』에는 연극 상연의 좌절을 전후해서 다시 조국을 떠나게 되는 이야기가 정직한 자기 해부의 언어에 담겨 있다.

아르헨티나 태생 유대인으로 유소년기를 영어와 함께 미국에서 보낸 뒤 열두살 때 칠레로 건너와 스페인어를 쓰는 칠레인으로 자신의 조국을 다시 발명해야 했던 아리엘 도르프만은, 그 자신 혼신을 바쳐 참여했던 아옌데 민주혁명이 좌절된 뒤 살아남은 자의 부채의식을 품은 채 작가로서, 또 혁명운동가로서 긴 망명투쟁의 세월을 보낸다. 민주화 이후 조국 칠레로 귀환하지만 그의 최종 정착지는 아이러니하게도 미국이었다. 회고록은 칠레 정착을 시도했던 1990년 여섯달의 시간을 중심에 놓고 망명 이후 자신의 삶을 돌아보면서, '바깥'ᵉˣ의 시선을 포함하는 '망명'ᵉˣⁱˡᵉ의 의미를 곱씹으며 그 떠돎의 시간을 긍정하는 이야기이다. 물론 그것은 사회주의라는 역사의 전망이 사라진 뒤 도래한 세계 현실 속에서 '공동의 인간성'이라는 인류의 피난처를 찾고 회복하려는 작가 평생의 결의를 포함하고 있기도 하다.

회고록의 전편인 『남을 향하며 북을 바라보다: 이중언어의 여행』창비 2003가 또한 그 제목으로 알려주고 있는 것처럼, 한 인간의 정체성을 둘러싼 두 언어의 지배 투쟁이 20세기 중후반 남미라는 제3세계 해방정치의 현장에서 진행된 과정은 그의 회고록을 좀더 특별하게 읽게 만든다. 그러면서 그가 망명지에서 조국의 '데사빠레시도'(피노체트 독재에 의해 사라진 사람들)를 생각하며 그이들의 현전을 상상력으로, 그리고 언어로 기다리는 장면들은 문학이 인간의 슬픔과 고통에 참여하는 간절한 연대의 순간이 된다. 그런데 대학 시절 선거에 의해 출범한 칠레 아옌데 정부의 사회주의 혁명을 책에서 처음 접했던 나로서는, 도르프만이 그 혁명의 성공과 좌절을 어떻게 되새기고 있는지가 궁금했던 것도 사실이다.

그는 『남을 향하며 북을 바라보다』에서 "해방의 경험이 얼마나 충일한 것이었는지, 그 무엇도 지구상의 가난한 사람들이 자기들의 운명을 되찾는 광경을 지켜보는 희열에 비할 수 없다"고 쓴다. 그러나 바로 그랬기에 "우리에게 그처럼 신명났던 일이 우리의 낙원의 비전에서 배제되었다고 느낀 사람들에게는 위협적이라는 것을 이해하기란 어려웠다"362면고 말한다. 결국 도르프만은 모네다궁 앞에서 환호했던 젊은 날의 그 자신에게 "국가가, 혹은 혁명이 모든 문제를 해결해줄 것으로 믿지 말았어야 한다"364면고 말하게 될 것이다. 무엇보다 뼈아픈 고백은 몇몇 중대한 정치적 실수와 무관하게 아옌데 혁명이 이후 세계 현실의 전개를 읽어내지 못한, "과거의 최후의 헐떡임"367면이 아니었을까 하는 반성이다. "인간이 정말 어떤 존재인지, 그리고 그들이 진정 무엇을 원하는지를 보지 못"하지[367~68면] 않았나 하는 자문. 물론 그는 자신의 투쟁을 후회하지 않으며, "젊은이, 저항한 것은 옳았네"[365면]라고 확신을 가지고 말하게 될 것이다. 그는 첫번째 회고록을 참혹한 고문의 시간을 시를 반복 암송하며 견뎌낸 한 칠레 여성의 일화를 전하며 끝맺는다. "그녀는 하나의 물건처럼 취급당하고 싶지 않았던 것이다. 이 세상에 그녀와 같은 사람이 단 하나라도 있는 한, 나는 그녀의 투쟁할 권리와 우리의 기억할 의무 양자를 옹호할 것이다."[370~71면]

두권의 회고록을 읽고 있는 동안 1980년의 한 수사 진술서를 둘러싼 이상한 문제제기가 있었다. 만에 하나 고문과 폭압의 수사 과정에서 누군가의 이름을 진술할 수밖에 없었다 한들, 그걸 어떻게 비난할 수 있는가. 그들이 싸웠던 대상은 우리의 인간성을 유린한 그 부도덕한 권력이 아니었나. 정말 필요한 자기반성과 고백의 언어들이 향해야 할 곳이 있다면, 그것은 우리의 민주화 투쟁이 바로 그 인간성의 옹호에서 보인 '편협함'이나 '얇음'이어야 할 것이다.

'충혼'과 '민주' 사이

지난주 부산에서 '낙동인문강좌'라는 이름으로 낙동강을 끼고 있는 서부산 쪽 연혁을 이야기하는 자리가 있었다. 이문열의 중편 「하구」1981가 1960년대 후반 하단포(지금의 하단. 소설에는 '강진'이라는 지명으로 등장)를 배경으로 하고 있는 터라, 그 작품을 소개하는 방식으로 이야기를 풀어나갔다. 물론 '낙동강의 파수꾼' 김정한 선생의 단편 「모래톱 이야기」1966도 빠뜨릴 수 없었다. 부산이 고향이긴 해도 자라면서 하단, 괴정, 명지 등 서부산 인근은 가볼 기회가 많지 않았다. 생생한 지역 역사는 그곳에서 오래 살아온 주민들이 내게 들려주는 상황이 되었다. 1950년대 한적한 어촌이었다가 부산시로 편입되면서 유원지로 각광받고, 건설 붐을 타고 모랫배

사업자들이 몰려들고, 이후 낙동강 하굿둑 공사와 함께 매립이 진행되면서 지금은 아파트숲으로 변해버린 하단포의 역사가 하나하나 흘러나왔고, 알고 보니 강좌가 진행되고 있는 '사하구평생학습관' 자리가 소설의 배경인 하단 포구의 한 자락이었다. 구덕산에서 발원한 괴정천이 흘러들어 낙동강과 만나는 곳이 하단포인데, 학습관 바로 옆의 복개천이 바로 그 괴정천이었던 것이다. 흔히 이문열의 초기 소설은 낭만주의적 색채가 짙다고 이야기되는데, 그 낭만주의는 「하구」처럼 치밀한 사실의 언어에 의해 뒷받침되고 있다는 것도 새삼 확인하게 되었다.

강좌를 마치고는 낙동강 하굿둑을 건너 을숙도며 명지 쪽도 돌아보았다. 강폭은 내가 생각했던 것보다 훨씬 컸다. 「모래톱 이야기」의 중학생 건우는 명지의 조마이섬(지금 을숙도 자리)에서 나룻배로 하단포로 건너와 버스를 타고 시내의 학교로 등교하는 '나룻배 통학생'이다. 아버지는 6·25 때 전사하고 어머니, 할아버지, 삼촌과 산다. 가정방문 때 선생님에게 "나룻배만 진작 타지고 빠른 날은 두어 시간만 하면 됩더" 하던 건우다. 지각이 잦을 수밖에. 홍수가 나 섬이 잠길 위기에 처하자 건우의 조부는 마을 사람들과 함께 부패한 권력과 지방 유력자가 결탁해 만들어놓은 엉터리 둑을 허물다 사람을 해하게 된다. 조부가 구속된 뒤 건우는 새 학기가 되어도 학교에 나타나지 않는다. 건우의 뒷이야기가 걱정되는 사람이 나만은 아닐 것이다. 아마 잘 자랐으리라. 을숙도 건너 명지신도시에는 아파트가 빽빽하게 올라와 있었다.

부산역에 내리면 건너편 산 위로 커다란 조형물이 보인다. 부산 출신 전몰군경들을 모신 '충혼탑'인데, 몇년 전 처음 가 보았다. 산복도로를 따라 올라가니 탁 트인 전망이 훌륭했다. 바다 쪽으로 부산항대교와 영도, 용두산공원과 송도까지가 한눈에 들어오고 오른쪽으로는 구덕산 아래 주택가가 푸근하게 엎드려 있었다. 그곳 전망이 기억이 나 해질 무렵 다시 찾았다. 지난번에는 무심히 지나쳤는데 공원 이름으로 중앙공원과 민주공원을 병기하고 있었다. 원래 '중앙공원'이던 것이 1999년 부마항쟁 20주년을 맞아 충혼탑 맞은편에 부산민주항쟁기념관을 건립하게 되면서 '민주공원'이라는 이름을 새로이 얻게 되었다고 한다. 웅장한 충혼탑 앞 표지석을 보니 건립년도가 1983년이었다. 충혼탑에서 내려다보면 계단 아래로 민주항쟁기념관이 가까이 보인다. 묘한 감흥이 일었다. 우리의 굴곡진 현대사는 이상한 방식으로 '충혼'과 '민주' 사이를 멀찍이 벌려오지 않았는가. 가령 이문열의 「하구」에 나오는 서 노인의 이야기 같은 것. '좌익 활동' 경력이 있는 그이는 군경의 '공비 토벌' 때 간신히 살아남은 뒤 하단포의 모래톱으로 숨어든다. 하단 포구에서 힘들게 새 가족을 일군 그이는 뒤늦게 나타난 고향의 아들을 끝내 부인한다. 분단체제하에서 독재 정권은 반공을 가장 손쉬운 정권 안보의 수단으로 삼았고, 정당한 민주화의 요구까지 '용공'과 '종북', '빨갱이'로 몰아붙이는 뒤틀린 이념 사냥의 역사를 만들어왔다. '우파'를 자처하는 기득권 세력은 현실의 변화에 눈감은 맹목과 혐오의 언어를 놓지 않았다. 먼 이야기가 아니며, 지금 당장에도 '좌파 프레임'이라는 허구의 망령은 사실과 실질, 상호 관용과 이해에 기반해야 할 공론장을 끊임없이 타락시키고 있다. 그런 와중에 '민주' 쪽에도 '도덕적 오만'과 같은 형태로 얼룩은 남았으며, 가령 작가 이문열은 그 이념 갈등에 과도한 피해의식으로 개입하면서 안타깝게도 자신의 문학에 대한 온당한 평가마저 어렵게 만들어버리고 말았다. '충혼'과 '민주' 사이의 거리를 생각하게 만드는 '중앙·민주'공원의 가파른 산비탈은 6·25 피난민들의 처절한 생존의지의 현장이기도 하다.

남아 있는 시간에 대한 두 질문

올해 노벨문학상 수상자로 가즈오 이시구로^{Kazuo Ishiguro}가 결정된 뒤, 『남아 있는 나날』^{The Remains of the Day, 송은경 옮김, 민음사 2010}의 한국어 번역 제목을 두고 SNS에서 작은 논란이 일기도 했다. 영어를 잘 모르는 처지라 말을 덧붙일 계제는 아니지만, 나로서는 번역 제목에 이의를 달고 싶은 생각은 들지 않았다. 이 소설에서 영국 대저택 달링턴 홀의 집사 스티븐스는 미국인 새 주인의 제안으로 생애 첫 여행을 하게 된다. 주인이 내준 자동차를 몰고 영국 서남부를 도는 엿새간의 여정에서 아름다운 자연 풍광, 작은 마을들을 지나며 돌이키는 일인칭 화자 스티븐스의 회고는 조금씩 담담함을 잃고 분열되며 억누르고 외면했던 진실을 향해 다가간다. 작가는 점증하는 자기

기만의 아이러니를 화자의 어조에 섬세하게 새겨 넣고 있는
데, 회고의 리듬을 여로를 따라 하루 단위로 설계하고 엿새로
나누어 배치한 것도 대체로 성공적인 서사 전략이 아니었나
싶다. 엿새는 두번의 아침과 두번의 오후, 세번의 저녁으로 나
뉘면서 모두 일곱개의 챕터로 구성된다. 마치 세상의 일주일
처럼.

여로는 결혼과 함께 달링턴 홀을 떠났던 하녀장 켄턴 양, 그
러니까 벤 부인과의 만남으로 끝나고 집사의 책임감으로 억
눌러야 했던 사랑의 감정은 돌이킬 수 없는 상실의 시간으로
확인된다. 친 나치 행각으로 얼룩진 달링턴 홀의 오욕에서 스
티븐스의 성실은 보상받을 길 없는 맹목으로 남는다. 그렇다
면 스티븐스의 삶은 무엇인가. 이제 무엇이 남았는가. 웨이머
스 바닷가 마을에 저녁이 찾아오고, 그것은 스티븐스 인생의
쓸쓸한 황혼이기도 할 테다.

소설에서 스티븐스는 바닷가 벤치에 함께 앉아 있었던 한
노인이 하루 중에 가장 좋은 때가 저녁이라고 했던 말을 떠올
리며 약간의 위안을 얻는다. 정말 그럴까. 남아 있는 시간, 남
아 있는 나날을 헤아리는 인생의 저녁에 저 노인의 말은 차라
리 농담이 아닐까. 어쩌면 작가 역시 스티븐스라는 인물의 인
생에 드리운 쓰디쓴 아이러니 앞에서 할 말을 잃었던 것인지
도 모르겠다.

소설이 본질적으로 회고의 형식이라는 것은 잘 알려진 이야기다. 그것도 의기양양과는 거리가 먼 상실과 회한과 자책의 돌아봄 말이다. 그렇다면 그것은 동시에 남아 있는 날들에 대한 이야기이기도 할 텐데, 거기에 성찰을 통한 성숙의 자리나 계기가 얼마간 존재한다는 믿음도 함께 있는 것도 같다. 나 자신 오래 그렇게 소설을 읽어왔지 싶다. 그러나 이런저런 일들과 함께 이즈음 그런 믿음이 자꾸 흔들리고는 한다. 그래서 그런지 최근 읽은 한편의 소설이 전하는 급박함이 이상하게 강렬하다. 크리스토퍼 이셔우드 Christopher Isherwood 의 『싱글 맨』조동범 옮김, 창비 2017 은 단 하루의 이야기다. 소설은 58세 대학교수 조지가 아침에 잠자리에서 깨어나는 장면에서 시작해 그날 밤 같은 침대에서 생을 마감하는 하루를 따라간 뒤 끝난다. 조지는 함께 살던 동성 파트너 짐의 급작스러운 죽음으로 깊은 상실감과 우울에 빠져 있다. 1904년 영국에서 태어나 의학을 공부하다 베를린으로 건너가 왕성한 작품 활동을 펼쳤고, 나치를 피해 1939년 미국으로 이주한 뒤 캘리포니아에서 작가로, 문학 교사로 살다 1986년 세상을 떠난 이셔우드는 퀴어문학의 선구자로도 알려져 있다. 1964년에 발표한 『싱글 맨』은 로스앤젤레스의 대학가를 배경으로 이방인이자 성소수자로 살아가는 한 대학교수의 우울과 분노에 찬 일상을 다루었다는 점에서 얼마간 자전적인 요소를 담고 있는 것으로도 보인다.

소설 전체에 걸쳐 펼쳐지는 조지의 시니컬하고 엄혹한 자기 해부는 문장 하나를 놓치지 못하게 할 만큼 신랄하고 강렬하다. 그 날카로운 집도執刀에서 조지는 무엇보다 욕망하는, 그러나 노쇠해가는 육신에 갇힌 존재다. 그의 정신은 사랑하는 연인의 죽음으로 깊은 내상을 입었다. 문자 그대로의 상처인데, 그 상처는 조지가 바닷가 술집에서 짐을 처음 본 순간 그의 "관상동맥 주요 혈관"192면에 생긴 어떤 변화로부터 자라나온 것일 수도 있다. 출근길 대학 교정에서 테니스를 치는 두 젊은 이가 늙어가는 육체에 주는 진저리나는 관능적 쾌감에 대해 묘사할 때, 우리는 전율한다. 조지의 말대로 이것은 '무자비한 게임'이다. 강의 시간에 "우리가 소수집단을 좋아하지 않거나 미워한다고 인정하는 것이, 가짜 자유주의적 감상주의로 우리 감정을 속이는 것보다 낫습니다"195면라고 조지가 말할 때, 거기에는 성소수자로 살며 겪어온 혐오와 위선의 폭력에 대한 깊고 깊은 분노가 차분히 눌러진 채 이글거리고 있다.

그러나 무엇보다도 이 소설은 남아 있는 시간, 남아 있는 나날이 없다고 믿는 한 '독신 남성'의 이야기라는 점에서 모종의 '자유주의적 감상주의'에 대해 말해주는 바가 있는 것 같다. 여기에는 '지금'이라는 시간을 둘러싼 여분이 별로 없다. 곧이곧대로 들은 말만은 아니겠지만, 조지는 인생에서 경험이 쓸

모 있는지 묻는 제자의 질문에 고개를 저으며 답한다. "글쎄, 이렇게 이야기할 수 있을까. 다른 사람의 경우는 내가 이야기할 수도 없고, 내 경우에는, 무엇에도 전혀 현명해지지 않았어." 165면

그러므로 소설의 그날 아침, 조지가 겨우 '그것'(아직 조지라는 육체적 사회적 인격을 입기 이전의 상태)으로 깨어났을 때, 그렇게 해서 겨우 "내가 있다"와 "내가 지금 있다"가 추론되는 낯선 상황이 그리 느닷없는 것은 아니었던 셈이다.8면 단지 이 상황이 우리를 아주 조금 안심시키는 것은 깨어난 '여기'가 '그것'이 그날 아침 자기를 발견하리라 예상한 곳, 그러니까 집이라는 곳이기 때문이다. 그럼에도 조지에게 '지금'은 아주 가혹한 상태로 도래해 있다. 그에게는 지금 이 세상에 함께 있어야 할 사람이 없다. 소설의 두번째 문단이다.

그러나 지금은 단순히 지금이 아니다. 지금은 잔인한 암시다. 어제에서 하루가 지난 때, 작년에서 한해가 지난 때. 지금에는 모두 날짜가 붙어, 지난 지금을 모두 쓸모없게 만든다. 어쩌면 — 아니, 어쩌면이 아니라 — 아주 확실히 — 조만간, 그날이 올 때까지.

—8면

돌발변수가 없는 것은 아니겠지만, 세상은 조금씩 나아지고 있다. 그런 일에 부단히 마음과 행동을 모아가는 일은 언제나 소중하다. 소설의 조지는 적어도 작가이자 좋은 문학 교사로서 그렇게 했던 것 같다. 그러나 이런 일이 돌연 중단될 때도 있다. 아니 확실히. 완전히 혼자의 육체로 돌아가서. 그런 생각도 여투게 되는 쓸쓸한 가을이다. 지난주 아는 선배의 상喪에 가서는 많이 울었던 것 같다.

어머니는 행복하시다

천수위는 홍콩의 서민 동네다. 고층아파트가 밀집해 있는데 야경으로만 보면 꽤 근사하다. 쉬 안화許鞍華 감독의 「천수위의 낮과 밤」2008은 그 동네 이야기다. 얼마 전 영상자료원에서 보았는데 영화의 잔상이 오래간다. 열대야로 뒤척일 때면 모자 두 식구가 소찬에 말없이 밥을 먹던 식탁의 이상한 평화가 자꾸 떠올랐다. 어머니 정여사의 그 둥글고 선한 얼굴은 요즘 내가 자주 보는 일본 드라마 「고독한 미식가」 고로 상의 점잖고 착한 얼굴과 함께 잡사에 지쳐가는 마음에 큰 위안이다. 영화는 늦잠을 자고 일어나 좁은 거실 소파에 누워 티브이를 켜고는 다시 잠이 드는 소년의 모습을 천천히 보여주면서 시작한다. 맥가이버 머리를 하고 있는 잘생긴 소년은 일견 문제아 같다. 대형마트 매장에서 일하고 돌아온 어머니를 맞을 때도 종일 집에서 게으르게 뒹군 티가 역력하다. 우리는 알게 된다. 지금 아들 가온은 방학 중이고 대입 시험을 치른 뒤 점수 발표를 기다리고 있다. 공부는 잘하는 것 같지 않지만 착하다. 달걀이나 신문 심부름 등 엄마를 말없이 잘 돕는다. 아버지는 가온이 어릴 때 병으로 세상을 떴다. 그러니까 모자 단 둘의 편모 가정이다. 영화는 천수위의 작고 허름한 서민 아파트에서 살아가는 가족의 하루하루를 조용히 따라간다.

이럴 때 우리는 '가난'이나 '불행'의 프레임을 떠올리는 데 익숙하다. 가령 소년이 엇나가거나 집에 좋지 않은 일이 생기면서 그렇지 않아도 고달픈 하층의 생활은 더욱 악화되기도 한다. 심지어 사태의 폭력적 전개에도 우리는 얼마큼 익숙하다. 아파트 같은 동에 이사 온 장 할머니는 혼자 산다. 전구를 갈지 못해 어둑한 부엌에서 혼자 먹을 음식을 요리한다. '가족 해체의 어두운 현실'이니 고독사 같은 말이 쉽게 발설될 수 있는 대목이다. 그러나 이 영화의 시선에는 그런 틀이 없다. 문제의 사회적 차원이 존재하지 않는다는 이야기가 아니다. 주로 중국 본토에서 건너온 이민자들이 모여 살면서 형성된 천수위는 홍콩 내에서도 빈곤, 실업, 폭력 등의 문제가 심각한 곳으로 알려져 있다. 영화는 중간중간 정여사나 장 할머니 세대가 살아온 지난 시절의 풍경을 사진으로 보여주는데 일제히 하얀 머릿수건을 한 여공들의 모습이 우리네 70년대를 연상시킨다. 정여사도 일찍 학업을 접고 공장에 취직해서 남자 형제들의 뒷바라지를 했던 모양이다. 정여사의 신문 읽기는 아마도 그렇게 중단할 수밖에 없었던 학업에 대한 아쉬움과 무관하지 않을 테다.

영화는 정여사가 장 할머니의 장보기를 도와주고 아들과 함께 할머니네 부엌 전등을 갈아주는 모습을 보여준다. 할머니가 마트에 취직하면서 두 사람은 더 가까워진다. 배달비 때문에 장 할머니가 티브이 구입을 망설일 때도 아들을 부르고 가온은 씩씩하게 달려와 설치까지 마쳐준다. 할머니는 아껴두었던 버섯을 꺼내 고마운 마음을 전한다. 가온은 바쁜 엄마 대신에 입원한 외할머니에게 열심히 죽을 배달한다. 학교 동아리 모임에서 어머니는 행복하신 것 같다고 대답한다. 어머니는 어느 저녁 먼저 떠난 남편을 생각하며 울음을 터뜨리기도 한다. 왜 고단하고 외롭지 않으랴. 그러나 아침저녁으로 마주하는 모자의 간소한 식탁에는 설명하기 힘든 온기가 있다. 이것은 삶의 동화적 포착과는 무관하다. 살아간다는 일의 소중함과 느꺼움 앞에서 감독의 시선은 겸허하기만 하다. 장 할머니가 사위와 손자를 만나러 가는 길에(딸은 손자를 남기고 세상을 떴고 사위는 재혼을 했다) 정여사가 동행하는데, 이 여정이 보여주는 가슴 아픈, 그러나 참으로 깊고 따스한 두 여성의 연대의 풍경에 대해서는 말을 아껴야 하리라. 그래, 삶은 언제든 개념화한 가난이나 사회학적 불행보다 더 크다. 사람들은 그렇게 살아간다.

흩어지는 시간과 얼어붙은 시간 사이에서

1896년 알래스카 인근 유콘강가에서 한 채굴꾼이 사금 채취에 성공한다. 찰리 채플린 Charlie Chaplin 의 「황금광 시대」1925 의 배경을 이룬 클론다이크가 바로 강 건너에 있었다. 캐나다 북서부의 오지 마을이 골드러시의 역사 속으로 진입하는 순간이었다. 미국 서부 해안에서 긴 항해를 한 뒤에도 설산을 넘어가야 하는 머나먼 험로였지만 꿈을 품은 사람들의 행렬은 이어졌다. 많은 이들이 눈사태나 동상, 굶주림으로 죽음을 맞았고, 꿈을 접고 돌아가야 했다. 엘도라도에 도착한 사람도 많았다. 강가의 작은 마을은 몰려든 채굴꾼과 그들의 주머니를 노리는 이들로 성시를 이루었다. 캐나다 유콘 준주 도슨 시티의 탄생사다.

제2부

올해 EBS국제다큐영화제에서 접한 빌 모리슨Bill Morrison 감독의 「도슨 시티: 얼어붙은 시간」2016은 그 도슨 시티의 역사가 잃어버린 무성영화의 역사와 뜻밖의 자리에서 만나는 이야기다. 도슨 시티가 흥성하던 20세기 초반은 뤼미에르 형제가 만들어낸 시네마토그라프라는 기계가 대중들에게 또다른 꿈의 시간을 선사하며 산업적으로 성장하던 때였다. 도슨 시티의 극장 역시 성황이었다. 무성영화의 전성기였다. 그러나 영화는 개봉한 지 3년 뒤에나 볼 수 있었다. 머나먼 땅 도슨 시티에는 돌고 돈 필름이 마지막으로 도착했다. 흥미로운 것은 배급업자들이 필름의 회수를 꺼렸다는 사실이다. 거리와 비용 때문이었다. 많은 필름들이 그대로 남았다. 셀룰로이드 필름은 높은 가연성 때문에 종종 화재의 원인이 되기도 했다. 도서관, 체육관 등지가 넘쳐나는 필름의 보관처가 되었고, 많은 필름이 강에 버려지고 불태워졌다. 유성영화 시대가 본격적으로 개막하면서 무성영화 필름은 더더욱 천덕꾸러기가 되었다. 체육관의 수영장이 아이스하키 링크로 개조될 때 많은 필름들이 흙과 함께 수영장을 메우는 데 쓰였다. 무성영화 필름들이 동토의 땅에 '얼어붙게' 된 경위다. 1976년 우연히 그 자리에 현대식 극장을 짓는 과정에서 얼어붙은 필름들이 세상으로 올라왔다. 필름 상자로는 500여개, 작품으로는 300여편이었다.

이 다큐의 어떤 점이 나를 매혹했던 걸까. 심하게 훼손된 탓에 불속에서 타고 있는 것처럼 지직거리며 재생되던 무성영화 영상의 그 이상한 아름다움이었을까. 벤야민식으로 말하자면 그것들은 망각 속에서 구원을 기다리는 과거의 섬광 같기도 했다. 무성영화의 복원된 푸티지들은 도슨 시티의 역사와 무성영화의 역사를 얼마간 지시하고 발화하는 방식으로 편집되어 있었는데, 이야기의 뒤에 머물려는 다큐의 조심스러움도 좋았지 싶다. 생각해본다. 얼어붙은 시간의 봉인과 해제에 자기도 모르게 참여한 사람들을. 금을 찾아 오지의 강가를 헤매는 채굴꾼, 도착한 이들과 도착하지 못한 더 많은 이들, 골드러시가 만든 도시의 성쇠와 운명을 나눈 사람들, 영화의 시대의 도래와 배급망의 끝에 놓인 어떤 도시, 극장과 배급업자의 이해, 버려진 무수한 필름들, 아이스하키를 좋아한 주민들과 수영장을 메우는 공사장 인부들의 무심한 삽, 빙판 위로 솟아나는 필름 자락과 놀던 아이들, 수십년 뒤 우연히 그곳을 파내는 포클레인. 여기에는 먼 훗날 필름의 발굴과 같은 목표 지점은 당연히 없다. 캐내야 할 특별한 의미가 있는 것도 아니다. 범용한 삶의 시간들. 그러면서 그것들은 더 많은 우연, 의지와 노력의 개입, 시간의 무심한 흐름과 함께 역사가 된다. 기억할 만한 의미의 층도 생겨난다. 대개는 한참 나중의 일이다. 그러나 이것은 반드시 착잡한 이야기만은 아닐 테다.

우리가 사는 오늘이 많은 부분 역사의 표층에서 흩어지는 시간에 지나지 않는다는 사실을 환기하는 것은 동시에 역사에 대한 무성無聲과 익명의 무수한 참여를 잊지 않는 일이기도 하겠기 때문이다.

중단의 결단

성경에서 회개나 회심으로 번역되는 '메타노이아'metanoia
는 철학에서는 대상에 대한 탐구에서 맥락에 대한 물음으로
이행하는 관점의 변화를 뜻한다고 한다. 보리스 그로이스Boris
Groys의 『코뮤니스트 후기』김수환 옮김, 문학과지성사 2017는 언어의 창
의적이고 전복적인 사용으로 가득 찬 책이지만, 저자는 이 말
도 독특하게 전유하면서 소비에트 공산주의에 대한 기발한
해석을 시도하고 있다. 소비에트의 붕괴와 자본주의로의 이
행은 공산당 지도부의 메타노이아적 결정으로 일어난 평화적
인 자기폐지의 과정이라는 것이다. 그런데 곡예에 가까운 논
리의 전개를 따라가다보면 저자의 이러한 주장(농담?)이 반
드시 황당무계하게만 느껴지지는 않는다는 게 문제라면 문제

인데, 유행하는 급진적 비판 이론들이 '차이의 무한 작동'이나 '무한한 혼종성'과 같은 실체화되기 어려운 이상주의 안에서 공회전하고 있다는 저자의 논지에 분명 설득력이 있기 때문이다. 끝나지 않는 무한성에 맞서 어느 시점에서는 중단이나 종결의 결단을 내려야 한다는 말은 이상하게 신선하다.

저자는 예술의 실천을 예로 든다. 예술을 한다는 것은 사물들이 다른 방식이 아니라 바로 그 방식이어야 한다고 결정을 내린다는 것을 뜻하며, 여기에는 그 어떤 '객관적' 근거도 필요하지 않다는 것이다. 그리고 이 실천의 행위에서 본질적인 것은 어느 시점에선가 종결을 지을 결단을 내려야만 한다는 점, 즉 예술작품 만들기를 중단해야 한다는 점이다. 표면적으로는 마감에 쫓겨서일 수도 있고, 돈이 부족해서일 수도 있겠다. 그러나 보리스에 따르면 "계속한다면 작품의 역설적 성격이 상실되어버리기 때문에 그렇게 하는 것이다. 예술적 실천의 중단 가능성 없이는 그 어떤 예술도 존재할 수 없다."125면 작품의 역설적 성격? 내가 이해하기에 이 말은 세상의 테제와 안티테제, 그러니까 모순의 양 측면을 동시에 사유하고 표현하고자 하는(이것이 아니라면 누가 예술을 하겠는가?) 예술의 무모함과 관계있는 것 같다. 언어로 치면 역설을 통해서만 희미하게 가리켜지는 자리 말이다. 생각해보자. 소설은, 시는, 영화는 어디서 어떻게 끝나는가. 혹은 어떻게 끝나야 하는가.

온갖 사후적 비평과 검토가 가능하겠지만 창작 주체의 자리에서라면 단 한가지 대답이 있을 뿐이다. "거기서 끝내야 할 것 같아서요."

우연히 영화 제작 현장을 구경한 적이 있다. 예외적이다 싶게 마지막 촬영분의 시나리오가 전날 미리 준비되었다. 그런데 다음 날 감독의 결정은 그 전날의 촬영분에서 영화를 끝내는 것이었다. 준비했던 결말은 폐기되었다. 이 결정에는 사실 그 어떤 '객관적' 근거도 없지 않았을까. 그 영화가 만들어내려고 한 세상의 꼴이 그저 거기서 그런 방식으로 끝나는 게 좋겠다는 감독의 직관 외에는. 다만 우리는 이런 모든 것을 예술이라고 부르지 않는다. 무언가가 예술인 척할 때 우리는 알아챈다. 예술이 무엇인지 모르는 채로. 보리스는 말한다. "예술 작품이 예술처럼 보인다면 그것은 예술이 아니라 키치이다. 예술이 예술 아닌 것처럼 보인다면 그건 그냥 예술이 아닌 것이다. 예술로서 인정되려면 예술처럼 보이는 동시에 예술이 아닌 것처럼 보여야 한다."[124면] 이것은 말장난인가. 그렇지 않은 것 같다. 예술적 실천이 중단을 통해 모순과 역설의 모양새로 종결되는 것은 종종 우리 삶이 그러하기 때문이다. 그러니까 그 모순의 확인에는 기실 매번 회심悔心의 결정이 필요한지 모른다. 변덕처럼 말이다. 생각해보면 이 변덕이야말로 충실성일 수 있다. 저자는 철학을 두고 "인간이 자기모순을 숨기지 않은 채로 그 모순 안에서 살아갈 수 있는 기회를 제공하는 제도"[156면]라고 말하지만, 내가 보기에 우리가 예술이라고 부르는 것 또한 얼마간 그러하지 않나 싶다.

대여행의 시대

'대항해 시대'가 있었다. '대발견의 시대'라고도 한다. 유럽이 스스로를 세계의 중심으로 여겼기에 가능한 표현이지만, 지리상의 발견이 이루어지면서 '구대륙'과 '신대륙' 모두에 엄청난 변화를 몰고 왔다. 느닷없이 '발견된' 쪽에서 보자면 말도 안 되는 부등가 교환이 강요된 시대이기도 했다. 지금은 인터넷의 '대항해 시대'라고 해야 할까. '익스플로러'나 '내비게이터' 같은 말은 예전 시대의 기억을 갖고 있다.

인터넷은 공기의 일부가 되어버린 느낌이어서, 좀더 실감나는 명명을 찾고 싶기도 하다. '대여행의 시대'는 어떨까. 일터가 있는 홍대 쪽으로 출근하면서 캐리어를 밀며 오가는 외국인 여행객을 만나는 건 이제 아무렇지도 않은 일상이 되었다. 중국, 일본, 동남아 쪽 사람들이 여전히 다수인 듯하지만, 유럽계 사람들도 많다. 캐리어를 끌고 공항철도 쪽으로 이동하는 한국인들도 적지 않다. 나부터가 얼마 전 비슷한 모습으로 저 대열 속에 있었을 것이다. 조금 과장하자면, 공항철도가 연결되는 경의중앙선 홍대입구역에서 내려 2호선 출구 쪽으로 나오는 꽤 긴 지하 통로는 내외국인 아울러 공항 방면으로 '출근'하는 사람들이 3분의 1쯤은 되지 싶다. 우리는 서로서로 여행지로 출근하는 시대에 살고 있는지도 모른다. 아니면 그렇게 이국의 여행지로 출근하는 시간들을 기다리며, 일터의 텁텁한 시간을 견디고 있는지도 모른다. 그 화려한 캐리어들의 잔영 탓인지 집에 돌아와서도 여행 채널을 켜놓고 낯선 도시 풍경을 멍하게 바라보기 일쑤다.

그런데 이상하다. 막상 나가보면 고생이다. 여행의 형태나 방법, 능력과 준비에 따라 다르기는 하겠지만, 여행지의 세계를 깊숙이 접할 기회는 좀처럼 생겨나지 않는다. 언젠가 유럽의 한 작은 도시에서 다운타운을 벗어나 주택가를 혼자 걸어다니다가 주민의 신고로 경찰이 나타났던 적도 있다. 대성당, 광장, 왕궁, 미술관 식으로 돌아다니다보면 나중에는 거기가 거기 같기도 하다. 어느 바닷가의 유달리 붉은 저녁놀, 가없는 지평선에 붙어 피어오르는 두툼한 뭉게구름, 수확이 끝난 너른 밀밭 언덕과 한그루 사이프러스, 드문드문 눈을 인 채로 지구의 지질 격변을 과묵한 그림으로 펼쳐 보이는 고산 등, 자연 풍광들이 그래도 오래 기억에 남고 여행 수지의 대변에 기입된다. 조금 일찍 일어나 돌아본 도시의 별 다를 것 없는 아침 풍경도 있다. '여행의 기술'을 다룬 책들이 쏟아지고, 김영하, 유시민 씨의 여행서가 지금 베스트셀러 최상위권에 나란히 올라 있는 것도 그런 갈증 때문이리라.

클라우디오 마그리스의 『다뉴브』이승수 옮김, 문학동네 2015는 근자에 내가 읽은 최고의 여행서다. 이 책을 소개하기는 쉽지 않다. 그러자면 한국어판으로 500면이 넘는 책의 문장들을 거의 다 옮겨야 할지도 모른다. 저자는 독일 남부 도나우에싱엔(푸르트방겐의 어느 집 수도꼭지라는 설도 있다)부터 흑해에 면한 루마니아의 항구도시 술리나까지 2888킬로미터의 강 길을 4년에 걸쳐 따라가며 이 책을 썼다. 책은 1986년에 출간되었는데, 본문 앞에 첨부된 지도에는 서독과 동독, 체코슬로바키아, 유고슬라비아, 소비에트 연방 등 지금은 사라진 국명이 보인다. 그러나 다뉴브를 따라 중부유럽에 얽혀 있는 길고 복잡한 민족의 이동과 섞임, 성쇠를 동반한 경계의 변천사에서 보면 이 또한 흔한 역사의 한장일 뿐이다. 마그리스는 헝가리 시인 요제프 어틸러Jozsef Attila가 어머니의 쿠마에인 피와 트란실바니아 태생 아버지의 로마인 피를 그 자신의 핏줄 속에서 뒤섞었듯, 그의 시가 다뉴브의 물결을 승자와 패자의 뒤섞임, 민족들의 혼합과 충돌 안에서 표현했다고 전해준다. 동시에 저자는 다뉴브를 그 무심하고 유유한 시간의 흐름, 역사라는 우월적 지위에서만 바라보는 것을 경계하며, 그때그때 그 순간을 살았던 민족과 개인의 운명과 결단, 긴박한 호흡 안에서 보고 느끼려고 노력한다. 그 순간의 섬세한 참여가 이 특별한 여행서를 '역사적 인간'이면서 동시에 '시적 인간'으로 우리를 재발견하게 해준다. 그러고 보면 이국의 여행지에서 황금빛 저녁놀은 유난히 빨리 시간의 저편으로 달아났던 것 같다. 가슴을 할퀴면서.

까맣게 잊고 있던 질문

1986년, 서울올림픽을 앞두고 전두환정권은 서울의 달동네와 판자촌을 철거하기로 결정한다. 강제철거 과정은 폭력적이었고 군사작전을 방불케 했다. 하루아침에 생존의 터전을 잃게 된 주민들의 저항과 절규는 처절했다. 그때 상계동 주민들의 투쟁 현장에서 함께 싸우며 살았던 이가 예수회 소속의 미국인 존 빈센트 데일리John Vincent Daly 신부(1935~2014)다. 철거민들과 함께 하늘을 지붕 삼아 한뎃잠을 잤던 이. 한국명 정일우. 공식적으로는 1998년에 귀화했지만 이미 한국 사람보다 더 한국인이었던 사람. 아니, 그 자신의 말에 기대면 끝내 '인간'이 되고자 했던 이. "죽기 전에 인간이 되고 싶었다. 그것이 나의 기도였다. 사실상 우리는 인간이 뭔지도 모르는

데. 인간은 도저히 정의할 수 없는데."

김동원 감독의 「내 친구 정일우」[2017]는 이방의 한국 땅에서 평생 가난한 이들의 벗으로 살다 간 정일우 신부의 삶을 돌아보는 다큐멘터리다. 1986년 영화감독을 꿈꾸던 젊은이는 한 외국인 신부로부터 영상 촬영의 요청을 받고 하루치 일로 상계동을 찾는다. 그 하루는 3년으로 연장되며 철거민들의 투쟁과 강제 이주 과정 전체를 기록하게 된다. 이 기록은 두시간짜리 테이프 50개로 남았고, 그것을 편집한 영상이 한국 독립다큐의 기념비적 작품으로 남아 있는 김동원 감독의 「상계동 올림픽」[1988]이다. "그때 제가 30년 뒤 정일우 신부의 일생을 다룬 다큐를 만들게 될 줄은 생각도 못했습니다." 다큐 속 내레이터 중 한명으로 참여하고 있기도 한 김동원 감독의 말은 어떤 만남이 한 사람의 일생에 줄 수 있는 긴 파장을 감동적으로 요약한다.

25세의 나이에 한국에 건너와 예수회 재단의 서강대에서 철학 교수로, 사제로 학생들을 가르치던 정일우 신부는 1973년 돌연 교수직을 버리고 청계천 판자촌으로 들어간다. 제자들이 반유신독재 투쟁 과정에서 잡혀가면 시내 한복판에서 1인 시위를 하며 항의하고, 그 자신 경찰서에 끌려가는 고초를 치르기도 했던 이다. 제자들의 존경과 신망도 두터웠다. 한 제자는 말한다. "신부님은 발가락으로 다른 사람의 말을 들어야 한다고 하셨는데, 그게 온몸으로 듣는다는 뜻이었던 것 같습니다." 청계천 판자촌에서 목격한 가난은 그에게 엄청난 충격이었던 듯하다. "나는 그동안 내가 얼마나 비인간적으로 살아왔는지 깨달았다." 조금은 이상한 한국어 용법이기도 한데, 이 '비인간'으로부터 '인간'으로 가는 길, 그게 이후 그의 삶이었던 것 같다. 가난한 사람들과 함께하는 삶. 인상적인 것은 그가 그 삶 안에서 자유롭고 즐겁고 편해 보인다는 사실이다. 청계천 쪽방에서 사과 궤짝 하나 놓고 살 때의 이야기다. "여기서 아무것도 안 해요. 그냥 놀아요. 어슬렁거리며."

그냥 말해버려도 될 것 같다. 그는 가난한 사람들을 좋아한다. 그는 가난 안에서 춤추고 술 마시고 논다. 그가 평생 따른 예수라는 모델도 이 사태를 온전히 설명하지 못한다. "공동체는 진짜 인간이 되기 위한 용광로입니다." 그가 동반자 제정구와 함께 만든 '복음자리' 공동체 시절을 회고하며 어떤 이는 말한다. "온전히 행복한 기억만이 남아 있습니다. 다시 살 수 없는 시간이었습니다." 상계동에서 농성 텐트마저 침탈당했을 때 그의 강론은 이상한 역설에 도달한다. "더 가난해졌으니까 잘된 겁니다. 가난뱅이만이 희망입니다." 감독은 아파트 숲으로 변한 상계동을 비추며 자문한다. "이제 가난은 더 무섭고, 더 부끄러운 것이 되었습니다. 공동체는 낯선 단어가 되었습니다." 가난을 통해 인간으로 가려고 한 길, 그것이 정일

우 신부의 삶이었다. 까맣게 잊어버리고 있던 질문이었다. 극
장 밖에는 바람이 세찼다.

길가의 풀

해찰이라는 말이 있다. 당장의 일에 집중하지 않고 한눈을 파는 것이다. 고등학교 때 체육 시간이 기억난다. 운동장에서 부동자세로 대열을 이루고 있었다. 조금의 움직임만 있어도 단번에 눈에 띌 수밖에 없는 상황이었다. 그런데도 어느 순간 자세를 풀고 고개를 운동장 밖으로 돌리고 말았다. 반항도 아니었고, 그냥 그러고 싶었다는 것 말고는 달리 설명할 길이 없다. 신병 훈련소에서도 두번이나 비슷한 일이 있었다. 그때는 상당한 벌점까지 받아 훈련소를 제때 나갈 수 있을지 고민했던 기억이 난다. 이런 일들이 꽤 상처가 되었는지 내게는 해찰이라는 말의 부정적 뉘앙스가 꽤 크게 남아 있다.

그런데 해찰은 가던 길을 두고 샛길로 빠지는 일이기도 하다. 누군가는 질문했을 법하다. 샛길로 가면 왜 안 되는지. 사실 실제 세상사도 얼마간 그러하지만 문학이나 예술의 역사는 정해진 길에서 해찰을 부리다 샛길에서 새로운 길을 발견한 많은 예로 빼곡하다. 18세기 영국 요크셔에서 목사로 재직하고 있던 로렌스 스턴 Laurence Sterne 도 그런 사람이었던 것 같다. 그가 뒤늦게 발견한 자신의 글쓰기 재능을 허구적 서사물에 투여하기로 마음먹었을 때 그는 일직선으로 진행되는 선형적 이야기에 담기엔 인간의 삶이 너무 얽혀 있고 모순투성이라는 것을 간파했고, 유한한 인간사에서 흔히 사소하고 주변적인 것으로 치부되는 것들의 의미를 새롭게 감지했던 게 분명하다. 그가 7년여에 걸쳐 쓴 장편소설 『젠틀맨 트리스트럼 샌디의 삶과 견해』[1767] 가 끊임없이 이야기의 샛길에서 샛길로 빠지는 방식으로 해찰을 부리면서 독자가 기대하는 이야기의 중심적 흐름을 배반하는 것도 그 때문일 것이다. 부모의 잠자리로 거슬러 올라가 시작되는 주인공의 자서전적 고백은 계속 가지에 가지를 쳐가고 소설의 끝에 이르러도 주인공은 아직 태어나지 않은 상태인 이 이야기에서 '삶과 견해'는 그 해찰의 순간순간에 담긴다. 이렇게 해서 나중에 '모더니즘'이라고 불리게 될 현대소설의 문법은 20세기가 오기 한참 전에 이미 거의 완벽한 형태로 세상에 출현한다.

　나쓰메 소세키夏目漱石 가 세상을 뜨기 1년 전에 쓴 자전적 소설의 제목이 '한눈팔기'^{조영석 옮김, 문학동네 2011} 이다. 원제가 '도초道草'인데 '길가의 풀'과 '한눈팔다, 해찰하다'의 두가지 뜻이 있다고 한다. 그렇다면 건강 악화로 다가온 죽음을 예감하고 있던 작가에게 '한눈팔기' 혹은 '해찰'의 의미는 무엇이었을까. 소설은 문부성 국비장학생으로 영국 유학을 다녀와 고등학교와 대학에서 강사로 있던 시기의 작가 자신을 돌아본다. 그가 본격적으로 작가의 길에 들어서기 직전인 셈이다. 외부의 기대나 시선과는 달리 그는 앞이 안 보이는 무력감에 시달린다. 아내와의 불화는 해결의 길이 안 보이고 경제적인 어려움도 크다. 어릴 적 양부와 양모의 출현은 잊고 있던 어두운 과거의 사슬로 그를 옥죄어온다. 그가 서양에서 힘겹게 공부한 시간은 뒤틀린 자기애만 부추길 뿐 당장의 그를 둘러싼 현실에 무력하다. 아내의 출산 때 탈지면을 핏덩이 아이 위에 덮으며 바보처럼 어쩔 줄 모르는 모습은 연민을 자아낼 정도다. 기실 무지한 누이나 형, 양부와 양모, 그리고 아내와 그의 사이에 그가 애지중지했던 지知나 사상의 위계 따위는 없었거나 그리 중요한 게 아니었다. 다르게 말하면 그는 인간이나 인간의 행복에 대해 제대로 알지 못했을 수도 있다. 오히려 소설의 끝에 이르러 삶을 지탱하는 지혜의 자리로 부각되는 존재는 그가 그토록 무시하던 아내다. 아마도 이 어름에 일본인의 정신적 스승으로 떠받들리던 만년의 작가에게 찾아온 '한눈팔기' 혹은 '해찰'의 의미가 들어 있는지도 모르겠다. 그러고 보면 길가의 풀이 세상의 전부일 수도 있는 것이다.

하루의 시

미국 뉴저지 패터슨 시에 사는 패터슨은 23번 버스의 기사다. 아내 로라, 마빈이라는 잉글리시 불도그와 함께 산다. 아침 6시 12분경 눈을 떠서는 시리얼로 속을 채우고 아내가 준비해놓은 도시락을 들고 걸어서 출근한다. 패터슨은 시詩를 좋아하고 시를 쓴다. 출퇴근길은 시상을 가다듬기 좋은 시간이다. 운행 직전이나 자투리 시간에 작은 노트에 시를 쓴다. 폭포 앞 공원 벤치를 자주 이용한다. 퇴근하면 아내와 저녁을 먹은 뒤 마빈을 데리고 산책을 나간다. 단골 바에 들러 맥주 한잔을 마신다. "잔을 내려다보면/기분이 좋다." 이런 일상이 그의 시다. 좋아하는 성냥갑의 확성기 모양 로고가 '사랑 시'로 발전하고, 운전 중에 본 거리의 사람과 풍경이 시가 된다.

지하실 한쪽의 작은 책상 위에는 그가 존경하는 윌리엄 카를로스 윌리엄스의 시집이 있다. 의사이기도 한 윌리엄스는 그처럼 패터슨에서 나서 패터슨에서 살며 시를 썼다. 일상 구어의 대담한 도입과 운율의 실험으로 유명하다. 만년 시집 『패터슨』은 도시 패터슨 이야기다. 로라가 보기엔 남편 역시 뛰어난 시인인데, 정작 그는 자신의 시를 남들에게 보일 생각이 별로 없다.

짐 자무시 Jim Jarmusch 감독의 「패터슨」2017 은 그렇게 버스 기사 패터슨의 하루하루를 지켜보는 영화다. 영화는 패터슨의 시가 그런 것처럼, 패터슨이 살아가는 일상의 속도와 리듬으로 찍힌 것 같다. 껑충한 키의 패터슨은 약간 안짱다리 같은 걸음으로 성큼성큼 걷기도 하고 주변 풍경을 보며 느릿느릿 걷기도 한다. 패터슨이 모는 버스의 멈추고 나아가는 속도와 시선도 영화의 중요한 리듬이다. 퇴근길에 만난 쌍둥이 소녀는 자신의 시 「물이 떨어진다」Water Falls 를 읽어주며 운韻이 잘 맞지 않는 것 같다고 부끄러워한다. 패터슨은 말한다. "앞 두연은 운이 잘 맞는 것 같은데. 근데 난 사실 운이 안 맞는 게 더 좋아." 정해진 길에서 벗어나기도 하는 게 사람 사는 일일 것이다. 패터슨과 로라의 아침 잠자리 모습이 비슷하면서도 조금씩 다른 것처럼. 우편함을 매일 몰래 넘어뜨리는 마빈의 장난질처럼. 영화의 또다른 리듬은 시가 자막과 함께 패터슨의 웅얼거리는 듯한 낮은 음성으로 스크린에 한줄씩 떠오르며 내려올 때 생긴다. 폭포, 소녀의 시 '물이 떨어진다'와 함께 이 아름다운 수직의 리듬이 주는 감흥은 설명하기 힘들다. 패터슨 역을 맡은 애덤 드라이버 Adam Driver 의 버스처럼 무덤덤하게 긴 얼굴이 들려오는 승객들의 이야기에 지긋이 웃음을 머금을 때, 한 인간의 아름다움도 그렇게 얼굴 아래에 조용히 깃든다. 일상의 느릿한 수평선을 따라가며 술집 주인 닥, 로라와 에버렛, 도시의 이웃들(코인 세탁기 앞에서 랩을 연습하는 이!)에게 공평하게 향하는 카메라의 시선도 패터슨의 시를 닮았다. 영화는 아내 로라의 꿈도 소중하게 지켜본다. 실상 쌍둥이에 대한 로라의 꿈처럼 그녀의 꿈의 일부는 패터슨의 것이기도 하다. 그러나 동시에 우리는 느낀다. 어떤 불안을. 둘은 함께 있지만 얼마간 따로 떨어져 있다(쌍둥이들이 그런 것처럼). 영화는 시종 그 미묘한 거리距離를 느낄 수 있게 찍혀 있다. 패터슨의 시도 그러하다. 금요일과 토요일의 작은 사건들은 정말 견딜 만한 것일까. 도시 패터슨의 평화는 이상하게 위태롭다. 세상 어디나 일상은 전혀 만만한 게 아닐 테다.

영화의 마지막, 사라진 노트 대신 새 노트가 선물처럼 도착하고 패터슨은 다시 시를 쓰기 시작한다. 그 시는 나중에 우리에게 남는 게 사랑하는 시의 딱 한 소절일 수도 있다고 들려준다. 그러거나 내일은 또 새 해가 뜬다. 출근할 시간이다. "밝은 하늘(air)에서 물이 떨어진다 (…) 찰랑거리는 머리칼(hair)처럼 (…) 사람들은 이걸 비라고 부른다."

구름 극장

이즈음 하늘이 구름 극장이다. 최고의 미술관이다. 구름, 구름들. 핸드폰으로 찍으려고 하면 어느새 방금 본 모습이 아니다. 이시영 시인은 "청청히 텅 빈 하늘, 그리고 목화송이처럼 흐르는 구름들"「귀래사를 그리며」부분, 『하동』이라고 노래했다. 홍상수 감독의 「밤과 낮」2008에서 주인공은 구름만 그리는 화가로 나온다. 마지막 장면, 부부의 침대 위로 보이는 구름 그림이 이상하게 섬뜩했던 기억이 난다. '구름감상협회'라는 게 있다는 이야기도 들었다. 회원이 3만명이 넘는다고 한다. 기형도 시인은 "어쨌든 구름들이란 매우 조심스럽게 관찰해야 한다"「죽은 구름」부분, 『입 속의 검은 잎』고 썼다. 그 어두운 시는 "아무도 모른다, 저 홀로 없어진 구름은 / 처음부터 창문의 것은 아니었으니"로

제2부

끝난다.

나쓰메 소세키의 장편 『산시로』송태욱 옮김, 현암사 2014 에도 구름을 바라보는 장면이 많이 나온다. "고요해진 푸른 하늘 가까이에는 하얀 엷은 구름이 귀얄로 쓴 흔적처럼 비스듬히 길쭉하게 떠 있다."49면 도쿄대학에 갓 입학한 구마모토 시골 출신 산시로에게 물리학 전공의 선배 노노미야는 말한다. "아래에서 보면 전혀 움직이지 않는 것처럼 보이지만 지상에서 일어나는 태풍보다 더 빠른 속도로 움직이고 있는 거라오."같은 면 강의실 옆자리 학생은 열심히 필기를 하고 있는 것 같은데 자세히 보니 교수 얼굴을 그리고 있다. 무슨 글귀도 보인다. "멀리구름 걸린 하늘의 두견새."57면 교내 연못에서 우연히 마주친 뒤 산시로의 마음을 사로잡은 미네코도 하늘의 구름을 좋아한다. 둘이 함께 가을 하늘의 구름을 바라본 적도 있다. 미네코의 결혼 소식을 접한 산시로가 빌린 돈을 갚으려 찾아간 교회 앞 겨울 하늘에도 구름이 떠 있다. "스트레이 십stray sheep. 스트레이 십. 구름이 양의 모습을 하고 있다."328면

산시로가 미네코를 처음 본 동경대 교내의 연못은 지금 '산시로 연못'으로 불린다. 내가 서울에 올라와 다닌 학교에도 연못이 있었다. 연못 벤치에 멍하니 앉아 있곤 했다. 거기 놓인 다리로 누군가 건너와 꽃을 떨어뜨려주는 일 따위는 일어나지 않았지만 나도 그때 무언가를 기다리고는 있었으리라. 그

러고는 길을 잃지 않았을까. 무심한 시간의 진군, 교정에서 목도했던 죽음들. 소설 '산시로' 역시 그렇게 상실과 '멍청한 무지'의 시간을 겪으며 구름 아래에서 길을 잃고 마는 청춘들의 이야기로 읽으면 무난할 테다. 그런데 비평가 하스미 시게히코는 미네코의 초상화에 붙은 제목 '숲속의 여인'을 부정하는 산시로의 소설 마지막 행동에 주목하면서 전혀 다른 독법을 제안한다. 기실 미네코는 소설 전체에 걸쳐 연못, 양동이, 개울, 비, 귤 등등 일관되게 '물의 여인'으로 산시로 앞에 나타났던 것인데, 불분명한 채로 그 기억들로부터 단절된 스스로를 의식하는 순간이 이 장면이라는 것이다. 그러니까 마지막 순간에 되살아난 것은 기억이 아니라 자신이 '이미/미리' 기억을 상실하고 있었다는 사실이다. 기억을 되찾으려면 산시로는 처음으로 돌아가 작품을 다시 읽어야만 한다. 그러나 작중인물인 산시로에게 이것은 불가능하다. 그를 대신해서 '산시로'를 다시 읽는 과제가 독자에게 주어지는 것은 그 때문이며, 그때 그 소설은 '산시로'가 아니라 '물의 여인'이라는 또다른 허구가 된다. 산시로의 '무지'에 좌절한 '물의 여인' 미네코가 '숲속의 여인'이라는 그림의 표면에 스스로를 묻어버렸기에 사정은 더욱 절박하다. 모르겠다. 왜 이 순간 소설과 소설 읽기, 삶이 얇디얇은 표면에서 만나는 것처럼 느껴지는지. 하스미 시게히코는 우리가 지금 깊이도 두께도 기억도 없이 사

라져가는 현재라는 희박한 순간을 지나고 있다는 사실을 이
상한 방식으로 환기해준다. 저기 구름이 흘러가고 있다.

제3부

'광장' 이야기

사랑의 이름으로 열리고 깊어지는 푸른 광장

1

2016년 10월 29일부터 주말이면 이어져온 촛불집회가 강추위가 닥친 2017년의 1월 14일까지 열두차례를 기록했다. 보도를 보니 참가한 연인원이 서울 881만명, 지방 201만명에 이른다. 전국적으로 천백만에 가까운 숫자다. 유례없는 민주주의의 광장이 열리고 있는 셈인데, 광장의 열기가 분노한 민의의 집결을 넘어 민주적 축제의 놀이판으로 진화하고 새로운 공론장의 가능성을 아우르면서 지속되고 있다는 점은 더욱 놀랍다. 촛불집회의 이후 행로를 예단하거나 그 가능성을 제한할 필요는 없는 일이겠거니와, 다만 이미 마련되어 있는 제반 정치적 절차나 제도를 민주주의와 국민주권의 원칙에 맞게 운용하고 활성화하도록 압력을 가하는 한편 새로운 민주적 질서를 정초하는 중요한 지렛대이자 공론장으로 기능하리라는 점만은 확신할 수 있을 듯하다. 달리 말해 촛불의 광장은 이미 발생해서 자생적으로 민주적 역능을 만들어나가고 있는바, 이는 돌이키기 힘든 하나의 실정적 사실이 되지 않았나 싶다. 혹 어떤 역사의 곡절이 개입해서 광장의 민주적 가능성을 일시적으로 차단하고 억누를 수 있을지는 모를 일이나 조금 더 긴 흐름에서라면 광장은 소생하고 더 강력하게 부활할 수밖에 없을 테다. 광화문광장과 서울광장을 폐쇄하는 일이 불가한 만큼, 한국 민주주의의 광장은 이제 하나의 구체적 장소(들)로 성립되고 그 역능을 수행하기 시작했다고 해도 지나친 말은 아닐 것 같다.

2

정치사적인 측면에서 본다면 1960년은 학생들의 해이었지만, 소설사적인 측면에서 보자면 그것은 『광장』의 해이었다고 할 수 있다. 그것을 『새벽』 잡지에서 처음 읽었을 때의 감동을 나는 잊을 수가 없다.

— 김현「사랑의 재확인: 『광장』의 개작에 대하여」,

『최인훈전집 1』, 문학과지성사 2009, 351면*

최인훈 『광장』의 의미를 감동적으로 요약하고 있는 문장이다. 4·19혁명이 일어난 1960년 10월 문예지 『새벽』에 발표된 『광장』은 원고지 600매 분량의 중편이었다. 작가의 나이 25세 때였다. 그해 정향사에서 단행본으로 출간하며 200매 정도를 더 붙여 지금의 장편 분량으로 바뀌었으며 이후 여러차례의 개작을 거치며 내용이나 문체에 많은 수정이 가해졌다는 것도 널리 알려진 사실이다. 2016년 9월 7일 7판 11쇄를 찍은 문학과지성사 전집판을 보면 모두 일곱개의 머리말, 서문이 붙어 있거니와 개작과 수정의 긴 이력을 그때그때의 작가의 소회와 함께 살펴볼 수 있다. 그런 가운데 『광장』의 기념비적 성격을 재차 확인해볼 수 있는 것은 아무래도 『새벽』지 발표 당시 작가가 작성한 최초의 서문이 아닌가 한다. 작가 스스로 작품의 핵심 전언을 군더더기 없이 간추리면서 창작을 가능하게 한 시대와 역사의 은덕을 진솔하게 토로하고 있기 때문이다.

* 이 글에서 『광장』의 인용은 이 판본에 의하며, 면수만 밝힌다.

운명을 만나는 자리를 광장이라고 합시다. 광장에 대한 풍문도 구구합니다. 제가 여기 전하는 것은 풍문에 만족지 못하고 현장에 있으려고 한 우리 친구의 얘깁니다.

아시아적 전제의 의자를 타고 앉아서 민중에겐 서구적 자유의 풍문만 들려줄 뿐 그 자유를 '사는 것'을 허락지 않았던 구정권하에서라면 이런 소재가 아무리 구미에 당기더라도 감히 다루지 못하리라는 걸 생각하면 저 빛나는 4월이 가져온 새 공화국에 사는 작가의 보람을 느낍니다.

─21면

흔히 『광장』을 '광장'과 '밀실'의 대위법을 통해 냉전시대 분단 한국의 심층 현실을 그려낸 작품으로 설명하곤 한다. 그리고 그때 그 대위의 쌍이 '광장／밀실'의 단일한 구도에 머무는 것이 아니라 '현실／이념' '집단／개인' '여성／남성' '마음의 길／몸의 길'과 같은 추상적 층위에서부터 '남／북' '자유주의／공산주의' '국토／바다' '인간／짐승' '윤애／은애'와 같은 상대적으로 구체적인 상호대립적인 이름의 쌍들*에 이르기까지 중층적으로 존재하면서 주인공 이명준의 사유와 실존의 모험을 긴장되고 진실하게 만들고 있다는 점 역시 지적되어

* 이광호 「'광장', 탈주의 정치학」(전집판 해설) 참고.

온 바다.

여기에 대립쌍의 추가가 가능하다면 나로선 작가의 첫 서문에 나오고 소설에서도 중요한 열쇠어로 작동하고 있는 '풍문風聞'을 들고 싶다. 그리고 이때 풍문의 맞은편에는 '겪음' '삶'과 같은 단어가 올 수 있을 테다. 해방공간의 철학도 이명준은 인간 존재의 개별성이 살아 소통하는 광장을 찾아 방황하다 끝내 남지나해의 푸른 바다에 몸을 던졌다. 분단된 한반도의 남북 어디에서도 존재의 거처를 찾지 못했고, 마지막 순간 사랑의 힘에 눈을 뜨긴 했으나 상실과 실패를 통해서만 그 사랑의 대상들과 함께할 수 있었던 이명준의 삶은 분명 비극적이라고 할 수 있다. 그러나 그의 비극은 한 젊은이가 세상에 품었던 질문과 욕망을 유보 없이 전면적으로 밀어붙인 실존적 모험의 대가였다는 점에서 문제적이다. 그의 질문과 욕망은 '풍문'에 만족하지 않고 '풍문'을 거절했다. 무엇보다 이명준의 시대에 풍문은 정치와 이데올로기의 기만적이고 폭력적인 존재 방식이었다. 공산주의와 자본주의도 풍문이었고, 혁명도 민주주의도 그러했다. 냉전의 세계질서란 열강의 신식민주의적 패권 지도地圖나 다름없었다. 광장을 호명한다는 것은 그 풍문의 정치, 풍문의 이데올로기에 균열을 내는 첫걸음이었을 테다.

광장은 정치적·사회적 존재로서 인간의 필수적 장소이며,

무엇보다 민주주의의 최소 조건이다. 그러나 제1공화국의 반공 독재와 부패, 무능이 휴전선 북쪽에 대한 환상을 역설적으로 부추기는 상황에서 '광장'은 비유를 제약당하는 정치적 금기어가 되어야 했음을 우리는 잘 알고 있다. '광장'을 그 정치적 함의까지 포함해서 인간 존재의 질문으로 전면화하는 일은 쉽지 않았다. 당대의 정치적·문학적 상상력에서 '광장'을 이야기한다는 것은 이념으로서의 사회주의, 북한의 정치제제라는 금기선을 돌파해야 한다는 의미였을 테다. "아세아적 전제의 의자를 타고 앉아서 민중에겐 서구적 자유의 풍문만 들려줄 뿐 그 자유를 '사는 것'을 허락지 않았던 구정권하에서라면 이런 소재가 아무리 구미에 당기더라도 감히 다루지 못하리라는 걸 생각하면 저 빛나는 4월이 가져온 새 공화국에 사는 작가의 보람을 느낍니다"는 작가의 말은 바로 이 점에서 참으로 진실되다.

　물론 우리는 최인훈의 『광장』이 그 '광장'의 용기 있는 호명에만 그치지 않았다는 사실 또한 잘 알고 있다. 주인공 이명준은 스스로가 설정한 광장의 경계와 이념을 끊임없이 허무는 존재의 모험을 감행한다. 남南의 퇴폐적이고 무력한 밀실에 환멸을 느낀 이명준이 북에서 잿빛 공화국의 죽은 광장을 발견하고 다시 한번 절망할 때, 이 광장/밀실의 대위법은 여전히 풍문을 벗어나지 못한 상태다. 그의 광장은 '몸의 길'을 매개로 다시 한번 호명되고 발견되어야 했다. 가령『노동신문』
기자가 된 이명준이 남만주 '조선인 꼴호즈' 출장지에서 '사
람'이 사라진 북의 현실을 떠올리며 절망할 때 다가온 광장의
전혀 다른 얼굴.

　　그는 만년필을 손에 낀 채, 두 팔을 벌려서 책상 위에 둥글게
　　원을 만들어, 손끝을 맞잡아봤다. 두 팔이 만든 둥근 공간. 사
　　람 하나가 들어가면 메워질 그 공간이, 마침내 그가 이를 마지
　　막 광장인 듯했다.

──142면

이것은 은혜라는 여성을 향한 이명준의 사랑과 몸의 갈망
이 만들어준 광장의 길이지만, 이 순간 광장/밀실의 대위법
은 또다른 국면으로 나아간다. 여기서 이 좁은 공간은 광장의
포기이자 실패일까. 그렇지는 않은 것 같다. 정치와 민주주의
의 광장은 결국 이 두 팔의 원이 이루는 공간의 연대이자 확장
이며, 그 연대와 확장에도 불구하고 여전히 남아 있는 타자에
대한 불안과 갈망을 포함해야 하는 장소일지 모른다. 얼마간
환상 속에 있던 북의 현실을 몸으로 겪게 되면서 이명준은 광
장의 풍문을 벗어날 계기를 얻지만, 광장이 풍문의 이데올로
기에서 인간 현실의 구체적이고 절실한 장소로 바뀌는 것은

그것의 정치적 차원을 인간 개개의 실존 안으로 품어 넣고 다시 펼칠 때이다. 전쟁포로 이명준의 중립국행과 죽음, 그리고 사랑의 좌절은 그 싸움이 간단치 않았고, 이후로도 쉽지 않을 것임을 말해준다. 그러나 이명준이 자신의 전존재를 던져 물었던 질문은 이후 한국 현대사의 정치 현실에서도 한국인의 개별적 실존에서도 여전히 생생히 살아 있다는 사실을 우리는 새삼 확인한다.

이명준의 경우도 마찬가지다.

그는 어떻게 밀실을 버리고 광장으로 나왔는가. 그는 어떻게 광장에서 패하고 밀실로 물러났는가.

나는 그를 두둔할 생각은 없으며 다만 그가 '열심히 살고 싶어한' 사람이라는 것만은 말할 수 있다. 그가 풍문에 만족지 않고 늘 현장에 있으려고 한 태도다.

바로 이 때문에 나는 그의 이야기를 전하고 싶어진 것이다.

─「1961년판 서문」, 19면

우리는 애써 그를 두둔하고 싶어진다.

3

오늘의 광화문광장, 서울광장은 민주주의의 장소로 거듭 태어나고 있다. 바로 얼마 전 그곳은 차벽의 진공으로 채워져 있었다. 촛불의 광장은 그 진공 속으로 흘러들어갔고 이제 광장은 흐르고 있다. 광화문 고층빌딩에서 찍은 사진을 보면 촛불은 흐르고 광장은 계속 움직이고 있다. 거기서 사람들은 밝게 서로의 안부를 물으며 서로의 시린 손을 잡고 어깨를 겯는다. 생각과 의견을 펼치며 노래를 부르고 음악에 맞추어 몸을 흔든다. 그리고 바라고 요구하는 바를 외치고 행진한다. 혹 광장에 나오지 못한 사람들은 집에서 휴대폰으로, 사회관계망서비스로 광장에 참여한다. 그러면서 소통한다. 거리의 주권자, 광장의 주권자들은 그렇게 태어나고 있다. 동시에 광장도 다시 발명되고 거듭 태어나고 있다. 풍문 속의 민주주의가 광장의 민주주의로 다시 태어나기까지 저 최인훈의 『광장』을 가능하게 했던 4·19가 있었고, 1980년 광주민중항쟁과 1987년 6월항쟁이 있었다. 그리고 2002년 미선과 효순 두 소녀의 죽음으로 불타올랐던 광화문광장의 촛불을 비롯해 '광우병 쇠고기 파동', '세월호참사' 등 절박한 사회적 의제를 둘러싼 많은 광장의 길이 있었다. 광화문광장과 서울광장뿐이었으랴. 광장이 있으면 있는 대로 없으면 없는 대로 민주주의를 찾고 바로잡기 위한 숱한 투쟁과 희생, 참여와 애타는 갈망이 전국 곳곳에서 있었다. 차라리 한국 현대사는 바로 그 민주주의의 역사라고 할 수 있다. 거기에 어찌 좌절과 시행착오가 없었으랴. 그리고 지금 우리가 도착한 광장의 민주주의는 어쩌면 또다시 시작되는 처음일 수 있다. 오래전 "풍문에 만족지 않고 늘 현장에 있으려고" 했던 한 젊은이의 비극적 싸움이 전해주고 있는 것처럼 그 싸움은 사랑 없이는 가능하지 않으며, 광장의 경계를 끊임없이 허물고 재발명하는 창조적 혼돈의 시간을 무릅써야만 할지도 모른다. 그런 가운데 광장은 억압과 차별, 혐오에 심각하게 노출되어 있는 많은 하위주체들의 광장으로 흘러가야 한다. 『광장』의 이명준은 소설 초반에는 여성에 대해 완고한 가부장적 인식을 가진 인물로 묘사된다. 광장을 향한 그의 실존적 모험이 계속되면서 이명준의 그런 인식은 조금 허물어진다. 그는 자기모순을 감내하며 혼돈 속으로 들어간다. 물론 그의 싸움은 중단되었지만 그가 풍문을 거절하고 현장에서 열심히 살고 싶어했던 사람이라는 사실에는 우리 모두 동의할 수 있으리라.

　참으로 광장에 있을 때 우리는 우리 안에 있다. 광장은 언제나 얼마간의 당위를 요청한다. 인간 본성의 계발과 창의를 요구하는 민주주의가 그러한 것처럼 말이다. 그때 이명준이 마지막으로 보았던 바다와 두마리 흰 바닷새를 생각하자. 이명

준은 그 순간 사랑의 이름으로 열리고 깊어지는 푸른 광장을
보고 있었으리라.

김윤식 선생님

'읽다 그리고 쓰다.' 2015년 9월 한국현대문학관에서 열린 '김윤식 저서 특별전'의 제목이다. 한 단어가 더 있다면 '가르치다'일 거다. 선생님은 쉼 없이 읽고, 쓰고, 가르치셨다. 가끔 불러 밥을 사주셨는데, 생각해보면 그런 때가 잠시 쉬는 시간이셨던 것 같다. 늘 같은 말씀이셨다. "자, 다 먹었으면 일어나는 거지." 평생의 화두였던 한국근대문학. 거기서 그 괴물 같은 '근대'의 윤곽이나마 파악하는 데 별도로 16년의 공부가 필요했다고 술회하셨으니, 한눈파는 시간이란 애초에 있을 수 없었다. 월평을 쓰려면 한 작품을 최소한 세번은 읽어야 한다고도 하셨다. 하루 20매 분량의 글쓰기는 평생을 일관한 선생님의 생의 기율이자 리듬 감각이었다. 근자에 들어선 하루치 분량이 조금 줄었다고 하셨을 뿐, 매일의 글쓰기는 한결같은 삶의 질서였다. 오른손 중지의 뭉툭한 군은살을 몰래 엿본 적이 있다. 퇴임 후에는 몇번 출판사의 자투리 종이로 원고지를 인쇄해서 가져다 드리기도 했다. 선생님이 주신 견본은 학교에 계실 때 쓰시던 옅은 하늘색 원고지였다. 매번 많다고 꾸짖으셨지만 3년 정도면 소진되었던 것 같다. 인쇄비라며 늘 한참 넘치는 비용을 주셨다. 원고지를 구하는 게 뭐 그리 어려우셨겠는가. 가난한 출판사를 헤아리셨던 마음을 뒤늦게 아둔하게 더듬어본다.

막막할 때면 그냥 선생님의 글을 읽고 또 읽었다. 거기엔 언제나 혼신의 생각과 글쓰기가 있었다. 내게는 그게 문학이었고, 세상의 척도였고, 어쩌면 전부였다고 이제 말해도 되려나. 선생님의 글에서 역사와 시대의 숲을 헤치고 들어가야 겨우 만져지는 문학작품은 고독의 산물이되 휘황한 정신의 높이로 우리를 위로하고 있었는데, 사실 선생님의 글쓰기야말로 그러하다는 걸 조금씩 알아차리기 시작한 것은 언제부터였을까. 한국근대문학 연구, 현장 비평, 작가 평전, 예술기행, 자전적 글쓰기가 다 하나의 운명, 하나의 길 위에 서 있는 선재동자의 외로운 길 떠나기라는 걸 아주 조금이나마 느끼고 엿볼 수 있었던 것은 또 언제부터였을까. 문학은 누구를, 무언가를 탓하는 일이 아니었다. 비평은 조심스럽고 특별한 공감과 칭

찬의 기술이어야 했다. 선생님의 삶이 그러하셨다. 그것이 역사와 인간에 대한 경외와 겸허의 마음임을 나는 아주 늦게서야 조금씩 알아차릴 수 있었다. 문학은 그때 인간의 위엄, 고독, 진실과 관련된 최량의 노력이자 표현일 수 있었다. 정년퇴임 강연 때의 말씀이 기억난다. "감추어진 힘이란 무엇일까요. 연구자로, 비평가로 제가 매 순간 최선을 다해 성실했다면 그것은 사라져 없어지는 것이 아니라 어딘가 남아서 힘이 되어 시방 저녁놀 빛으로, 몽매함에 놓인 제게 되돌아오고 있지 않겠는가. 제가 그토록 갈망하는 표현자의 세계로 나아가게끔 힘이 되어 밀어주고 있지 않겠는가. 여기까지 이르면 저는 말해야 합니다. 인간으로 태어나서 다행이었다고. 문학을 했기에 그나마 다행이었다고."

그 문학은 병자년 윤삼월 정오에 나라 잃은 땅에서 태어난 선생님의 시대적 역사적 충실성의 길이었지만, 또한 그 문학은 강변 포플러 숲에서 자라며 누님의 교과서에서 처음 엿본 세계, 붕어와 까마귀를 속이고서야 가능했던 잿빛 공부와 고독한 글쓰기의 다른 이름이었던 것도 같다. 선생님의 글이 울림으로 가득하고, 선생님의 글을 읽는 시간이 온통 울림으로 채워질 수밖에 없었던 이유일 테다. 거기서 언뜻언뜻 회한을 엿보았다면 불경한 이야기가 될까. 선생님의 그 철저함은 인간의 약함, "나비 한 마리도 감당 못하는 거미줄의 섬세함"의 다른 표현은 아니었을까. 감히 말하고 싶다. 나는 선생님과 선생님의 글에서, 선생님의 문학에서 인간을, 인간의 도리를 배웠다고. 인간의 슬픔과 존엄을 배웠다고. 인간의 고독을 배웠다고.

  그러고도 선생님은 연전에 어느 책에서 쓰셨다. "나의 길동무여, 소금기둥이 되기 전에 떠나라. 언젠가 군이 그릴 그림들을 내가 보지 못할지라도 섭섭해 마라. 군의 그림은 군만의 것. 그게 그림의 존재 방식인 것을. 자 이제 지체 없이 떠나라. 나의 손오공이여, 문수보살이여. 혼자서 가라. 더 멀리 더 넓게." 『내가 읽고 만난 일본』, 그린비 2012, 9면 선생님, 이제 편안히 쉬세요.

'박'‘상'‘룡', 세 글자
『박상룡 전집』 출간에 부쳐

　내 첫 직장은 종로 관철동 종각 뒤편에 있던 민음사였다. 1987년 가을 졸업 학기였다. 정말 우연찮게 그 무렵 민음사에 다니다 결혼과 함께 퇴사하게 된 대학 동기를 학교에서 만나게 되었고, 동기의 소개로 어찌어찌 출판 밥을 먹게 된 것이 지금까지 이어지고 있다. 어딘가에도 썼지만, 내 경우 서울에서 대학을 다닌 6년여의 시간은 뭉턱뭉턱 돌아보고 싶지 않은 공동空洞을 남기며 끝나가고 있었다. 막막했다고 하는 게 과장 없는 정확한 표현일 것이다. 그때 민음사는 내게 '문학'이라는 희미한 끈을 환기하는 곳으로 다가왔던 것 같다. 일찍 출근하여 텅 빈 사무실에 혼자 앉아 있는 날이 많았다. 민음사는 1층에 주단 가게가 있던 자그마한 건물의 3, 4층을 쓰고 있었는데 3층에는 영업부와 창고가 있었다. 창고 선반에 가득 쌓여 있던 책들을 혼자 순례하는 것이 그 무렵 내 아침의 설레는 일과였다. 그곳에는 신간들 말고도 이미 주문이 끊어진 지 오래인 구간들도 한두권씩 보관되어 있었는데, 그런 책들을 발견하는 일은 큰 즐거움이었다. 요철이 느껴지는 작은 활판 서체가 종조로, 누렇게 변색된 바스러질 듯한 종이에 담겨 있었다. 코를 대고 냄새를 맡으면 이상하게 아늑했다. 빠르게 흘러가는 바깥의 시간과 무관하게 거기 그렇게 어떤 작가의 언어들이 정지된 채 놓여 있었다. 박상륭이라는 이름을 처음 접한 곳이 바로 그 창고 선반이었다. 1971년에 나온 박상륭 소설집 초판본. 양장본이었는데(나는 아직도 '하드커버'보다 '양장본'이라는 말이 더 익숙하다), 표지에는 유려한 흘림체 한자로(작가의 친필이었다) '朴常隆 小說集'이 종조로 쓰여 있고 별도의 소설집 제목은 없었다(비슷한 자리에서 발견했던 이제하 소설집 『초식』처럼 사각 박스 케이스가 있었는지는 기억나지 않는다). 이 글을 쓰면서 인터넷으로 검색해보니 소설집 표지에 푸른색 하회탈이 디자인되어 있는데 내 기억 속에는 없다. 대학 시절 이른바 '운동으로서의 문학'이 큰 흐름이긴 했으나, 개인적인 관심으로 문예지를 띄엄띄엄 찾아 읽기도 했던 터인데 '박상륭'이라는 이름은 내 머릿속에 남아 있지 않았다. 그런데도 그 책을 발견한 순간 알 수 없는 느낌에 사로잡

혔다면, 오래된 책의 품격이나 권위 말고도 한자 서체의 작가 이름이 주는 특별한 강렬성 때문이었는지도 모른다. 박상륭이라는 이름, 『박상륭 소설집』과는 그렇게 처음 만났다. 한동안 그 책을 몰래 가지고 다녔던 듯한데 정작 독서는 작가의 등단작인 「아겔다마」를 비롯한 초기작 몇편에서 더 나아가지 못했던 것 같다. 박상륭 소설의 난해성이나 깊이에 다가갈 정신의 힘이 태부족이었기 때문일 텐데, 거의 '신화' 수준으로 언급되고 있던 박상륭 문학에 대해 이런저런 이야기를 조금씩 얻어듣게 되면서 모종의 두려움마저 생기지 않았나 싶다. 바로 한해 전인 1986년 문학과지성사에서 『죽음의 한 연구』와 『열명길』이 재출간되면서 소수의 문학도들을 중심으로 '박상륭 문학'에 대한 은밀한 열광과 경배의 분위기가 형성되고 있을 때였다. 이어서 1990년부터 4년에 걸쳐 『칠조어론』전4권, 문학과지성사이 완간됨으로써 바야흐로 박상륭 소설은 '문학의 경전'의 자리에 오르게 될 터였다.

2001년 작가의 갑년에 맞춰 출간된 『박상륭 깊이 읽기』문학과지성사가 지금 내 책상에 있다. 한자로 된 작가의 친필 서명과 함께 '정홍수 부장님'이라는 글이 적혀 있다. 이 무렵이면 작가가 캐나다에서 귀국하여 광화문에 거처를 마련하고 있을 때였고, 문학동네에서 소설집 『평심』1999과 산문집 『산해기』1999를 출간한 직후다. 유용주 시인의 호출을 받아 광화문의 아파트로 찾아뵙고 인사를 드린 기억이 난다. 사진에서 접했던 형형한 눈빛을 온전히 감추지는 못했지만 너무도 온화하고 겸손한 모습이셨다. 그러나 부끄럽게도 그때까지 나의 박상륭 독서는 붙잡았다 놓기를 거듭하면서 『죽음의 한 연구』 40일의 여로 초입에서 맴돌고 있었고, 그런 탓에 그날 작가의 깊은 말씀을 제대로 받아 들을 수 없어서 혼자 진땀을 빼야만 했었지 싶다.

생각해보면 거대한 박상륭 문학의 입구에서 헤매고 있었을망정, 전혀 소득이 없었던 것은 아니었을 테다. 가다가 멈추고 다시 처음으로 돌아가길 거듭한 덕분에 가령 『죽음의 한 연구』의 첫 대목은 그 유장하게 넘나들며 말의 깊이와 너비를 정신의 끝 간 데까지 확장하는 문장의 음률이 제법 입에 붙기까지 했으니 말이다.

공문(空門)의 안뜰에 있는 것도 아니고 그렇다고 바깥뜰에 있는 것도 아니어서, 수도도 정도에 들어선 것도 아니고 그렇다고 세상살이의 정도에 들어선 것도 아니어서, 중도 아니고 그렇다고 속중(俗衆)도 아니어서, 그냥 걸사(乞士)라거나 돌팔이 중이라고 해야 할 것들 중의 어떤 것들은, 그 영봉을 구름에 머리 감기는 동녘 운산으로나, 사철 눈에 덮여 천년 동정스런 북녘 눈뫼로나, 미친년 오줌 누듯 여덟 달간이나 비가 내리지만 겨울 또한 혹독한 법 없는 서녘 비골로도 찾아가지만, 별로 찌는 듯한 더위는 아니라도 갈증이 계속되며 그늘도 또한 없고 해가 떠 있어도 그렇게 눈부신 법 없는데다, 우계에는 안개비나 조금 오다 그친다는 남녘 유리(羑里)로도 모인다.

─『박상륭 전집』, 국수 2021, 1421면

이런 문장, 이런 글쓰기를 무어라 불러야 할까. 김사인 시인은 "누구도 부인할 수 없는 것은 박상륭의 글쓰기가 한 끔찍한 헌신이며, 하나의 참혹한 참이라는 사실이다. 그것은 서정과 서사, 내용과 형식, 리얼리즘 따위의 손쉬운 구분을 넘어선 어느 경계에서, 전 존재의 배밀이를 통해 구현되는 것"[책을 엮으며, 『박상륭 깊이 읽기』]이라고 쓰고 있거니와, 삶과 죽음, 성욕과 살욕의 상극적 질서를 하나로 아우르며 인류사의 전기간에 걸친 종교적·정신적 질문과 맞서 생명의 구원을 향한 '언어의 집'을 지으려 한 문학의 기획은 가히 전대미문의 것이라 할 만하다. 그것이 또한 한국인의 시간과 심성에 바탕하고 산문의 율조, 남도 입말의 전면적 구사 등 한국어의 표현 가능성을 최대한 넓고 깊게 한 가운데 이루어졌다는 사실은 한국 근현대문학 100년사의 경이이자 기적이 아닐 수 없다. 일찍이 김현에 의해 '샤머니즘의 논리화' '샤머니즘의 극복'이라는 측면에서 한국문학의 가장 앞선 가능성으로 주목받기도 했던 박상륭의 세계는 작가 자신의 직접적 언급에 의하면 '마음의 우주'를 향한 도정이며, 원형으로서 '생명'을 찾아가는 길로 설명된다.

> 인간이 최고로 도달해야 할 곳은 마음의 우주가 아닌가 하는 것이 제 소설이 던지는 질문입니다. (…) 저는 글쓰기를 통해 종교나 샤머니즘과는 다른 어떤 '원형'을 찾아가고 있습니다. 그것이 바로 생명이겠지요.
>
> ─『박상륭 깊이 읽기』 69면

그러나 작가의 사유, 상상, 언어가 집대성된 '문학의 경전' 『칠조어론』을 비롯하여 박상륭 문학 전반에 대한 본격적인 비평적 탐사나 인문학적 연구는 여전히 미완의 숙제로 남아 있다. 언제부턴가 문학은 전체적 사유의 장, 인간학의 정화精華로서의 지위를 상당한 정도로 잃어버린 것 같지만, 박상륭 문학은 돌아가야 할 예로 우람하고 우뚝하다. 2017년 작가의 이르고 애석한 타계는 세월의 망각을 더 부추길 수도 있다. 박상륭의 작품 전체를 완독한 독자 역시 여전히 소수이며 많은 이들에게 박상륭 문학은 접근의 엄두를 내기 힘든 신화로만 존재하는 게 현실이다. 이런 착잡한 상황에서 올해 6월 국수에서 나온 『박상륭 전집』은 출간 사실 자체만으로도 경하받아 마땅한 일이지만, 방대한 작가의 텍스트를 마치 '한권의 책'처럼 독자의 책상에 올려놓을 수 있게 편집해냄으로써 박상륭 문학과 독자의 거리를 단숨에 좁힌 문학 출판 편집의 장거로도 기억되어야 할 듯하다.

기실 2년 전 여름 어느 술자리에서 윤병무 시인에게 박상륭 선생의 전집을 출간하기로 했다는 이야기를 들었을 때, 걱정부터 앞섰던 게 가감 없는 마음이었다. 나 자신 소규모 출판사를 버티기 식으로 겨우 꾸려가고 있는 형편인지라 혼자서 글감 마련부터 편집, 마케팅까지 다 감당하면서 1인 출판사를 운영하고 있는 윤병무 시인의 사정은 충분히 짐작할 수 있는 것이었다. 아무리 생각해도 박상륭 선생의 전집 출간은 길이 잘 안 보이는 첩첩산중이 아닐 수 없었다. 다른 타산은 별개로 하더라도, 편집과 관련된 난처가 한두군데가 아니었다. 이번 전집판 편집의 개가라 할 만한 게 박상륭 소설에 무수히 나오는 주석을 별도의 책으로 분리하는 방법을 찾아낸 것일 텐데, 특히 박상륭 소설에서 주석이 작품의 연장이라는 점을 고려하면서 독자가 일일이 '미주'를 찾아 두꺼운 책을 들추는 불편을 덜어준다. 도상圖像과 어려운 한자가 그대로 노출되어 있는 주석의 미로만큼이나 복잡한 사유의 길을 우회하는 박상륭 소설 문장의 난해성은 적게 잡아도 교정에 드는 시간과 노동을 통상의 소설 텍스트의 세배 이상 요구하는 것이다. 윤병무 시인이 직접 작성한 '편집 후기'를 보면 활판으로 조판된 초기의 작품들 말고도 '쿼크 익스프레스' 프로그램으로 조판된 다섯권의 본문 파일이 유실된 상태여서 일일이 입력해야 했던 모양이다(구글 드라이브에서 제공하는 문서 추출 프로그램을 이용했다고 하는데, 이 경우는 그 대조와 확인 과정에 상당한 공력이 투여될 수밖에 없다). 200자 원고지 23875매 분량의 전체 원고는 한권을 두툼하게 편집한다고 하더라도 스무권 분량이다. 전집 스무권은 판매와 유통의 어려움은 차치하고 이즈음 독서 환경이나 주거 환경에도 맞지 않는다고 할 때, 도대체 무슨 방법이 있는 것일까. 단행본의 가장 일반적인 판형인 신A5판을 유지하면서 각 1408면, 1332면, 1556면의 세권으로 전집을 분권 편집한 것은(주석이 담긴 별권은 276면) 정말 신선한 타개책이었던 것 같다. 그런 가운데에도 적절한 본문 레이아웃과 본문 용지(60그램의 얇고 가벼운 용지) 선택을 통해 가독성을 전혀 해치지 않고, 육중한 책인데도 쉽게 페이지를 넘길 수 있게 한 점 역시 돋보인다. 권별로 면수를 나누어 매기지 않고 전집 전체를 이어지는 면수로 매긴 것(연번連番 방식) 또한 『박상륭 전집』을 텍스트 삼아 비평이나 논문을 쓸 필자가 인용이나 참고문헌을 적을 때 그 출처를 밝히기 쉽게 하려는 목적"「편집 후기」, 『박상륭 전집: 주석과 바깥 글』, 4563면 에서 채택된 것이다. 무엇보다도 이번 전집은 박상륭 소설 텍스트의 정본定本 확립을 목표로 하면서 그간 출판된 텍스트의 오류를 하나하나 바로잡았는데, 그와 함께 출판사에 따라 혹은 편집자에 따라 달라진 표기를 통일하는 작업도 만만찮은 일이었을 것이다. 같이 편집 밥을 먹는 처지에서 이 모든 수고의 과정과 시간이 기록된 '편집 후기'를 읽으며 부끄럽기도 했으며, 다른 한편 문학 출판 편집 일에 대한 자부심도 얼마간 되찾을 수 있었다는 점을 고백해둔다. 어쨌든 덕분에 지금 우리는 더이상 맞춤할 데가 없다 싶은 형태로 정본 『박상륭 전집』을 우리 책상에 놓고 언제든 들춰볼 수 있게 된 셈이다.

『유리장/열명길』에서 시작된 작가의 '생사生死' 탐구가 『죽음의 한 연구』를 거쳐 『칠조어론』에서 율조 가락과 남도 입말의 유례없는 결합 속에 문학적·철학적·종교적 사유의 융합체로 집대성되면서 가히 하나의 '경전'에 이르렀음은 두루 알려진 이야기거니와, 귀국 후 작가 생활의 후반기에 펴낸 『평심』 『산해기』 『신을 죽인 자의 행로는 쓸쓸하였도다』 『소설법』의 세계 또한 니체, 자이나교 등과의 새로운 만남과 깨침을 포함하는 중요한 사유의 진전을 펼치고 있다는 점에서 놓칠 수 없는 영역임은 물론이다. 김윤식은 박상륭의 만년의 작품들에서 '소설'(작가의 언어로는 '잡설')로, 고향 동구로 돌아오는 작가의 근원적 '슬픔'을 보고 있기도 하거니와, 박상륭의 문학세계 전체를 한목에 모아놓은 이번 전집 출간의 의의는 아무리 강조해도 지나치지 않을 듯하다.

아마도 이번에도 틀림없이 박상륭을 읽는 우리의 시간은 한없이 더디고, 종종 중단되기도 할 것이다. 그러나 그럴 때도 부드러운 질감의 전집 표지를 한번 만져보기나 하고, 거기 책 등에 한 자씩 쓰여 있는 '박' '상' '륭' 세 글자를 바라보는 것만으로도 조금씩 '마음의 우주'에 다가갈 수 있으리라는 믿음 정도는 품어볼 수 있을 것이다.

소주 한병

김소진

먹고살기, 혹은 가족을 건사하기 위한 글쓰기는 김소진의 작가 생활을 관통하는 중심축이라 할 만하다. 특히 1995년 6월 다니던 직장을 그만두면서 본격적으로 시작되고 1997년 4월 갑작스러운 죽음으로 중단된 2년 정도의 짧은 '전업 작가' 기간은 맨몸으로 벌판에 서 있다는 초조와 불안까지 가세하면서 평론가 손정수가 이름 붙인 대로 일종의 '소진消盡의 문학'(김소진 10주기 기념문집의 제목이기도 하다)이라는 지점까지 스스로를 밀어붙였는지도 모른다.『김소진 전집』^{문학동}^{네 2002}에 실린 작가 연보의 1996년 난은 펴낸 책, 발표한 작품 목록으로 유독 길고 빼곡하다.

1996년이라면 서교동 강출판사 사무실 한쪽 구석에 책상을 놓고 출퇴근하며 글을 쓰던 시절인데, 봄날 책상 위의 빨간 딱지 두꺼비 소주 한병이 생각난다. 한달쯤이나 그렇게 놓여 있었나(아니다, 지금 다시 생각해보니 소주병은 그가 입원하고 다시 그 책상으로 돌아오지 못하게 되었을 때까지도 그 자리에 그대로 있었던 것 같다). 어느 날 지나며 흘끔 보니 책상 위에 모시고 노려보기만 한 건 아닌 듯 술이 병목 아래로 조금 내려와 있었다. '소주 소설'을 쓰느라 그런다고 농처럼 말했지만, 그저 글이 잘 안 써지는가보다 했다. 컴퓨터를 밀쳐놓고 원고지를 가져다놓고 써보기도 했으니 말이다. 술자리는 좋아했지만 술은 그리 센 편이 아니었다. 그렇게 쓴 작품이 그해 여름에 발표한 단편 「쐬주」다. 말 그대로 소주 한병이 이야기의 동력인 소설이다. 첫잔의 쐬주, 둘째잔의 쐬주, 하는 식으로 40년을 소주와 함께한 50대 중반 사내의 '소주 철학'이 펼쳐지는 가운데 소주 한병이 빌 때쯤 소설도 끝난다. "아욱, 빈 속에 슬슬 췐다, 췌. 이놈의 꼴 보기 싫은 쐬주! 너는 병입년월일 950925A1, 출고 가격 440원 41전짜리!"255면 그러구러 작가의 능기인 서민적 세태의 차진 묘사가 일품인 작품이다.

그런데 다시 읽어보니 소주가 소설에 제공하는 서사적 동력의 상당한 부분이 실은 성적인 욕망, 몸의 상상력과 깊숙이 얽혀 있다는 사실이 새삼 눈에 들어온다. 아파트 야간 경비 업무를 마치고 집으로 돌아온 주인공 동필씨가 아내가 옷걸이

대에 걸어두고 나간 분홍빛 투피스 양장을 혼자 은밀히 만져보는 소설 서두의 장면은 특히 흥미롭다. 작가는 약간의 트릭까지 구사하면서 동필씨의 욕망을 달뜨게 하는 실체를 숨긴다. "그 서늘하고 미끈한 촉감을 뭐라고 얘기하면 좋을까? 손끝이 천천히 더 깊은 속으로 미끄러져내렸다."236면 곧바로 이어지는 대목에서 열다섯살 고아원을 떠날 무렵 한 소녀와의 설레는 육체적 접촉이 두어 페이지에 걸쳐 회상으로 삽입되고 그 삽화가 가장 농밀하게 고조되는 지점에 와서야 소설은 영화의 매치컷처럼 현재 시점과 다시 연결된다. "동필씨는 더이상 못 참겠다는 듯 손아귀에 힘을 준 다음 우악스레 움켜쥐었다. 그리고는 힘들이지 않고 뽑아내었다."239면 그건 아내가 옷 안주머니에 숨겨둔 소주병이었다. 그런데 투피스 양장의 안주머니라니. 정확히는 투피스 상의를 가리키는 것일 테지만, 그곳은 소주가 들어갈 만한 자리가 아니지 않는가. 정황상으로도 아내가 그곳에 소주를 넣어둔다는 게 자연스럽지 않다. 생각해보면 이 이상한 억지스러움이야말로 소주병의 존재 이유일 수 있다. 서사의 동력원이자 동시에 육체적 욕망의 동력／거울로 소설의 외부에서 도입되어야만 했던 뚜껑을 따지 않은 소주 한병. 이것은 혹 '이야기'라는 그 자체로 자족적인 즐거움에 봉사하는 사물은 아니었을까. 이야기의 의도적인 지체遲滯와 긴장을 고려해 들여놓은 듯한 고아원 삽화의 상투성도 이러한 판단을 부추긴다. 숨어 있는 소주병의 발견과 함께 피어나기 시작한 이야기는 소주병이 비어가면서 종결에 이른다. 그것은 또한 육체적 욕망의 달아오름과 사그라짐에 대응한다. 줄어드는 생명을 담보로 해서만 역량을 발휘하는 '나귀 가죽' 오노레 드 발자크 『나귀 가죽』, 문학동네 2009 은 정확히 이야기 자체의 생성-소진되는 동력을 은유하고 있었던 것이 아닌가.

육체의 동력이 유한한데 소설의 서사가, 소설의 상상력이 무한할 수는 없는 일이겠다. 책상 위에 소주 한병을 가져다두고 그걸 매일 마주하는 일은 그러고 보면 용기이고 결단이지 않았을까.

아아, 쐬주병의 비어버린 밑바닥을 맨정신으로 보는 일만큼 쓸쓸하고 또 소름 끼치도록 비참한 경우는 없으리라. 하지만 그 밑바닥을 회피하고 외면하면서 자리를 털고 일어서지 못하고는 쓸데없는 고집을 피우는 일만큼 비겁한 일도 다신 없는 법이다. 동필씨는 그것을 안다고 스스로 생각했다. 그리고…… 알 뿐이었다.

— 「쐬주」, 『눈사람 속의 검은 항아리』, 강 1997, 253~54면

올해로 스물한해째 4월의 봄이면 친구들과 용인의 묘지를 찾고 있다. 이제는 다들 머리가 반백이다. 한두번 소주가 등장

한 적도 있었나. 대개는 청주 한병을 묘지에 뿌려주고 온다. 남은 술로는 음복을 한다. 시간의 덧없음, 삶의 일회성과 유한성에 대한 연례 교육장인 셈이다. 해마다 새 봉분이 들어서며 성큼성큼 빼곡해지더니 올해는 진입로 왼쪽 언덕으로 확장 공사가 한창이었다. 그곳에서는 죽음이 예삿일이고 흔하다. 인간 언어의 만용과 착오를 증거하는 '불멸'이라는 단어가 생겨난 곳이기도 하다. 그리고 무언가 공평해 보인다. 담배를 물고 묘지 앞에 꽂힌 원색의 조화들을 내려다보고 있자면, 죽음의 무자비함과 부당함도 조금 뒤로 물러서는 듯하다. 아무렴 말도 안 되는 생각이다. 친구의 너무 이른 죽음은 남은 자들에게 이상한 유산이 된다. 묘지는 결국 어디에도 없는 장소다. 죽은 자에게는. 그리고 모든 산 자는 죽은 자가 된다. 그러거나 교육 시간은 짧고, 우리는 타고 왔던 차에 몸을 싣고 맹렬하게 질주하는 세상의 시간 속으로 다시 돌아온다.

많이 알려진 대로 김소진 소설을 움직이고 나아가게 한 중심 동력은 '기억'이었다. 그가 자란 미아리 산동네는 기억의 육체였고, 그가 마지막으로 발표한 단편 「눈사람 속의 검은 항아리」[1997]는 재개발로 그 기억의 땅이 사라져가는 황망한 사태 앞에서 씌어졌다.

아아, 하지만 여태껏 나를 지탱해왔던 기억, 그 기억을 지탱해온 육체인 이 산동네가 사라진다는 것이 아니겠는가, 나를 이렇게 감상적으로 만드는 게. 이 동네가 포크레인의 날카로운 삽질에 깎여가면 내 허약한 기억도 송두리째 퍼내어질 것이다. 그런데 나는 기껏 똥을 눌 뿐인데…… 그것밖에 할 일이 없는데……

— 『눈사람 속의 검은 항아리』, 33면

무너져내리고 깎여나가는 산동네의 모습은 곧 그의 기억과 소설이 처한 위기이기도 했다. 물론 그는 자신의 기억이 소설적 창조 과정 그 자체임을 뚜렷이 자각하고 있었고, 기억의 특권화나 실체화를 스스로 경계해 마지않았다. 단편 「자전거 도둑」[1995]에서 작가는 기억이 발명되고 이야기로 바뀌는 순간을 보여주면서 자신의 소설 쓰기를 객관화한다. 그러나 죽음으로 중단된 그의 미완성 장편 「동물원」(이 작품에는 '기억을 기억하기'라는 작가의 자각적 소설론이 작중 인물의 입으로 직접 진술되기도 한다)으로 짐작건대, 그가 기억의 새로운 육체, 새로운 창조술을 찾아내는 데 얼마큼 힘겨워하고 있었음도 사실인 듯하다. 말하자면, 그의 소설 세계는 전환점을 찾고 있었고 그 모색의 도정에서 멈추어버렸다. 그리고 이 위기의 다른 한쪽에는 그가 자각했든 그렇지 않든 너무 일찍 다가오고 있던 육체의 소진이라는 문제가 있었다. 매번 바닥을 드러내고야 마는 소주 한병의 시간은 비유컨대 모래시계가 아니었을 테다. 그러니 소설 「쐬주」에 담겨 있는 몸과 관능의 이야기가 조금은 이상한 방식으로 외삽된 느낌을 준다면, 그것은 혹 '밀도나 의미의 구축'과 같은 소설 쓰기의 오랜 강박으로부터 잠시 놓여나고 싶었던 김소진 소설의 자기 이탈/해찰이 아니었을까 하는 생각도 드는 것이다.

"춘하, 당신 허벅지를 내놓으라, 그렇지 않으면 불구대천이야."『열린 사회와 그 적들』, 문학동네 2002, 130면 초기작 「춘하 돌아오다」1992 에서 갑자기 벼락 치듯 터져 나오는 주인공 병문의 말처럼 해방적인 김소진 소설의 순간을 나는 잘 알지 못한다. 여기서 춘하의 허벅지는 '아버지'라는 답답한 의미의 자장을 뚫고('아버지'는 그 허벅지와 아들의 중학교 등록금을 바꾸었다) 순수한 향락의 기원으로 돌아간다. 잠시의 침묵이 지나고 마치 아무런 소리도 듣지 못한 듯 날고구마를 으적으적 씹으며 "훠이, 이놈의 괭이. 어서 가그라이. 오늘 자네 몫은 없구만이라. 새끼덜 꼬옥 품고 잠 잘거라 잉"같은 면 하고 내뱉는 춘하의 반응 또한 인생의 정리되지 않는 미묘한 순간으로 우리를 데려간다. 인생의 어떤 문제에는 그런 처리밖에 없고, 그렇다면 거기에 소설이 더하거나 뺄 수 있는 일은 없겠다는 느낌이 드는 순간. 그 자체로 살아 있는 인생의 장면. 동시에 심층 따위는 없는 소설의 언어적 활동에 순수하게 봉사하는 순간. 다시 읽을 때마다 소설이 여기서 끝나도 좋았겠다는 생각이 든다. 소설은 그렇게 끝나지 않는다. 노인정 앞터에서 춘하와 상호의 혼례가 첫눈의 축복 속에서 동네잔치로 흥겹게 열린다. 재개발사업에 대한 풍문이 떠도는 가운데 말이다. 아마도 이러한 결말은 김소진 문학의 개별적 스타일이나 의지만으로도 어쩌지 못하는 문학사적 자장의 영역일지도 모른다. 김소진에게는 다만, 시간이 없었다.

늦깎이가 되리라던 내 꿈은 무너졌다.
될 수 있으면 서른다섯쯤 지날 때 물리에 밝고 밑천 두둑한 장사꾼처럼 성큼 나서고 싶었다. 나는 그런 완벽한 출발을 하릴없이 품어왔다.

—「신춘문예 당선 소감」, 1991

김소진은 우리 나이 서른다섯에 세상을 떠났다.

살아 있는 한국어

정승철『방언의 발견』

감격적인 판문점 남북정상회담을 비롯해 일련의 남북 교류에서도 새삼 확인된 것처럼 지금 한반도에서 한국어의 방언적 차이는 소통의 차원에서는 거의 문제될 게 없는 수준으로 보인다. 반세기 넘는 분단의 장벽 아래 진행된 체제와 문화의 이질화에도 불구하고 남쪽의 한국어(남한 방언)와 북쪽의 한국어(북한 방언)는 서로의 의사를 전달하고 감정을 나누는 데 전혀 장애가 되지 않았다. 하나의 언어, 하나의 핏줄과 같은 조금은 낡고 진부한 수사가 반드시 배타적이고 순혈주의적인 민족주의 이데올로기와 결부되지 않고도 그 자체로 살아 움직이는 진실된 역사적 실체와 흐름을 재서술해내는 현장을 목도한 느낌이었다. 남북의 경우가 이럴진대, 이동과 정보의 사각지대가 사라지고 개인 간 소통의 많은 영역이 인터넷이 만들어낸 새로운 관계망으로 옮겨가고 있는 이즈음 한국에서 표준어와 방언의 대립 구도는 사실상 해체되고 있는 것으로 보는 게 옳을 것이다. 오히려 간혹 문제로 제기되는 것은 인터넷의 바다에서 하루가 멀다 하고 생겨나는 새로운 언어들일 텐데, 은어화한 온라인 언어들이 한국어의 규범을 파괴하고 소통의 장벽을 만들어낸다는 지적은 적지 않다. 그러나 인터넷 세상에 새롭게 도래한 그 사회 방언 역시 지금 한국인의 생활환경과 생활 감정을 반영하는 살아 있는 언어다. 젊은 세대 작가의 소설에서 그런 온라인의 소통 언어들을 접하는 것은 이제 익숙한 일이 되었다. 그 언어들 가운데 일부는 표준적인 한국어로 편입되기도 하겠지만 스스로 만든 소통의 벽이나 규범적 일탈의 정도에 따라 계속 소수의 은어로 남거나 사라지는 것들도 많을 것이다. 그리고 이런 과정을 규제하거나 규율할 수 있는 일관된 정책이나 주체는 상정하기 힘들다. 굳이 말한다면 지금 한국어를 쓰는 언중들의 의식적 / 무의식적 결단만이 이 과정에 관여하는 것일 테다.

그러나 지역 방언이든 사회 방언이든 표준어와의 대립 구도 해체는 이즈음 매체 환경을 비롯한 광범위한 사회적 변화로부터 영향받은 것이고, 그런 가운데에서도 실제 한국인의 언어 의식은 방언에 대한 부정과 차별을 포함하는 표준어 우위의 관념에 상당한 정도로 고착되어 있을 가능성도 없지 않을 것이다. 정승철 교수의『방언의 발견』창비 2018은 바로 이 점에 대한 우려와 세심한 고찰로부터 출발한 책이다. 저자가 머리말에서 최근 '스피치 학원'에서 운영하고 있는 교정을 위한 '사투리반'을 예로 들면서 이 책을 열고 있는 것도 그래서일 테다. 그리고 무엇보다『방언의 발견』이 다양한 자료를 톺으면서 새삼 일깨워주고 있는 것처럼, 국가 주도의 표준어 정책이 '조국 근대화' 혹은 '국민 총화'의 이데올로기 아래 사회전 부면에서 강력하게 펼쳐졌던 시절이 그리 오래전도 아니다. 지금의 중장년 세대라면 누구나 기억에 남아 있을 '국어순화운동'은『방언의 발견』에 따르면 1976년 4월 '대통령 특별지시'에 의해 촉발되고 '사회정화' 차원에서 기획되었다. 당시의 교원단체가 마련한 운동 지침서의 한 대목은 문제의 핵심을 정확하게 보여준다. "언어의 순화란 언어에 섞인 '잡스러운 것'을 떼어버리고 체계 있고 순수한 것으로 만드는 것을 의미한다."156면 여기서 '잡스러운 것', 그러니까 '국어'를 오염시키고 있는 주범으로 지목된 것은 "어휘 면에서는 은어, 비어, 속어, 욕설, 외래어 및 외국어와 방언"이다. 말 그대로 '순수한' 언어는 존재한 적이 없다. 언어들 사이의 접촉과 간섭은 거의 모든 자연언어들의 역사에 새겨진 자취다. 지금 한국어의 어휘부에 깊숙이 뿌리 내리고 있는 중국식 한자어와 일본식 한자어 역시 그런 자취의 일부일 것이다. 당시 '국어순화 운동'이 일종의 '언어순혈주의'와 등을 맞댄 편협한 민족주의 이데올로기에 편승하고 있었다는 비판은 충분히 가능하지 싶다. '운동'의 한 목표이기도 했을 고유어 혹은 토착어의 진작은 또다른 차원의 문제일 테다. 그리고 방언의 경우는 고유어의 진폭과 가능성에 좀더 많이 이어져 있다는 점에서 '순수'의 욕망과도 이율배반적인 측면을 지닌다고 할 수 있다. 방언에 대한 배제와 억압을 수반하는 강력한 표준어 정책이 '19세기 제국주의 또는 국가주의 시대'의 산물이라는 점은 『방언의 발견』에서 여러차례 지적되고 있는 사실이지만, 일본이 오키나와를 병합하는 과정에서 원주민 언어인 류큐어琉球語를 말살하기 위해 '방언 패찰'까지 사용했다는 기록은 충격적이기까지 하다. 프랑스에서 처음 만들어져 20세기 중반에 이르기까지 영국, 스페인, 일본 등에서 사용된 '방언 패찰'의 존재는 방언에 대한 억압이 인권의 문제이기도 하다는 저자의 되풀이되는 주장에 뚜렷한 역사적 예시가 되어준다. 조선어학회가 한글 맞춤법 통일안을 마련하고 "현재 중류사회에서 쓰는 서울말"75면을 원칙으로 삼아 표준어 사정 작업을 벌인 것은 국권 상실기의 한국어 지키기와 정비 차원에서 그 의의를 충분히 평가할 수 있는 일이다. 그러나 이때에도 홍기문 같은 이는 "모든 지역 방언과 '계급어의 융합'을 전제로 한 표준어 개념"

을 제안하면서 "한 방언을 표준어로 선발해놓고 곧 그 이외의 방언을 전부 말살시키려고 하나 그것은 한 언어를 가지고 다른 한 언어를 말살하려는 것과 같은 어리석은 노릇"[81면]이라며 선각적인 통찰을 보여주고 있다.

한국어는 수천만의 한국어 사용자의 개인어로 발화되는 개인 방언의 집합체다. 방언이라는 말에도 새겨져 있는 것처럼 통상 지역 간 차이가 가장 크게 드러나지만, 세대나 교육에 따른 차이도 적지 않을 테다. 궁극적으로는 개인 간 차이가 남을 것이다. 그 차이들은 지금 한국인의 생활 감정과 사유를 실어나르는 다채로운 언어적 자산이다. 차이의 억압은 민주주의의 원칙에도 반하지만 한국어의 가능성을 스스로 제약하는 일이기도 하다. 『방언의 발견』이 소개하고 있는 인상적인 삽화가 하나 있다. 2006년 5월, 사투리 연구 모임 '탯말두레' 회원들은 '교양 있는 사람들이 두루 쓰는 현대 서울말'이라는 현행 표준어 규정(1989년 3월 시행)이 국민의 평등권, 행복추구권, 교육권을 침해한다며 헌법 소원을 제기했다. 헌법 소원은 재판관 7대 2의 의견으로 기각되었지만 표준어 규정의 비민주성을 충분히 부각하는 계기가 된 듯하다. 그러나 무엇보다도 저 "잡스러운" 방언(속어, 욕설을 아우르며)이 아니면 드러날 수 없는 한국인의 진실되고 풍성한 생활 감정은 어떻게 할 것인가. 『방언의 발견』이 거듭 주장하는 '방언 사용권'은 공동체의 기억을 되새기고 보존하는 한국인의 자기이해, 자기재서술의 차원에서도 좀더 적극적으로 제기될 필요가 있어 보인다.

　"너 메 살 먹었네?"

　"멥쌀두 먹구 찹쌀두 먹구, 열두 가지 곡석 다 먹었슈."

　하고 나서 그녀는 치맛자락 밑으로 어슬렁대던 검둥이 뱃구레에 냅다 발길질을 하며,

　"이런 육시럴늠의 가이색깃 지랄하고 자빠졌네. 주둥패기 됐다가 뭣허구 이 지랄 허여. 너 니열버텀 잘 굶었다. 생전 밥 구경이나 시키나 봐라."

　하고 거듭 발길질을 하여 금방 어떻게 되는 비명 소리가 들리도록 했다. 내가 듣기에도 담 넘어 들어오는 순경을 물어뜯지 않았다는 핀잔이었다.

　　　　　　—이문구 「행운유수」, 『관촌수필』, 문학과지성사 1977, 74면

기억상실의 독법

문학 작품, 특히 소설을 의미의 자장 바깥에서 읽는 일은 쉽지 않다. 해체된 서사, 미로 같은 언어의 배열과 조직 안에도 문학적 의미의 자장은 존재한다. 혹은 우리는 그렇게 믿는다. 한쪽에서 아무리 '저자의 죽음'을 외쳐도 우리가 소설 작품을 작가와 분리해서 읽기는 힘들다. 사실 가장 흔한 의미 연관은 여기서 생긴다. 우리는 소설의 배면에서 작가의 삶을 읽으려 하며 조금 더 전문적인 문학 비평은 '원체험'이라는 말로 이 의미의 사슬을 캐내고 의기양양해한다. '현실'은 우리가 소설에서 되찾고 다시 확인하려 하는 의미의 또다른 과녁이다. 작품을 '텍스트'라고 부른다고 해서 사정이 달라지는 것은 아니다. 여기서는 결국 텍스트의 구조와 기호가 의미의 생산지가 된다. 어느 면에서는 독자의 자리야말로 최종적인 의미의 기착지이기도 하다. 독자는 결국 자신의 기억과 앎의 총체로서 작품 앞에 마주한다. 그때 우리 독자는 기억과 앎이 형성해놓은 나름의 코드를 작동시키며 작품의 의미를 캐고 작품에 감응한다. 새로운 것에 대한 기대나 요구와는 별개로 우리가 종종 익숙한 테두리, 자신의 취향과 기호嗜好 안으로 문학적 감동을 제한하는 것도 그래서일지 모른다. 작품의 의미는 대개 우리 자신에게로 되돌아와 우리의 기억과 향수鄕愁를 두텁게 하고, 우리를 좀더 우리 자신 쪽으로 강화한다.

내가 올해 읽은 하스미 시게히코의 『나쓰메 소세키론』박창학 옮김, 이모션북스 2017 은 전혀 다른 소설의 독법을 제안한다. 그가 보기에 소설 작품이나 작가를 둘러싼 '의미의 자장'은 문학사와 문학 제도가 만들어놓은 문학의 '신화'다. 그는 반문한다. "도대체 내면에 묻혀 있고 배후에 숨겨진 의미를 읽는 것이 '문학'이라고 언제부터 진심으로 믿게 된 것일까."22면 내면이든 배후이든 의미 찾기는 결국 이미 형성되어 있는 '문학이라는 의미'의 체계로 돌아가고 환원되는 일을 피할 수 없다. 이것은 문학을 지식 혹은 역사로 소비하는 일과 무엇이 다른가. 문학이 문학인 이유는 바로 그 환원을 거부하는 언어의 다른 질서 때문이 아닌가. 그는 말한다. 문학에서는 "모든 것이 표층에 드러나 있기 때문이 아닌가. 의미 해독을 용이하게 하는 거리도, 깊이도 없는 채로, 모든 것이 서로 앞 다투어 표층에 부상해, 일제히 소란을 피우고 있는 장(場)이야말로 '문학'인 것이 아닌가."[22면] '문학'이라는 기억, 작가 누구라는 기억, 독자 '나'라는 기억이 상실되는 자리에서 벌어지는 현재적 운동으로서의 독서가 요청되는 것은 그 때문이다. 그렇게 해서 말들의 출렁거림과 뒤섞이고, 작가와 독자가 비인칭의 자리에서 만나는 희박한 현재의 독서. 의미로, '나'로 환원되거나 회수되지 않고, '나'의 변용이 그 운동 속에서 실천적으로 일어나는 독서. 누구든 물을 것이다. 그런 게 가능하기는 하냐고. 모르겠다. 나로서는 저자에게 설복되었음을 고백하지 않을 수 없다. 드러눕는 존재들, 물이나 비와 조우하며 소설의 사건을 발생시키는 소세키의 인물들을 따라가며 하스미 시게히코는 기억상실의 독법을 경이롭게 실천해 보인다. 아마도 이 책은 문학의 언어와 희박하기 이를 데 없는 우리의 현재적 삶을(혹은 죽음을) 하나의 표층에서 행복하게 껴안으려 한 가장 도전적인 시도로 남으리라.

제4부

카버의 승리*

레이먼드 클레비 카버 Raymond Clevie Carver 는 1938년 미국 북
서부 오리건주 컬럼비아강 하류에서 제재소 노동자의 아들로
태어나, 그보다 조금 더 북쪽에 위치한 워싱턴주 야키마 계곡
에서 성장했다. 학교생활에 잘 적응하지 못했던 이 뚱뚱한 소
년은 레이먼드 챈들러, 대슐 해밋 등이 단어당 1센트 정도의
싼 원고료를 받으며 작가 이력을 시작한 대중물 중심의 '펄프
잡지'나 에드거 라이스 버로우의 열두권짜리 『타잔』 시리즈
등에서 자신의 외로움을 채워줄 공상과 흥미로운 이야깃거리

---

* 이 글에서 카버에 관한 전기적 사실, 편집자 고든 리시의 이야기는 캐롤
스클레니카가 쓴 레이먼드 카버 평전 『레이먼드 카버: 어느 작가의 생』
(고영범 옮김, 강 2012)을 참고했다. 직접 인용할 때는 면수만 표시했다.

를 찾으며 소년 시절을 보낸다. 소년은 아버지의 친구를 따라 컬럼비아강 유역의 아름답고 거친 지역을 떠도는 사냥과 낚시에 몰입하면서 어린 시절의 불안에서 벗어날 수 있었고, 조금은 담대한 사나이로 자신을 상상할 수 있게 된 듯하다. 이 과정에서 사냥이나 낚시를 취급하는 아웃도어 잡지들도 그의 독서 반경에 들어오게 되는데, 그 잡지들엔 담배, 술, 통신교육에 대한 총천연색 광고들 사이로 개인적인 사냥 경험담들이 실려 있었다. 그리고 그런 이야기는 소년이 써보고 싶은 것들이기도 했다. 실제 소년은 야생 기러기를 사냥하는 이야기를 써서 원고를 보내기도 한다. 물론 돌아온 것은 거절의 편지였다. 그러나 이것은 잡지에 원고를 보내고, 원고가 채택되기를 기다리는 카버 인생 전체의 길고도 힘겨운 투쟁의 작은 서막이었다. 고등학교를 졸업할 무렵, 카버는 할리우드에 있는 파머 작가학교라는 곳에서 주관하는 통신 과정에 등록하면서 작가의 꿈을 키우기 시작한다. 우편으로 배달된 첫번째 강좌는 '단편소설의 핵심요소와 그것을 어떻게 발전시킬 것인가'였다.

1960년대 후반 버클리, 새크라멘토 등 미국 서부 연안의 도시는 반反문화의 열기로 들끓고 있었지만, 여전히 미국 문화의 중심은 동부 뉴욕이었다. 1967년 그해의 『전미 최우수 단편 선집』에 「제발 조용히 좀 해요」가 수록되고, 곧 첫 시집 『클

래머스 근처』가 나올 예정이었지만 카버는 미국 문단 전체로 보면 무명작가나 다름없었다. 그가 미국 문단에 본격적으로 이름을 올리기 위해서는 또 한번의 도약 혹은 기적이 필요했다. 그리고 이 기적에는 미국 문학계의 핵심으로 진출할 야심에 불타고 있던 또 한명의 이름이 더 필요했다.

그 이름은 고든 리시 Gordon Lish 다. 리시는 열렬한 작가 지망생이기도 했지만 그 자신도 그렇게 믿고 행동했던 것처럼 그의 재능이 흐르고 있는 곳은 편집자 쪽이었다. 고등학교 영어교사 시절부터 소규모 문예잡지를 발행하기 시작했던 리시는 자기 나름의 확고한 문장관과 소설관을 가진 이였다. 교육물 출판사에 취직해 영어문법 책을 직접 쓰고 편집하는 동안 그는 '미국 영어 문장의 역학에 대한 정밀한 분석'을 수행했고, 아마도 이것은 과도한 자기확신의 또다른 근거가 되었을 테다. 그렇긴 해도 그는 당대의 미국 소설을 엄청나게 읽어댔고, 계속해서 미국 문학의 흐름과 방향에 관한 자기만의 지도를 그리고 있었다. 어쨌든 고든 리시가 엄청 정력적이고 뛰어난 문학 편집자였던 것만은 분명한 사실인 것 같다. 리시는 이렇게 말한다. "좋은 편집이란 머리에서 나오는 것이 아니라 본능적인 것이다. 나는 내 허벅지 안쪽을 쭉 따라 내려가는 기다란 근육으로부터 오는 느낌에 의거해 좋은 글을 알아본다."396면 편집 일에 종사해본 사람이라면 탄복할 만한 근사한 이야기다. 그러나 리시는 그 '근육의 느낌'을 겸손하게 사용하는 사람은 아니었다.

1968년 샌프란시스코만 서안의 작은 도시 팔로 알토의 카버네 집에서 두 사람이 처음 만났을 때, 리시는 「제발 조용히 좀 해요」를 읽었다며 극찬을 했지만, 한마디 덧붙이는 것을 잊지 않았다. 만약 자기가 그 작품의 편집자였다면 등장인물인 랠프 와이먼은 그의 아내 옆에 남아 있지 않게 되었을 것이며, 만약 자기가 썼다면 작품의 결말이 달라졌을 거라고. 카버의 아내인 메리앤은 리시의 눈을 똑바로 쳐다보며 즉각 반박했다. "그러니까, 그게 바로 핵심이에요, 고든. 그건 당신 작품이 아니에요. 그 작품은 당신 게 아녜요."278면 이 삽화는 예언적이다.

1969년 고든 리시는 『에스콰이어』의 소설 부문 편집자가 되면서 미국 문학 출판의 요새 한가운데로 침투하는 데 성공한다. 리시의 야망과 열정이 뚫어낸 기적 같은 일이었다. 그러나 카버의 입장에서 보면 『에스콰이어』의 편집자가 자신의 무람없는 술친구라는 사실이야말로 기적이 아닐 수 없었다. 리시의 책상에는 카버가 보내온 원고 뭉치가 놓여 있었고, 리시는 『에스콰이어』의 소설 지면을 채울 새로운 소설가의 명단에 카버를 올릴 의욕에 불타고 있었다. 그러나 편집장과 발행인을 설득하기 이전에 리시는 그 자신을 설득해야 한다고 생각했고, 카버의 원고는 우선 리시의 가혹한 비판과 수정 요구를 통과해야만 했다. 그러나 이 과정에서 일어난 일들은(1971년 마침내 『에스콰이어』에 「이웃사람들」이 게재될 때 행해진 편집을 포함해서) '상당히 공격적인 편집'이라고는 해도 나중에 두권의 소설집(『제발 조용히 좀 해요』[1976], 『사랑을 말할 때 우리가 이야기하는 것』[1981])을 편집할 때 보인 고든 리시의 거의 재창작에 가까운 삭제와 수정에 비할 정도는 아니었다. 그것은 어찌 보면 미국 문학의 최정상부에 진입하기 위해 카버가 치러야 할 문학적 학습과 편집 공정의 일환이었고, 그 작업에 고든 리시는 꽤 훌륭한 멘토였을 수도 있다. 여러해에 걸쳐 리시가 제안한 수정 작업을 거부한 작가들도 없지는 않았지만, 카버 말고도 많은 작가들이 그 공격적인 요구를 받아들였다는 사실을 참고할 수도 있겠다. 그러나 적어도 카버의 경우, 고든 리시는 멈추어야 할 때를 알지 못했던 것 같다. 미국 문학 출판계에서 고든 리시가 차지하는 위상이 커지고, 그 자신 카버를 발굴하고 키웠다는 자기확신(자기최면?)이 커지면서 리시의 편집은 한 작가의 창조적 영토를 침범하고, 작가적 자존심에 커다란 상처를 내는 지점까지 치달았다. 한동안 카버에게 따라붙은 '미니멀리스트'라는 에피셋이 이 과정에서 발생한 오해의 산물이라는 것은 이제 구문이 되었다.

얼마 전 한국어 번역본이 나온 『풋내기들』[김우열 옮김, 문학동네]

²⁰¹⁵은 고든 리시가 크노프 사의 소설 단행본 편집자로 옮긴 뒤 펴낸 카버의 두번째 소설집 『사랑을 말할 때 우리가 이야기하는 것』의 오리지널 판본으로, 두번째 부인 테스 갤러거 (시인이자 작가, 현재 카버 작품의 저작권자)가 카버의 작품을 원형 그대로 복원해내려고 추진하고 있는 작업의 일환이기도 하다. '편집자 서문'에 따르면, "『풋내기들』의 원천 텍스트는 1980년 봄에 카버가 당시 크노프 사 편집자인 고든 리시에게 넘긴 원고다. 리시는 이 원고를 두 차례에 걸쳐 세밀하게 편집하여 오십 퍼센트 이상 덜어냈다. 그 원고는 인디애나 대학교 릴리 도서관에 보존되어 있다. 우리는 리시가 손으로 쓴 수정 사항과 삭제 표시 밑에 쓰인, 타자로 친 카버의 글을 되살려 원고를 복원했다."[5면] 기실, 레이먼드 카버는 1981년 『사랑을 말할 때 우리가 이야기하는 것』을 테스 갤러거에게 바치면서, 언젠가는 이 책에 실린 작품들을 온전한 형태로 재출간하겠다고 약속했다. 그 약속이 카버의 사후, 테스 갤러거 자신에 의해 이루어진 셈이다.

카버가 받아본 소설집 원고의 첫 교정본은 카버가 타자로 친 원고 위에 리시가 사인펜으로 편집을 가한 것이었다(이때 리시는 이 편집본을 다시 타자로 정서하도록 이미 조치해놓은 상태였다). 리시의 수정 사항은 카버가 받아들일 만한 수준이었던 것 같다. 카버는 교정지에 추가로 자신의 수정 사항을

첨가하면서 리시가 그 편집본을 타자로 다시 정서할 수 있게
정서 비용을 수표로 보낸다. 그리고 새로운 편집본이 카버에
게 도착한다. 그런데 타자로 정서된 두번째 교정지는 카버를
경악하게 한다. 새로 타자로 친 교정지에는 손으로 편집을 가
한 첫 교정지에는 들어 있지 않은 변경 사항들이 '대폭' 포함
되어 있었다. 말하자면 리시는 카버의 동의도 구하지 않고, 정
서한 첫번째 교정지 위에 임의로 수정을 가한 뒤 다시 타자로
쳐서 카버에게 보냈던 것이다. 『풋내기들』의 '편집자 서문'에
나오는 '50퍼센트 이상 덜어내기'의 비밀이 여기에 있다. 『풋
내기들』의 권말에 붙은 '노트'에는 줄어든 단어의 수를 '원천
텍스트에서 몇 퍼센트'와 같은 방식으로 각 작품별로 표기해
놓았는데, 가장 심한 경우가 카버의 대표작 중 하나로 알려져
있는 「별것 아닌 것 같지만, 도움이 되는」^{A Small, Good Thing}이다.
제목도 「목욕」^{The Bath}으로 바뀌었지만 원천 텍스트의 78퍼센
트가 사라졌다. 빵집 주인과 부부가 오해를 풀고, 밤새 빵을
나누어 먹으며 서로의 아픔에 조금씩 다가서는 감동적인 결
말 부분 역시 날아가버렸다. 캐롤 스클레니카의 카버 평전은
이 충격적 사태를 이렇게 정리해놓고 있다.

　　제목도 「목욕」으로 바뀌었다. 주인공들은 이름 없는 인물이
　　되었다. 보조인물들도 거의 사라졌다. 풍경과 날씨도 사라졌

다. 본질적인 통찰 쪽으로 기울어져 있던 마무리 부분도 삭제되었다. 카버는 충격을 받았다. 레이카버—인용자가 리시에게 촉구했던 것은 이야기에 연필을 대라는 것이었다. 살점을 베어내는 칼을 들이대리라고 기대한 것은 아니었다.

—656면

여기서 살점은 전혀 비유가 아니다. 『풋내기들』 번역판을 통해 「별것 아닌 것 같지만, 도움이 되는」과 「목욕」을 비교해보면, 리시는 카버의 원고에서 서사의 큰 뼈대만을 남기고 살점이라는 살점은 '거의' 제거해버렸다는 사실을 알 수 있다. 사실 소설의 살점은 우리 몸이 그렇듯 뼈대와 분리될 수 있는 것이 아니다. 그리고 「베니스의 상인」이 교훈적으로 알려주듯 피를 흘리지 않고 살점을 제거할 방법도 없다. 자신의 작품이 그렇게 칼질을 당했을 때 카버가 겪었을 마음의 상처와 고통, 짓밟힌 작가적 자존심을 생각해본다면 그 '피'는 온전히 카버의 것이었을 테다. 물론 카버는 어떻게 해서든 이 말이 안 되는 사태를 되돌리려고 했다. 카버는 리시에게 보낸 편지에서 이렇게 쓰고 있다.

만약 이 책이 지금의 형태로 출판된다면 난 아마도 다시는 다른 작품을 쓰지 않을 수도 있어요. 그렇게 절박해요. 그렇게 되진 않아야 하는데. 이 가운데 어떤 작품들은 내가 내 건강과 정신적인 행복을 다시 회복하고 있다는 감각에 맞물려 있는 것들이오.

—658면

'건강과 정신적인 행복'의 이야기는 카버의 생을 어둡게 지배했던 기나긴 알코올중독과의 싸움에서 빠져나온 사실을 가리킨다. 편지는 카버가 자신의 작품을 지배하고 있었으며, 리시의 편집이 자신의 작품에서 빼앗아가려는 것이 무엇인지 정확히 인식하고 있었다는 사실도 보여준다.

지금의 리시가 정서해서 보내온 두번째 교정지—인용자 이 작품들「목욕」과 「청바지 다음에」—인용자 에 들어 있는 아름다움과 신비함도 좋지만, 나에게 보내준 첫번째 판본에서 내가 보았던 인간 사이의 연약한 연결, 그것의 흔적이나 세밀한 터치는 잃고 싶지 않소.

—666면

'아름다움과 신비함'은 리시가 카버의 작품에서 인물과 사건의 디테일을 제거하고 카버를 소위 '미니멀리스트'의 대변자로 만들면서 얻어낸 문학적 공간을 말한다. 리시의 편집이 가닿지 않았던 카버의 초기작들을 읽어보면 카버가 남들보다

'적게 말하는' 작가라는 사실은 분명하다. 고든 리시가 카버를 처음 만난 날 극찬했던, 그러나 자신이 편집했으면 많이 달라졌을 거라고 이야기한 「제발 조용히 좀 해요」는 카버의 이름을 전 미국에 알린 초기의 대표작이다. 이 작품에서 2년 전 부인의 외도 사실을 확인한 뒤, 밤새 동네 술집과 거리를 고통스럽게 전전하는 한 사내의 분노와 혼돈은 다음 날 아침 집으로 돌아와 침대에 누운 뒤에도 여전히 진행형이다. 그러다 갑자기 아내가 그의 침대로 들어오고 걷잡을 수 없이 밀려오는 잠 속에서 이상한 섹스가 벌어진다.

소설의 마지막에 나오는 믿을 수 없는 변화는 이 소설을 화해 쪽으로 기울이고 있는 것일까, 아니면 평온했던 결혼 생활의 파탄을 다시 한번 확인하고 예감하는 쪽으로 소설을 밀고 있는 것일까. 답을 내리기는 쉽지 않다. 무언가가 일어나고 있지만 그것이 무엇인지는 유보되고 유예되어 있는 것 같다. 작가는 그 유보와 유예를 통해 소설 속 사안이 그들 부부의 인생, 혹은 우리의 인생에 일으킬 수 있는 변화의 크기나 방향에 대해 무지한 쪽으로 퇴각한다. 그 퇴각에는 인간의 나약함을 응시하는 카버 특유의 시선이 엉켜 있는 것도 같다. 카버의 많은 다른 작품들처럼 이 소설이 열려 있다면, 이런 의미에서일 것이다. 카버가 '적게 말하는' 소설가로 느껴지는 것은 이처럼 인물의 행동을 어떤 윤리적 잣대로 매듭짓지 않으려는 태도와 무관하지 않다. 카버의 소설이 디테일에서 풍부하고 감정의 섬세한 결을 추적하는 데 뛰어나다는 것은 이 작품만으로도 충분히 입증된다. 주인공 랠프가 유레카 지역의 술집과 거리를 취해서 돌아다니는 하룻밤의 오디세이에서 우리는 그의 분노와 혼돈이 끌어들이는 무수한 심리적 상관물들을 과도하다 싶을 정도로 만나게 된다. 그 세목들에는 작가 자신 "인간 사이의 연약한 연결, 그것의 흔적이나 세밀한 터치"^{666면}라고 이름붙인 양보할 수 없는 인장이 시적 상징의 풍성함과 함께 담겨 있다. 그러나 리시는 바로 그 지점이 카버의 소설을 덜 세련된 휴머니즘의 영역으로 이끌고 있다고 판단한 것 같고, 카버의 소설을 좀더 쿨하고 비정한 스타일로 가다듬는 것이 자신의 사명이라고 믿었던 것 같다. 카버가 리시의 문학적 안목을 신뢰하고 그의 편집자적 능력을 존중했다는 증거는 많다. 카버는 많은 부분에서 리시의 의견을 받아들였다. 카버가 미국 문학계의 중심부로 진입하는 데 리시의 도움이 컸다는 것도 부인할 수 없는 사실이다. 그러나 메리앤이 첫 대면에서 예언적으로 말한 대로, 그건 리시의 작품이 아니라 카버의 작품이었다. 상호 신뢰와 선의의 교환으로 진행되던 두 사람의 협업은 문학출판계에서 리시의 위상이 커지고, 리시 자신 카버를 자기가 만들어냈다는 환상에 빠지면서 선을 넘어버렸다.『사랑을 말할 때 우리가 이야기하는 것』을 편집하면서 리시가 작가의 동의도 구하지 않고 작품에 손을 댔다는 것이 명백한 증거다. 이 권력 게임의 (단기적인) 패자는 카버였다. 카버는 굴복했고, 리시는 카버의 호소를 받아들이지 않았다. 그러나 『사랑을 말할 때 우리가 이야기하는 것』은 출판시장에서 승리했다. 단편집으로는 놀랍게도 하드커버 만오천부가 모두 팔렸고, 곧바로 추가 제작에 들어갔다. 서평들은 호평 일색은 아니었다. 전반적으로는 카버를 체호프 계열을 잇는 단편소설의 '마스터'라고 인정하는 가운데, "윤기 없는 문체와 감정표현의 의도적인 기피가 따분해진다"677면며 카버의 소설을 포함해 당시 미국 소설계에 득세하고 있던 '미니멀리즘'을 스타이런과 업다이크 같은 60년대 작가들의 서술의 풍성함과 생기 넘치는 도발에 대비시키는 비평도 나왔다. 첫 단편집에서 카버가 보여주었던 최고 경지의 미국 구어체 표현이 사라진 것도 지적되었다. 카버가 비판받은 지점은 섬뜩할 정도로 리시가 카버의 소설에 들여온 것들이기도 했다.

그러나 우리가 이미 다 아는 대로 이 게임의 최종 승자는 카버였다. 그리고 그 승리의 방식이야말로 카버의 작가적 위대함이었다고 나는 생각한다. 카버는 『사랑을 말할 때 우리가 이야기하는 것들』의 드러난 성공에 도취되지 않았다. 『사랑을 말할 때 우리가 이야기하는 것을』의 하드커버 초판이 매진되고 있던 1981년 5월, 카버는 뉴욕의 친구 아파트를 빌려 단편

초고를 완성한다. 소설의 화자는 아내의 맹인 친구가 찾아오자 불편해하고, 둘 사이를 질투한다. 그러다 화자와 맹인은 텔레비전에 나오는 '대성당' 관련 다큐멘터리를 보며 조금씩 이야기를 나누게 되고, 맹인의 제안으로 쇼핑백의 두꺼운 종이 위에 함께 대성당의 그림을 그리게 된다. 화자는 펜을 쥐고, 맹인은 그 손 위에 자기 손을 얹고서.

「대성당」은 진짜 대단하다. 카버 자신 여러차례 자신의 문학에서 전환점이 된 작품으로 꼽기도 했지만, 이 소설에서 한 인물이 좁고 지질한 세계로부터 그 자신 알지 못했던 어떤 세계로 고양되고 들어 올려지는 과정은 심원하고 무어라 설명하기 힘든 빛으로 가득 차 있다. 좁은 감정은 그것대로, 넓고 깊은 인간적 고양은 또 그것대로 풍성하게 묘사되고 암시되는 가운데 우리는 화자와 함께 인간에 대한 고전적 통찰의 세계로 인도된다. 카버는 리시에게, 그리고 자신의 문학을 '미니멀리즘'으로 규정지으려는 평단에 대해 「대성당」의 '풍성함'과 '열어젖힘'으로 응답했던 것이다. 2년 뒤인 1983년 카버는 크노프와 새로 나올 단편집 『대성당』의 계약을 맺었고, 편집자는 여전히 리시였다. 카버는 소설집 원고를 리시에게 보내며 이렇게 쓴다. "훌륭한, 최고의 편집자로서 이 책에 도움을 주기 바라오. 하지만 내 유령으로서는 말고요."729면 카버는 리시가 표지 디자인과 작품 배열에 관해 최종적인 결정을 내리도록 배려했지만, "본문에 관한 한 그건 내 것이라야 합니다"^{같은 면}라고 분명히 했다. 카버는 편집 과정에서 리시의 의견을 대부분 수용했지만, 그건 아주 사소한 것들이었다.

아마도 카버와 리시의 이야기는 1960년대 후반부터 80년대에 이르는 미국 문학 출판계의 상황, 단편소설의 부흥기에 도래했던 특별한 사례일 수도 있다. 이 사례에는 문학작품의 편집에서 일어날 수 있는 거의 모든 이야기가 담겨 있다. 그러나 이것은 무엇보다 레이먼드 카버라는 한 인물, 글쓰기 외에는 삶의 어떠한 목표도 가져본 적 없는 미국 북서부 시골 출신의 한 뚱보 소년이 작가로 서기까지 스스로의 연약함과 불안, 혼란과 싸운 이야기이기도 하다. 그 전체 서사에서 보면 고든 리시라는 한 편집자의 오만한 개입조차 레이먼드 카버의 것이었다. 그리고 이 사실을 가장 잘 알고 있었던 사람이 카버 자신이었다. 카버는 『대성당』 이후로도 한권의 소설집『내가 전화를 거는 곳』과 두권의 시집을 더 내며 미국 문학을 대표하는 작가로 왕성한 활동을 이어갔지만, 아쉽게도 그 진군은 1988년에 멈추어야 했다. 그때 카버의 나이는 오십이었다.

지상에 남은 마지막 음향

윌리엄 포크너

　이상하게 헷갈리는 작가들이 있다. 존 스타인벡 John Steinbeck 과 윌리엄 포크너 William Faulkner 가 오랫동안 그랬다. 노벨문학상을 수상했고 비슷한 시기에 활동한 미국 문학의 대표 작가들이긴 하지만 두 사람의 작품 세계는 많이 다르다. 한쪽이 사회파 문학이라면 다른 한쪽은 모더니즘 문학의 기수가 아닌가. 세계문학의 정전正傳 목록에서 이름만 탐하고 정작 작품 읽기의 수고는 마다한 게 어디 한두편이랴만 고등학교 삼중당문고 남독 시절 『분노의 포도』를 겉핥기로 본 후 어느 시점부터 윌리엄 포크너는 읽지도 않은 채로 존 스타인벡과 뒤섞이기 시작했다. 미국 서부와 남부는 상당히 가깝기도 하지만 그게 변명이 될 수는 없을 테고 말이다. 그러거나 내가 두 작가를 한꺼번에 뒤섞어 떠올리든 말든 아무도 신경 쓰는 사람은 없었고 그게 그다지 불편할 일도 없었다고 해야 할 것이다. 다만 문학적 허세와 교양의 차원에서라도 이 부끄러운 혼동은 스스로 교정되어 마땅했는데 방법이야 단 한가지, 포크너의 작품을 붙잡고 읽는 일이었을 테다. 그러나 그게 또 차일피일 한없이 미루어지고 만 데에는 포크너 작품의 난해성에 대한 이런저런 소문 탓도 있지 않았을까.

현대문학에서 나오고 있는 '세계문학단편선' 『윌리엄 포크너』하창수 옮김, 2013 편의 리뷰를 청탁받은 일은 나로선 이 해묵은 숙제를 해결할 수 있는 기회가 되었다. 『압살롬, 압살롬!』은 꽤 예전에 나온 번역본이 하나 있었는데 읽어나가다 포기했다(십여년 전에 한번 시도했으니 이번이 두번째 포기인 셈이다). 공들여 한국어로 옮겼을 역자분한테는 죄송하지만 따라가기가 너무 힘들었다. 『소리와 분노』공진호 옮김, 문학동네 2013 는 첫번째 장 '벤지 섹션'이 만만치 않았으나 일단 고비를 넘기고 나니 너무 재미있고 매혹적이었다. 미국 남부 대지주 콤슨가의 나흘간을 네개의 장, 각기 다른 가족 구성원의 시점으로(마지막 장은 전지적 작가시점이긴 해도 집안의 실질적 기둥인 흑인 하녀 딜지를 중심으로 전개된다) 제시하면서 작가는 인간 의식 안으로 흘러들고 흘러나가는 기억과 시간의 유로流路 속으로 우리를 초대한다. 큰 서사 안에서 콤슨가의 사람들은 철저한 고립 속에서 죽고 병들고 서로를 망가뜨리며 무너져가지만 작가가 섬세하게 파놓은 유로 안에서, 그 무궁무진한 과거-현재의 동시적 시간의 너울 안에서 그들은 이상한 방식으로 각자의 위엄과 불굴의 정신을 증거한다. 막내인 백치 벤지의 미숙한 의식에 포착되는 세상은 언어 이전의 파편적 감각으로 분열되어 있지만, 합리와 진부한 소통의 언어가 하지 못하는 일을 하면서 그 자신의 들끓는 욕망과 분노, 어두운 마음을 침묵과 시의 행간으로 살아나게 한다. 그것이 포크너가 창안한 벤지의 언어이며, 문학 언어의 한계에 대한 이 경이로운 실험은 벤지라는 인물에 대한 최대치의 사랑으로 우리를 숙연하게 한다. 어머니로부터 집안의 수치로 여겨지는 벤지는 가장 쉽게 모욕받는 인물이지만 누이 캐디의 사랑, 딜지의 보살핌에 대한 응답을 우리는 그의 제한된 언어로도 충분히 듣고 느끼고 보게 된다. 작가는 마지막 4장의 대미에서 벤지의 소리를 가장 크게 들려주며 수만 단어로도 끝내 닿지 못할 콤슨가 사람들의 질문을 완성한다. "울부짖음에 울부짖음이 더해지며 그의 목소리는 더욱 커졌다. 숨을 쉴 틈도 두지 않았다. 거기에는 경악 이상의 감정이 담겨 있었다. 그것은 공포였다. 충격이었다. 눈이 없고 혀가 없는 고통이었다. 그것은 오로지 소리였다."[419면]

　부서질 듯 섬세하고 예민한 의식을 지닌 퀜틴의 장에서 포크너가 그 의식의 전방위적 감응을 통해 보여주는 문학 언어의 정밀하고 농밀한 제시는 조금은 힘들게 벤지의 장을 지나온 독자에 대한 선물처럼 쏟아진다. 인동덩굴 냄새를 따라 단속적으로 진행되는 섬세한 기억의 미로와 '배반하는 그림자'의 이미지는 오래 잊지 못할 것 같다. 화자로서 별도의 장을 얻지 못한 캐디는 퀜틴의 방황하는 기억, 좌절된 근친적 사랑 안에서 가장 아름답고 강인한 여성 주인공으로 살아 움직인다. 제이슨의 장, 마지막 딜지의 장까지 한두마디 덧붙이고 싶은 감상이 없는 것은 아니지만 그냥 줄여 말하자. 초심자로서 부질없이 말하건대 『소리와 분노』는 뛰어난 작품이며 윌리엄 포크너는 위대한 작가다. 포크너에게 쉬 따라붙는 '모더니즘'이라는 일반적 호명이나 검토되지 않은 난해성의 풍문이 조금은 원망스러웠다고 한다면 초심자의 독후감으로는 오만하다는 소리를 듣게 될까. 그 '모더니즘'의 호명을 그대로 사용하더라도 20세기 초반 전통적 서술 양식에서 이탈한 새로운 소설 기법과 소설 언어가 서구 문학에서 일군의 흐름으로 출현한 것은 시대적 불가피성과 함께, 인간 경험의 복잡성에 대응하는 정신과 언어가 적어도 한단계 더 깊어진 양상이었음을 인정하는 데 인색할 이유는 전혀 없어 보인다. 그리고 그 한 정점에 윌리엄 포크너가 있는 듯하다.

포크너의 단편 세계도 이번에 처음 접했다. 현대문학의 세계문학단편선 두번째 책으로 나온『윌리엄 포크너』편은「에밀리에게 바치는 한 송이 장미」외 열한편의 작품을 싣고 있다. 그중「곰」은 별도의 단행본으로 나오기도 한 중편(노벨라) 분량이며 나머지는 단편 작품이다. 일련의 작품들은 대개 미국 남부의 작은 마을 요크나파토파 카운티「신전의 지붕널」, 74면 를 무대로 펼쳐지는데 근방에 제퍼슨이나 멤피스 같은 남부의 도시명이 등장한다. 미시시피강과 울창한 삼림, 원시의 광활한 황야는 웅혼한 자연의 배경을 이루고 있다. 널리 알려져 있듯이 요크나파토파는 윌리엄 포크너가 그의 소설 세계 안에 만들어놓은 유명한 남부의 가상공간이다. 남북전쟁이 앞 세대의 기억과 경험 속에 있는 남아 있는 20세기 초반, 노예 해방 이후에도 여전히 동등한 인간으로 대접받지 못하는 흑인들은 백인들의 마을 변두리나 백인들의 부엌에서 살고 있다. 여기에 아메리카 인디언과 흑인의 삶을 차압해온 남부 백인들의 퇴영적 자존감이 소설 속 포크너의 거리를 뿌옇게 뒤덮고 있다. 그런 가운데 나른한 권태와 맹렬한 욕망을 함께 지닌 설명하기 힘든 강렬한 인간 캐릭터들이 대가의 솜씨로 스케치되고, 묘사된 것보다 더 많은 울림이 각각의 단편에서 여백으로 남는다.

윌리엄 포크너와 비슷한 시기에 대서양 건너편 아일랜드의 작가 제임스 조이스James Joyce 는 『율리시스』1922 를 통해 이른

바 '모더니즘 문학'의 또 하나의 정점을 보여주었다. 그의 단편집 『더블린 사람들』[1914]은 그의 '모더니즘적 추상'이 얼마나 치밀한 '리얼리즘적 구상具象' ─ 이런 거친 비유가 허락된다면 ─ 의 기반 위에서 이루어졌는지를 잘 보여주는 예이기도 하다. 더블린의 한 소년이 나서 자라는 그 하층민들의 거리와 동네 이야기를 읽으며 나는 마치 그 시간 속 그곳에서 함께 있는 느낌을 받았는데, 그만큼 인물들의 언어와 그들을 둘러싸고 있는 공기, 생활의 세목은 진실되고 세밀하게 포착되어 있었다. 나는 적어도 이 경우만큼은 제임스 조이스의 언어를 대체할 수 있는 다른 예술 매체의 가능성을 상상할 수 없다. 대책 없는 가난과 가망 없는 시간의 공기와 함께 조이스의 언어에 포착된 그 세목의 리얼리티는 '울림'이라고 말할 수밖에 없는 희미한 함의들을 켜켜이 포함하고 있기 때문이다. 비슷한 이야기를 포크너의 단편 세계에 대해서도 말할 수 있을 듯하다. 그의 단편들 역시 장면 장면을 눈앞에 현전시키는 디테일한 구상具象의 경지에서 놀라울 정도로 세밀하다(번역자의 노고에 고개를 숙일 대목이기도 하다). 상당한 집중을 요하긴 해도 우리는 몇 문단 안에 그가 언어로 빚어놓은 허구의 세계 속으로 쑥 들어와 있는 느낌을 받는다. 『소리와 분노』의 퀜틴 장에서 유감없이 발휘된 그의 정밀한 묘사력과 문학 언어의 성찬은 단편들 곳곳에서도 빛난다. 물론 그것들은 철저한 언어의 경제와 함께 있다. 한 대목만 인용해보자.

　　이발사는 빠른 속도로 거리를 달려갔다. 드문드문 서 있는, 날벌레가 잔뜩 맴돌고 있는 가로등에서 흘러내린 불빛이 무겁게 가라앉은 공기 속으로 딱딱하고 난폭하게 퍼져 가고 있었다. 하루가 그 불빛에 비친 먼지와 함께 저물고 있었고, 그 먼지로 뒤덮인 어두운 광장 위의 하늘은 통방울의 내부만큼이나 깨끗했다. 동쪽 하늘 아래엔 평소보다 두 배나 큰 달이 소문처럼 떠올라 있었다.

　　　　　　　　　　　　　　　　—「메마른 9월」, 60면

　　무고한 흑인을 린치하러 몰려가는 백인 무리들을 뒤쫓아, 선량한 백인 이발사가 그들을 제지하려고 달려가는 장면이다. 날벌레가 맴돌고 있는 가로등의 불빛, 무겁게 가라앉은 공기, 먼지로 뒤덮인 어두운 광장, 그리고 거기에 대비되어 출현하는 텅 빈 듯 깨끗한 저녁 하늘과 큰 달. 작가는 절제된 묘사 속에 당장의 공기와 분위기를 압축하여 표현해낸다. 저 묘사는 관찰의 힘이기보다 기억의 힘일 테며 그런 한에서 문학적 진실의 일부를 이룬다. 언제부터인가 한국소설에서 문장의 속도감과 이야기의 신속한 전개에 묘사가 자리를 내어주는 일이 잦아지고 있다고 느끼는 것은 나만의 생각일까. 포크너의 단편들은 문학의 전범으로서도 값진 증례를 선사한다.

특별히 반가웠던 작품도 있다. 「그날의 저녁놀」에는 『소리와 분노』의 콤슨가 인물들이 그대로 등장한다. 어린 퀜틴과 캐디, 제이슨, 그리고 흑인 가정부 딜시(딜지)까지. 콤슨 씨 부부도 나온다. 벤지만 빠져 있다. 작중 화자 '나'로 나오는 퀜틴의 나이는 아홉살이고 두살 터울로 동생 캐디와 제이슨이 소개되고 있는데, 이 점도 『소리와 분노』와 일치한다. 작가 연보를 보면 포크너의 출발은 시다. 상징주의 시인으로서의 면모를 그의 시적 문체에서 충분히 짐작할 수 있기도 하다. 소설을 발표하기 시작하면서는 장편에 주력했던 것 같고, 『소리와 분노』 출간 이듬해인 1930년 「에밀리에게 바치는 장미 한 송이」를 필두로 단편소설들을 여러 잡지에 발표한 것으로 되어 있다. 그렇다면 「그날의 저녁놀」은 소설의 현재로부터 15년 전의 제퍼슨 거리를 회상하는 시점도 그렇고, 퀜틴과 캐디, 제이슨의 어린 시절이 배경이라는 점에서도 『소리와 분노』의 이야기로부터 흘러나온 전사前史의 작은 삽화일 수 있겠다. 겁쟁이에다 고자질쟁이로 등장하는 제이슨이나 신경질적인 어머니의 모습도 그대로다. 어딘지 모르게 좀더 친밀한 분위기로 엮여 있는 듯한 퀜틴과 캐디의 관계에서도 이야기의 연속성을 쉽게 확인할 수 있다. 「그날의 저녁놀」은 퀜틴이 어린 시절 동생들과 함께 세상의 어두운 시간을 통과해온 기억이다. 백인 남성들의 성적 학대, 흑인 남편의 폭력에 시달리는 흑인 여성 낸시는 몸이 아픈 딜시 대신 임시로 퀜틴네 집 부엌살림을 맡아보게 된다. 남편이 다시 나타날지 몰라 두려움에 떠는 낸시를 위해 아이들이 그녀의 오두막에서 함께 있어주는 이 따뜻한 환대의 이야기는 그 이야기를 둘러싸고 있는 어른들 세계의 삭막한 분위기를 아이들의 시점에서 적절히 삽입하면서 흑인과 백인 사이의 넘을 수 없는 경계를 냉정하게 돋을새긴다. 그러나 그 비정한 세계에도 불구하고 여기에는 아직 콤슨가 몰락 이전의 짧지만 아련한 평화가 있으며 바로 그 점이 저 대작 『소리와 분노』의 외전外典으로 이 짧은 단편의 자리를 잊을 수 없는 것으로 만든다.

모두 5장으로 되어 있는 중편 「곰」[1942]은 포크너의 대표작 중 하나로 꼽혀도 전혀 손색이 없는 걸작이다. 자료를 찾아보니 「곰」은 1935년 『하퍼스』에 발표한 단편 「라이언」이 모태가 되어 탄생한 작품이다. '라이언'은 「곰」에서 소년 아이작을 자연과 야생의 세계에서 성장하게 이끄는 유사 아버지인 노인 샘 파더스가 전설적인 늙은 곰 올드벤을 사냥하기 위해 데려다 키운 사냥개이다. 결국 라이언은 그 임무를 완수하지만 목숨을 잃고, 올드벤의 사냥 성공과 함께 샘 파더스도 기다렸다는 듯 생을 마친다. 늙은 곰 올드벤의 상징성을 여러모로 생각해볼 수 있게 하는 대목인데, 치카스족 인디언 추장의 피가 일부 섞인 흑인 노예 출신의 야성의 인간 샘 파더스에게 올드벤은 평생을 딛고 지켜온 자연과 야생의 정화이자 그 자신의 운명 자체였던 것인지도 모른다. 소년 아이작은 샘 파더스를 따라 올드벤을 추적하는 과정에서 이제는 사라질 운명에 처한 한 세계와 한 시대의 끝자락을 자신의 것으로 만들지만 그의 운명 또한 새로운 세상의 물결에 의해 부정되고 말 것이다. 소설은 4장에서 성년이 된 아이작과 사촌형 매캐슬린과의 대화를 통해 할아버지 대부터 시작된 탐욕의 어두운 가족사를 풀어내는데 노예제의 남북전쟁을 전후로 한 이 가문의 연대기는 그 자체로 미국의 역사가 되면서 이제 또다시 숲을 가로질러 개발의 신화로 달려갈 시간을 예고한다. 마지막 장에서 아이작은 라이언이 묻히고 샘이 생명을 다한 숲속의 땅을 다시 찾는다. 이 대목에서 아이작의 시선에 얹힌 작가의 문장은 너무도 아름답고 유현하다. 그리고 웅혼하다.

그것들은 그가 등을 보이며 돌아서기 무섭게 사라질지도 모르지만, 그러나 그것은 그저 사라지는 것이 아니라 이 비밀스럽고 햇볕도 들지 않는 자리에 우아한 요정 같은 발자국을 남길 무수한 생명들로 바뀔 것이다. 그 생명들은 나뭇가지와 잎들 뒤에 가만히 숨어, 그가 걸음을 옮겨 그곳을 벗어날 때까지 지켜보고 있을 것이다. 그는 발길을 완전히 멈추지는 않고 잠

깐씩 쉬면서 그 둔덕을, 라이언의 주검도 샘의 주검도 없으므로 죽은 자의 거처가 아닌 그곳을 벗어났다. 그들은 땅속에 단단히 붙들려 있는 것이 아니라 땅속에 자유로이 놓여 있었다. 아니, 땅의 일부가 되었다. 그들은 무수한 부분들로 흩어져 있지만 어둠에서 새벽으로, 다시 어둠으로, 다시 새벽을 지나면서 나뭇잎과 잔가지에서 부스러기들로, 공기와 태양과 비에서 이슬과 밤으로, 도토리와 이파리에서 다시 도토리로 끝없이 진행되는 과정 속에서 모두 하나였다. 그리고 올드벤도, 올드벤 또한 그 과정 속에 있었다.

—「곰」, 309~10면

바로 이 길고 긴 시간의 지평을 향해 있는 작가의 성숙한 시선이 어쩌면 이 단편집을 가득 채우고 있는 허무의 정조를 보이지 않게 감싸고 있는지도 모르겠다. 우리가 포크너의 비극적 이야기들, 폐허와 몰락으로 기울어가는 그 이야기들로부터 깊은 위안을 얻게 되는 것도 그래서일 테다. 단편집 맨 뒤에는 윌리엄 포크너의 노벨문학상 수상 연설이 소개되어 있다. 이제는 좀처럼 듣기 힘들어진 문학적 순명殉名/順命의 목소리가 거기에 있다. 그 감동적인 연설에서 포크너는 말한다. 지상에 남은 마지막 음향에 대해. 그것은 놀랍게도 작가의 목소리다.

저는 인간은 인내하는 존재이기에 불멸의 존재라고, 주저 없이 말합니다. 최후의 격전을 알리는 종이 울리는 붉게 물든 마지막 저녁, 쓸모없는 최후의 바윗덩어리가 내던져진 바다 위로 썰물이 빠져나갈 때, 그때에도 그곳에는 여전히 하나의 음향이 존재할 것입니다. 그것은 바로 작가의 목소리, 여전히 뭔가를 끊임없이 읊조리고 있는, 왜소하지만 지칠 줄 모르는 목소리입니다.

—449면

익살과 웃음

마리오 바르가스 요사 장편소설 『판탈레온과 특별봉사대』

'스페인 아마존'에 들어가 『판탈레온과 특별봉사대』송병선 옮김, 문학동네 2009 를 검색해보았다. 여러 판본이 뜨는데 표지 이미지가 있는 것은 세가지다. 다 재미있다. 하나는 여성의 하체를 삽화로 썼다. 자세히 보니 왼쪽 다리만 하이힐을 신은 늘씬한 여성의 것이고, 오른쪽 다리는 군복 하의를 입고 있어 성별을 알 수 없다. 특별봉사대(정식 명칭은 '수비대와 국경 및 인근 초소를 위한 특별봉사대'로, 군 '비'공식 문서에서는 '수국초특'으로 약칭)가 실질적으로 1950년대 페루 육군 산하의 엄연한 군 조직이라는 점을 생각하면, 그 우스꽝스러운 위장을 꼬집고 있는 것 같다. 군복 입은 한쪽 다리를 특별봉사대의 헌신적인 조직자이자 리더인 판탈레온 판토하 대위의 것으로

볼 수도 있겠다. 좀더 안정적인 일자리를 찾아 아마존 수비대의 불쌍한 '불알들'을 털어주는 '국가적' 사업에 신나게 몸을 바치기로 한 여성들과, 상부의 명령이라면 언제든 최선을 다해 완수함으로써 몸 바쳐 '애국' 군인의 표본이 되기로 작정한 판탈레온 대위의 그 기묘하고 어처구니없는 '이인삼각'적 결합을 슬그머니 떠올려볼 수도 있기 때문이다. 또 하나의 표지는 많이 야하다. 이번에도 여성의 하체인데, 한쪽 허벅지를 흠뻑 드러낸 채 묘한 자세로 다리를 포개고 누워 있는 사진이다. 가터벨트 스타킹과 분홍색 하이힐이 아찔함을 더하고 있다. 하긴 특별봉사대가 공공연한 비밀이 된 뒤, 처음에는 수비대의 일반 병사들에게만 주어지던 그 '특별한 봉사'를 확대해달라는 요청이 군 내에 빗발치고 나중에는 아마존 주변의 주민들마저 청원을 넣게 되는 상황(결국 욕정을 참지 못한 일군의 주민들이 봉사대 수송선을 납치하는 일이 벌어지게 되거니와 이 비극적 사건에 대해서는 로레토 지역 신문『오리엔테』의 '비장한' 특종 기사가 소설 후반부에 자세히 알려준다)을 떠올려보면 이해가 가는 사진 컷이다. 그 사진 위로 유유히 흘러가는 수송선 '이브'호의 그림이 한폭의 풍경화로 배치되어 여기서도 부조리한 상황의 아이러니는 충분히 표현되어 있는 듯하다.

그냥 눈이 시원하기로는 몸에 붙는 원피스 수영복 차림의

풍만한 젊은 여성 네명이 환하게 웃으며 포즈를 취하고 있는
촌스러운 표지 쪽이다. 영화의 스틸 컷이 아닐까 짐작되는데,
서문을 보면 이 작품은 소설과 시나리오 작업이 동시에 진행
되었고, "영화계의 황당한 술책에 휘말려" 작가 자신이 공동
감독의 한 자리를 차지하기도 했다고 한다. 나는 그 사진 속의
누가 '판티랜드'(판탈레온 대위의 이름을 따서 세상 사람들이
부르는 특별봉사대의 속칭)의 꽃으로 판티랜드의 영욕을 함
께했던 '미스 브라질'일지, 또 누가 '미스 브라질' 이전 봉사대
의 '인기짱'이었던 '젖통이'일지 한참 들여다보았다. 그런데
이렇게 쓰고 있자니 뒤통수가 조금 서늘해진다. 지금 이 소설
이 다루고 있는 이야기가 이렇게 속없이 히히거려도 될 정도
로 가벼운 것인가.

  80년대 중반 내가 처음 읽었던 이 소설의 번역본 제목은
『빤딸레온과 위안부들』민용태 옮김, 중앙일보사 1982. 여기서는 본문 속의 '특별봉
사대'도 '위안대'로 옮기고 있다이었다. 스페인어 사전을 찾아보니 원제의
'visitadoras'는 '찾아가는 사람들' '방문객들' 정도로 옮길 수
있을 듯하다. 원제도 그렇지만 우리말 역어들도 완곡어법의
요구를 감당하고 있다는 점에서 다 고심의 산물이라 할 만하
다. 그녀들은 수송선 '이브'호나 수상비행기 '델릴라'호를 타
고 아마존 수비대의 군인들을 방문하는 이들일 뿐, 거기서 무
엇을 하는지는 '공식적'으로 철저히 비밀이어야 하기 때문이

다. '특별한 봉사'나 '위안' 정도가 페루 군대 내에서 '비공식적'으로 허용될 수 있는 최대치의 언어인 것이다. 그런데 한국 독자에게 이 '방문객' 주변의 어휘들은 즉각적으로 일제강점기의 '여성정신대', 그러니까 '성노예로 일본군에 강제로 끌려간 위안부들'의 치욕의 역사를 떠올리게 만든다. 조금만 생각해보면 '미스 누구' 운운할 계제가 아닌 것이다. 아니, 식민 / 피식민의 강압을 떠나 자국의 군대이면 여성들이 '특별한 봉사나 위안'을 목적으로 돈을 받고 군인들을 '방문'하는 일이 용납될 수 있는가. 군대가 조직적으로 매춘을 조장하고 주선하는 뚜쟁이 역할을 맡고 나선 것인데 말이다. 바르가스 요사M. Vargas Llosa 역시 1950년대 말과 60년대 초에 아마존 지역을 방문해 '특별봉사대'라는 어처구니없는 조직의 실체에 대해 알게 된 뒤, 처음에는 아주 정색을 하고 이 문제의 소설화에 매달렸다고 하지 않던가(옮긴이 송병선 교수의 해설에 따르면 이 소설 이전의 요사의 초기 작품들에서는 거의 유머를 찾아볼 수 없다고 한다. 그는 라틴아메리카 '붐 소설'의 많은 작가들이 그랬던 것처럼 반체제적인 좌파 작가로 출발했다). 그런데 읽어본 이라면 누구라도 동의하겠지만, 이 소설은 정의감이나 윤리의식에 불을 지펴 독자를 정색하게 하기는커녕 시종 '흐흐흐' 하는 웃음을 입가에서 떠나지 못하게 할 정도로 웃기고 경쾌하고 재밌다. 병사들 개인당 월평균 희망 횟수와 평균 희망 소요 시간까지 조사해 도표로 첨부하는 판탈레온 대위의 너무도 꼼꼼한 '수국초특' 관련 보고서를 읽으며 웃지 않을 도리는 없다. 남편의 비밀 업무를 모르는 대위의 아내 포치타가 판이하게 달라진 남편의 맹렬한 성욕을 두고(나중에야 미스 브라질에 빠져 정신을 못 차리게 되지만, 이 무렵만 해도 대위는 업무 파악차 아내를 상대로 다양한 실험과 실습을 해보던 참이었다) "이제 이 도둑놈은 이틀에서 사흘 꼴로 흥분하면서 덤비거든" 하며 동생에게 편지로 은근한 자랑을 늘어놓는 대목은 이 거국적 비밀 기획이 관계 당사자 모두에게 철저히 '진지한' 수위에서 수행되는 작업이며, 바로 그 '진지함의 아이러니'가 참을 수 없는 웃음의 쏘시개가 되는 상황을 정확히 가리켜 보여주고 있다.

그렇다면 대화의 몽타주식 병치, 보고서·편지·기사 따위 다양한 서술 양식과 관점의 도입 등등 현대적 소설 기법들을 세련되게 구사하면서 신나게 펼쳐지는 이 한바탕 질펀한 풍자와 익살의 서사는 독자들에게 어떤 '특별봉사'를 하고 있는 것일까. 이 소설에는 온갖 인간 군상들이 등장하거니와, 말의 온전한 의미에서 악인은 단 한명도 없다. 다들 열심히 진지하게 정신없이 이리 뛰고 저리 뛰지만, 조금씩 가련하고 조금씩 우스꽝스럽다. 어딘가가 잘못된 것 같은데 그걸 살필 겨를도 시야도 없다. 불쌍한 '불알들'이 문제일까. 가난이 죄일까.

당시 남미의 후진적 정치체제에 책임을 물어야 하나. 문득 '델릴라'호에서 내려다본 아마존의 풍경은 어땠을까 싶다. 미스 브라질은 거기서 무슨 생각을 했을까. 이 구차하고 비루한 삶들이 이렇게 우스워도 되는 것일까. 설마, 웃는다고 해서 내동 그렇게 웃고만 있으랴. 웃음이 주는 해방의 쾌감과 시야가 분명 여기에 있는데, 그게 뭐라고 딱 꼬집어 말하지는 못하겠다. 계속 간지럽다. 다만 다음과 같은 작가의 말에는 나도 한껏 동의한다는 것만은 분명히 말할 수 있겠다. "처음에는 아주 진지한 어조로 이 이야기를 쓰려고 시도했다. 하지만 그럴 수 없다는 것을, 이 이야기는 익살과 농담과 웃음을 요구한다는 것을 깨달았다."[6면] 그러나 어쨌든 이 소설의 유머를 정색하고 나무라고 싶은 사람도 있을 수 있겠다. 그렇다면 작가가 플로베르의 『감정교육』에서 따온 소설의 제사題詞를 음미해보는 것도 조금은 도움이 될 듯하다. "이 세상에는 여러 가지 일 중에서도 뚜쟁이로 봉사하는 것을 유일한 임무로 삼는 사람들이 있다. 우리는 그들을 마치 다리처럼 건너간 후 계속 걸어간다." 그 크고 긴 아마존강에는 그 시절 그렇게 건너간 다리가 어지간했으랴.

행동의 끝, 역사의 의미를 묻는 방법

루이스 세풀베다 장편소설 『역사의 끝까지』

칠레 아옌데 혁명이 좌절된 뒤 볼리비아, 니카라과 등 라틴 아메리카 해방투쟁의 전선에서 싸우다 유럽으로 망명한 '혁명전사' 후안 벨몬테는 이념과 혁명이 구문이 된 세상에서 그의 이력과 능력을 탈/신냉전 정보전쟁 시대의 수단으로 제공하며 연명한다. 그가 동독 슈타지 출신의 국제적 모사꾼에게 돈의 대가로 지불한 것에는 구소련 군사학교에서 배양한 뛰어난 저격수의 능력도 포함되어 있다. 그는 '퇴역 혁명전사'의 구차하고 굴욕적인 전업에서도 물러난 뒤 지금 조국 칠레 남부의 해안가로 돌아와 피노체트 군부 '추악한 전쟁'의 희생자인 연인 베로니카를 돌보며 '인생의 끝'을 준비하고 있다.

2016년에 나온 루이스 세풀베다 Luis Sepúlveda 의 장편 『역사의 끝까지』 엄지영 옮김, 열린책들 2020 는 전작 『귀향』1994 『우리였던 그림자』2009 에 이어지는 연작 성격의 작품으로 보이며, '혁명의 끝' 이후를 사는 직업적 전사들의 삶을 독특한 누아르식 스릴러 서사의 문법으로 그려나간다. 작가의 이름을 크게 알린 『연애 소설 읽는 노인』1989 에서 알 수 있듯, 세풀베다는 역사나 이념, 혹은 생태 같은 주제의 무거움을 잊지는 않되 그것들이 이야기 안에서 풀어지고 가벼워지고 좀더 자유롭게 움직이기를 원하는 것 같다. 문학적 엄숙주의는 가급적 그의 이야기가 벗어나고픈 낡은 압력인 듯하며, 그 점에서는 중남미 문학의 휘황한 자산이라 할 수 있는 '마술적 리얼리즘'조차 소수의 고급한 문학적 취향일 수 있다. 그는 좀더 대중적이고 편한 이야기의 문법을 통해서도 그 자신의 실존적 굴레이기도 했던 '역사/역사 이후'라는 고압적이고 관념적인 이분법을 비껴나 활달하고 창의적인 이야기의 공간을 창출해낼 수 있다고 믿는 작가인 듯하다.

'우리였던 그림자'라는 전작의 제목이 명확히 가리키고 있는 대로, 『역사의 끝까지』의 인물들을 끝까지 따라다니는 바로 그 '과거의 그림자'는 떨쳐지거나 제거될 수 없다는 사실을 작가는 정확히 알고 있다. 그러나 그가 그림자의 무게를 다루는 방식은 과거로부터 돌발적으로(사실은 필연적으로) 도착한 사건이 일으키는 파장을 서사적으로 흥미롭게 엮고 따라가는 데 강조점이 있으며, 그 과정에서 비정한 배경으로 화한 역사와 세계의 무대에서 인간 행동의 소극과 비극을 뒤섞어 보여주려 한 것으로 보인다. 지금 '역사철학적 이념'을 지탱할 만한 역사의 공간이 남아 있는지는 별개의 질문으로 하더라도, 작가는 그런 여지의 탐구에 침묵하는 방식으로 물화된 세계에 구속된 인간 행동에 집중한다. 이 서늘한 단념은 그의 소설의 한계이면서, 그의 소설을 더 많은 사람이 읽게 만드는 힘이기도 한 것 같다.

『역사의 끝까지』는 그러므로 역사철학적 이념의 끝이 아니라 행동의 끝에서 혁명전사들의 시간을 마무리하는 길을 택한다. 꿈꿀 능력을 잃은 혁명전사에게 남은 것은 전투 기계의 기억을 담지하고 있는 늙은 몸과 소진되지 않은 복수의 정념이다. 2010년을 배경으로 세풀베다는 푸틴의 러시아 정부가 칠레에서 벌이는 국제적 음모의 현장에서 옛 혁명동지들을 마주치게 한다. 후안 벨몬테는 과거의 그림자로부터 소환을 받고 음모전에 말려든다. 이 첩보 스릴러 서사에는 동독 슈타지 출신의 모사꾼 에이전트와 러시아 신흥 재벌이 된 전직 소비에트 군사학교 교관이 등장하고, 러시아 혁명기부터 이어져온 '카자흐인'들의 기구한 역사가 교직된다. 볼셰비키혁명에 반기를 든 카자흐 백군운동의 지도자 크라스노프 가문의 역사는 나치 협력의 어두운 경로로 이어지고, 패전 후 남미로

숨어든 나치 잔당의 길을 따라 칠레의 민주화 역사에도 얼룩으로 침투한다. 크라스노프의 손자는 피노체트 군부가 벌인 '추악한 전쟁'에서 참혹한 고문을 주도하는바, 벨몬테의 연인 베로니카를 비롯해 음모전의 상대방으로 마주친 혁명동지 두 사람 모두 그의 손에 가족을 잃었다. 미겔 크라스노프 준장은 지금 120년형을 받고 수감 중인데 국제적 음모전은 그의 구출에 나선 카자흐인들의 엉뚱하고 무모한 시도를 둘러싸고 일어난다. 한 세기에 걸친 역사의 시간을 정교하게 직조하는 가운데 '혁명적 행동'의 끝이라는 현재의 소실점으로 서사의 긴장을 모아가고 극적 재미를 고조하는 작가의 솜씨는 노련하며, 세풀베다 소설의 대중적 인기가 어디에서 비롯되었는지 충분히 짐작하게 한다.

역사에서 패배한 자들의 자리를 잊지 않으려는 세풀베다의 시선은 피노체트 군부와 시민사회의 타협 및 공모에 의해 진행된 어정쩡한 칠레 민주화의 도정에서 '신자유주의'라는 세상의 대세에 기생해버린 혁명세력의 굴절과 타락을 비판하는 힘이 된다. 『역사의 끝까지』의 옛 혁명전사들이 자신의 손으로 역사에 종지부를 찍는 행동에 나서는 것도 이 때문인데, 이때의 '마침점'이 바로 그런 의미에서 이미 종결된 '역사의 끝'을 반복 확인하는 것이라면 그것은 '상징적 죽음'의 제의적 수행에 지나지 않게 될 것이다. 작가가 소설의 결말에 마련해둔

극적인 반전은 그 텅 빈 행동을 어떻게든 구제하려는 시도이며, '역사의 끝'이라는 문제가 실은 잘못 제출된 질문이라는 사실을 뒤늦게 확인하는 아이러니한 순간이기도 한 것 같다.

산티아고로 돌아온 벨몬테는 '박사님', 그러니까 아옌데 대통령의 집 앞에서 깊은 회한에 젖는다. "약관의 나이에 불과하던 나는 그 사람, 우리의 꿈과 열망을 가장 잘 대변한 '박사님'을 위해 목숨을 바치기로 결심하고 그 집에 자주 드나들었다. 그로부터 40여 년이 지난 지금, 과거 나의 그림자는 그때처럼 자연스럽게 그 집 안으로 들어갔다."104면 세풀베다의 동세대 작가 아리엘 도르프만은 1973년 9월 11일의 참사에서 가까스로 목숨을 구한 뒤(그는 심한 죄의식에 시달린다) 망명길에 경찰 호송차에 실려 아옌데 대통령이 최후를 맞이한 모데나궁을 지나며 발코니(이 발코니는 한때 뜨거운 환희와 타오르는 희망의 장소였다)의 텅 빈 어둠과 마주한다. 그는 훗날 회고록에서 이 순간을 길게 성찰하는데, 이 대목은 특별히 아프다. "삐노체뜨가 준비하고 있었던 세상은 그로부터 20여 년이 지난 지금 우리가 알고 있는 이 세상과 다르지 않았다. 그는 '혁명'이라는 말이 조깅화의 선전문구로 전락하고 탐욕이 선으로 선포되고 이윤이 가치판단의 유일한 기준이 되고 냉소주의가 지배적인 태도로 군림하며 기억상실증이 과거의 모든 고통에 대한 해결책으로 치켜세워지며 정당화되는 세상을 벌써 준비하고 있었던 것이다. / 그것이 바로 저 발코니의 검은 구멍이 내게 전하는 궁극적인 메시지가 아니었을까? (…) 이 가련한 지구가 어디로 가고 있는지를 보지 못하는 한층 더 심각한 눈멂이야말로 ── 진정한 맹목이 아니었을까?"『남을 향하며 북을 바라보다: 아리엘 도르프만 회고록』, 한기욱·강미숙 옮김, 창비 2003, 367면 그러나 그 맹목을 포함한 많은 실수에도 불구하고 도르프만은 자신이 발코니의 환희에 동참한 젊은이였던 사실을 결코 후회하지 않는다고 쓴다. 그리고 그는 참혹한 고문의 순간에도 스스로의 존엄을 잃지 않음으로써 살아남은 한 여인의 이야기를 소개하며, "이 세상에 그녀와 같은 사람이 단 하나라도 있는한, 나는 그녀의 투쟁할 권리와 우리의 기억할 의무 양자를 옹호할 것이다."370~71면 라고 쓴다.

『역사의 끝까지』의 마지막 순간, 폭력의 복수를 저지하며 깊은 침묵에서 솟구치는 고문 희생자 베로니카의 목소리 또한 그 인간 존엄의 이야기와 이어져 있다는 걸 이해하기는 어렵지 않다. 그러나 그 목소리를 깨어나게 하는 세풀베다의 소설적 방식에 동의하기는 쉽지 않다. 이야기를 활성화하기 위한 장르적 관습의 손쉬운 전유는 그 대가로 이야기의 틀과 인간 탐구의 깊이를 스스로 제한한다는 점에서 양날의 칼이 된다. 그렇긴 해도 역사에 대한 쉼 없는 투신과 참여로 점철된 작가의 이력이 새로운 역사 전망을 장착한 풍성한 소설세계로 이어질 가능성을 충분히 품고 있었던 만큼, 코로나19로 중단된 그의 삶과 문학에 대한 아쉬움은 크기만 하다.

인간성의 심연

페르디난트 보르더베익 장편소설『인성』

네덜란드 작가 페르디난트 보르더베익 ^{Ferdinand Bordewijk} 의 장편소설『인성』^{지명숙 옮김, 마음이음 2019} 에는 '한 아들의 성장소설'이라는 부제가 붙어 있는데, 제목과 부제에 소설의 핵심이 압축되어 있는 느낌이다. 소설의 주인공인 야곱 빌름 카타드레위프라는 하층 계급 출신 젊은이의 '입지전적 성공담' 정도로 요약할 수 있는 이 작품에서 카타드레위프가 보여주는 견인불발^{堅忍不拔}의 상승 욕망은 말 그대로 그의 부모로부터 물려받고, 부모와 대립하고 갈등하면서 더욱 굳건해진 '인성人性'의 힘으로 보이기 때문이다. 인성이 타고난 성품을 가리킨다면 타협을 모르는 카타드레위프의 불굴의 인성이야말로 무엇보다 로테르담의 무자비한 법정 집행관인 아버지 드레훠르하아번의 것이다.

　사실 이 소설의 가장 큰 매력은 드레훠르하아번이라는 괴물 같은 존재로부터 비롯되고 있다고 해도 될 텐데, 탐욕의 화신이자 더없는 냉혈한이라 할 만한 이 인물의 마음의 정체는 맹목적이라 해야 할 생의 의지 말고는 거의 드러나지 않는다. 화강암만큼이나 견고한 강심장을 가진 그는 일생에 단 한번 굴복하는바, 바로 자기 스스로에게 정복을 당한다. 투자자의 발뺌으로 준비해온 사업이 무산될 위기에 처했을 때 스스로 분을 이기지 못한 그는 가정부로 일하고 있던 18세 처녀를 겁탈한다. 그 가정부가 바로 카타드레위프를 낳게 되는 요바(야고바 카타드레위프)인데, 그녀 역시 천성적으로 굴복을 모르는 인물로 둘의 관계를 알 수 없게 하는 이유이기도 하다. 기실, 강철 같고 타협을 모르기로는 요바가 더한 인물인지도 모르겠다. 그녀는 관계 이후 단 한마디의 말도 건네지 않고 드레훠르하아번의 집에 그대로 머물다가 몇주 후 임신 사실을 통보하고는 곧바로 집을 떠나버린다. 그후 모든 연락을 단절하고 혼자 병원을 찾아 아이를 낳는다. 아들의 이름도 자신의 성을 따서 야곱 빌름 카타드레위프로 정한 그녀는 로테르담의 빈민가에 거처를 마련하고 파출부 일을 하며 혼자 힘겹게 아이를 키운다. 드레훠르하아번은 그녀의 집으로 편지와 우편환을 보내 결혼을 독촉하지만 그때마다 돈이 든 우편환을 반송하는 것으로 답을 대신한다. 여섯번의 편지와 열두번의 우편환이 날아오지만, 열두번째 우편환을 반송하며 그녀가 우편환 위에 적어 보낸 메모가 이 둘의 싸움에서 누가 최종 승자인지를 보여준다. "평생 사절함."

　여기까지가 소설의 도입부 10여 페이지 안에서 숨 가쁘게 쏟아지는 이야기인데, 두 인물의 기이한 개성만으로도 단숨에 빠져들어 읽게 만드는 강력한 흡인력을 갖고 있다. 과문한 탓이겠으나 네덜란드의 문학 작품을 접해본 적이 없다. 네덜란드 하면 렘브란트나 베르메르 같은 화가의 이름이 먼저 떠오르고 작가 이름으로는 기억나는 이가 없다. 인터넷을 찾아보아도 몇몇 장르 소설이나 아동문학 작품이 번역 출간되어 있을 뿐이다. 유럽문학의 소개가 영국, 프랑스, 독일 등의 특정 언어권 국가에 집중된 데는 세계문학사의 지형도와 관련된 그만한 이유가 있을 것이나, 이제 이런 편중은 조금씩 바로잡을 때가 된 듯하다. 한국문학번역원에서 '문학작품 교차출간 사업'을 통해 그간 국내에 거의 소개되지 않은 언어권의 문학 작품을 번역 출간하는 일이 뜻깊은 이유다. 『인성』은 네덜란드 문학재단Dutch Foundation for Literature과의 협약을 토대로 한국에 처음 번역 소개되는 작품으로, 1938년에 출간된 작품이지만 세기를 넘어 지금까지도 네덜란드 국민의 폭넓은 사랑을 받고 있다고 한다. 영어, 독어 등 여러 언어권에서 번역되었고, 영화화되어 1998년 아카데미 외국어 영화상을 수상하기도 했다. 조금 먼저 읽어본 독자의 입장에서 말하자면, 20세기 초반 네덜란드의 현실을 생생하게 느끼게 하는 가운데 인간성의 심연을 묵직하게 다루어가는 서사의 힘에서 현대소설의 고전적 반열에 오르기에 손색이 없어 보인다.

작가 페르디난트 보르더베익에 대해서는 "간결한 문장과 거친 문체로 이루어진 굉장히 독창적인 산문 작가로 명성을 얻었다"는 네덜란드 현지의 소개글이 있는데, 번역으로 그의 대표작을 접한 인상으로도 '간결한 문장과 거친 문체'라는 일견 모순되어 보이는 평가가 그의 문학적 독창성의 일부라는 데 동의할 수 있을 듯하다. 『인성』은 꼼꼼하고 섬세한 묘사로 뒷받침되어 있는 소설은 아니며 서사적 정보 중심의 간결한 문장으로 이루어져 있는데, 그런 가운데 문장에서는 묘한 야성이 느껴진다. 아마도 그 야성을 '거칠다'고 표현한 것이 아닐까 싶다. 이 점은 작가 보르더베익이 전업 작가가 아니라 평생 변호사 일을 하면서 글을 썼다는 사실과도 무연하지 않은 듯하다. 보르더베익을 만나본 사람은 그에게서 작가연하는 태도를 전혀 느끼지 못하고 그저 평범한 변호사로 알았다고 하는데, 작품에 대한 인터뷰를 할 때도 작가인 자기 자신을 전혀 다른 사람인 양 3인칭으로 언급했다고 한다. 변호사라는 안정된 직업을 갖고 있었다는 점이 준 혜택일 수도 있겠으나 문학에 대해 일정한 거리를 견지함으로써 기성의 문학과는 다른 낯설고 새로운 관점, 문체의 개성을 자신만의 문학적 자산으로 문학사에 등재할 수 있었던 것일 수도 있다.

그리고 변호사라는 작가의 이력은 그의 대표작이라 할 수 있는 『인성』에서는 법정 집행관인 냉혈한 드레휘르하어번의 세계를 설득력 있게 그려내는 데 기여했을 뿐 아니라, 소설 주인공인 아들 야곱 카타드레위프가 변호사 사무실의 말단 속기 타자수로 출발해서 사무장을 거쳐 변호사라는 거의 불가능해 보이는 꿈을 이루어내기까지 그 세부의 정확하고 충실한 이야기를 가능하게 한 경험적 토대를 제공한다. 카타드레위프가 로테르담의 일류 변호사 사무실을 찾아가고 거기서 자신의 꿈을 처음으로 품어보게 된 것이 아버지의 음흉한 손길이 가세한 파산 문제 때문이라는 사실은 참으로 아이러니한 일일 테다. 기실 아들의 파산 문제와 관련된 아버지 드레휘르하아번의 집요한 추적과 방해는 오이디푸스 콤플렉스를 포함하는 부자 관계의 어두운 이야기 안에서도 단연 그 전모를 알 수 없는 인간성의 심연으로 우리를 안내하며, 그 점이 이 소설의 빼어난 매력이기도 하다. 그 심연의 끝에서 펼쳐지는 놀랍고 감동적인 이야기는 이제 이 소설의 독자가 될 분들의 몫으로 남겨두어야 할 테지만, 소설 『인성』이 법의 세계라고 하는 근대성의 또다른 한 축을 인간극의 무대로 충실히 재현하고 있다는 점도 인상적이다. 더하여 전간기^{戰間期} 네덜란드를 배경으로 한 이 소설에서 로테르담이라는 항구 도시의 일상사는 거리와 골목골목의 세세한 풍경 속에서 살아 있다. 중심인물들 말고도 카다드레위프의 친구로 카다드레위프의 어머니와 기묘한 정신적 애정 관계를 이어가는 공산주의자 얀만, 카다드레위프와 서로 사랑하나 끝내 마음의 문을 열지 못하는 여성 로르나 트 헤오르흐처럼 기이한 개성의 주변 인물들도 이 소설을 풍성하게 만들고 있다.

『인성』의 드레훠르하아번이라는 인물은 자기보존과 자기파괴를 동시에 욕망한다는 점에서 어느 면 20세기 서양 근대의 정신적 불행을 암시하고 예고하는 알레고리의 성격마저 내비친다. 그런 가운데 부모 세대의 어두운 과거를 잇고 끊으면서 새로운 삶을 가능성을 모색하는 아들 카타드레위프의 불굴의 투쟁은 또다른 의미에서 인간성의 낙관적 지평을 생각하게 만들기도 한다. 『인성』은 정말 묘한 매력을 지닌 소설이다.

제5부

늦게 오는 시간

홍상수 「당신얼굴 앞에서」

1

홍상수 감독의 스물여섯번째 장편영화 「당신얼굴 앞에서」 2021는 상옥(이혜영)이라는 여성의 하루를 따라간다. 미국에서 살고 있는 상옥은 잠시 귀국해서 지금 동생 정옥(조윤희)의 아파트에 머물고 있다. 남한강변 어디쯤으로 짐작되는 아파트 단지에서(자매가 오전의 시간을 보내는 인근 공원과 강변 카페의 풍경으로 보아 감독의 전작 「강변호텔」 2018의 배경이 된 곳과 가까운 것 같다) 깨어난 상옥이 아직 잠자고 있는 동생을 지켜보는 장면에서 시작된 영화는 다음 날 아침 다시 상옥이 잠자고 있는 동생을 내려다보는 장면에서 끝난다. 영화 서사의 내재적 시간으로는 거의 온전히 하루인 셈이다.

계절은 사방이 신록으로 물든 늦봄이나 초여름이다. 5월쯤이 아닐까 싶다. 「그 후」[2017]에서 오랜만에 흑백영화로 돌아왔던 홍상수 감독은 이후 그때그때의 결정에 따라 흑백과 컬러를 오가고 있는 듯한데, 「당신얼굴 앞에서」는 신록을 찍기 위해서라도 컬러여야 하지 않았을까 싶을 정도로 푸르고 푸르다. 영화를 보고 나면 아파트 단지, 공원, 강변, 이태원의 옛집 마당 등을 가득 채웠던 신록의 푸르름이 그 싱싱한 기운과 함께 마음에 길게 남는다. 「당신얼굴 앞에서」는 배경 때문에라도 「강변호텔」을 떠올리지 않을 수 없게 하는데, 신록의 강변에 앉아 있는 자매의 환한 시간은 비슷한 풍경의 강변에서 세상을 뒤덮은 흰 눈 속에 기적처럼 서 있던 「강변호텔」의 두 여인의 시간을 자연스럽게 불러낸다. 상옥은 공원 산책길에 신록의 푸른 잎 사이로 활짝 핀 희고 붉은 꽃들을 보며 말한다. "자연은 다 좋은 것 같아." 근작의 범위에서는 「풀잎들」[2017]의 골목에 놓인 커다란 함지에서 자라고 있던 작은 잎새들, 「도망친 여자」[2019]의 이야기를 이어주고 지켜봐주는 산의 풍경이 생각나기도 한다. 새삼스러울 것도 없지만, 언제든 홍상수 영화는 계절의 영화고 날씨의 영화였던 것 같다. 그럴 때 산이든(산의 풍경은 「강원도의 힘」[1998]을 제외한다면 영화의 프레임 안에 잘 들어오지 않다가 「도망친 여자」에서 처음으로 영화의 중요한 시간 속에 편입되는 듯하다) 바다든(홍상수의 '바다'는 그 자체로 하나의 생각해볼 만한 테마가 될 수도 있을 것이다) 꽃이든 나무든 자연이 홍상수 영화 속에 잡히지 않은 적은 없었겠지만, 대체로 이전의 '자연'이 부분 사물 같고 세상의 무심한 일부처럼 프레임을 넘나들었다면, 근년에 와서 홍상수가 찍는 '자연'은 카메라의 지속 시간이나 구도에서 좀더 비중과 존재감을 키우며 영화의 인물, 영화의 이야기와 결속되고 있는 듯하다. 가령 「도망친 여자」의 세 장소를 이어주는 산의 풍경은 중립적인 카메라의 시선으로 찍혀 있는 듯하지만, 영화를 다 보고 나면 그것들이 세 장소를 지나가는 감희(김민희)의(혹은 그곳에서 살고 일하는 여성들의) 시점숏이었으리라는(혹은 그래야 한다는) 생각이 사후적으로 강하게 일어난다.

그렇게 같은 아파트 실내에서 이틀에 걸친 자매의 비슷한 아침 장면으로 영화는 시작하고 마무리되지만, 당연히도 세상의 모든 아침이 그런 것처럼 두 아침도 조금은 다르다. 처음에는 하얀 이불을 덮고 잠들어 있는 동생의 모습, 그리고 머리맡에 놓여 있는 주황색 수면안대나 머그잔을 들고 침대 옆 소파에 앉아 동생을 지켜보는 상옥의 자세 등이 너무 흡사해서 영화가 상옥의 하루를 보여준 뒤, 다시 처음의 아침으로 돌아와 있는 듯한 착각이 들기도 한다. 생각해보면 홍상수 영화는 선형적 시간 서사의 틀을 벗어나는 다양한 영화의 화법들을 보여준 바 있고, 그런 만큼 이런 착각에 대해 얼마간 열려 있다고 볼 수도 있다. 「오! 수정」[2000]이나 「지금은맞고그때는틀리다」[2015]처럼 하나의 서사, 동일한 시간의 구간을 다시 반복하면서 시점의 차이, 다른 행동의 가능성을 구조화해서 보여준 예도 있지만, 「북촌방향」[2011]처럼 시간의 회로에 갇힌 듯한 인물의 이야기도 있고, 「자유의 언덕」[2014]이나 「그 후」처럼 선형적 시간의 배열을 미세하게 바꾸기도(혹은 바꾼 것처럼 착각하게 만들기도) 해왔다. 근작들에서 홍상수 영화의 변화를 존재의 '있음'을 지지하고 버텨내는 자리에서 깊이 있게 살펴본 논의들[정성일 「그럼에도 불구하고 세번째 그 말을 할 때 김민희가 거기에 있다」, 『FILO』 19호; 남다은 「두 사람, 그렇게 영화가 있다」, 『FILO』 20호]이 있지만, 쉽게 말해볼 수 있는 느낌으로는 영화가 좀더 간결하고 평명해지고 있다는 생각이 들기도 한다. 구조화의 밀도, 복잡성의 간섭으로부터 상대적으로 자유로운 쪽에서 영화의 서사와 흐름을 열어놓고 있다고도 말할 수 있을까. 최근 영화에서 '자연'이 보다 중요하게 영화의 프레임 안에 들어오게 된 것도 구조와 복잡성을 덜어낸 측면과 관련이 있을 수도 있다. 그런 가운데 서사의 진행에서도 한두개의 선만이 남게 되면서 단순성이 좀더 강하게 감각되는 것 같다. 영화가 전보다 더 개인적인 것으로 되고 있다는 느낌도 받는데, 홍상수 영화의 자기언급적이고 수행적[performative]인 특성이 영화의 구성 원리에 좀더 많이 참여하고 있지 않나 싶다. 이와 관련해서 영화에는 흥미로운 장면이 나온다. 상옥은 오후에 영화감독 송재원(권해효)을 인사동 '小說'이라는 술집에서 만나게 되는데, 송재원은 스크린을 떠난 지 오래인 상옥을 설득해 영화를 찍고 싶어한다. 상옥은 술집 내부를 둘러보다 말한다. "여기 참 제목이 재밌네요. 소설. 감독님 영화도 소설 같은데. 단편소설." 굳이 이 말에 기대지 않더라도 언제부턴가 홍상수 영화를 '단편소설'에 연관 지어 생각해보는 것은 그다지 이상한 일이 아니었던 것 같다. 감독 주도의 소규모 제작 방식, 단일하고 간명한 서사, 영화적 감흥의 구축 방식 등에서 홍상수 영화는 단편소설의 창작 환경 및 구조와 미학을 떠올리게 하는 부분이 분명 있다. 그러나 단편소설이 본디 '시적'인 장르이기도 하거니와, 홍상수 영화에서 단편소설을 연상할 때 서사의 규모보다 바로 그 '시적'인 측면을 놓치지 않는 게 중요할 수도 있다. 여기서 홍상수 영화가 종종 보여온 '낯설게하기'의 시적 방법을 말해볼 수도 있겠고, 여타의 '시적'인 특질을 나란히 놓아볼 수도 있겠지만, 어쩌면 홍상수 영화는 통상 우리가 '시적'이라고 직관적으로 생각하는 자리에서 '시'를 훨씬 더 많이 포함하고 있었던 것은 아니었을까. 산문적 무능의 자리 같은 것. 혹은 우연과 순간의 정화. 구조화의 밀도로부터 자유로워지고, 순간의 충만과 해방, 눈앞의 경이를 더 힘껏 껴안으려는 최근 홍상수 영화에서 '시' 혹은 '시적인 것'은 더 부각되고 있는 느낌이다.

2

창으로 스며든 햇살을 받으며 잠자고 있는(얇은 이불의 흰 빛이 눈이 부시다) 동생 정옥의 손을 향해 상옥의 손은 머뭇거리며 다가간다. 닿을 듯하던 손은 닿지 않는다. 영화는 그렇게 시작했다. 하루가 지나고, 다시 찾아온 아침의 시간에 상옥의 손은 비슷한 머뭇거림을 보이지만 이번에는 동생의 손에 조용히 닿는다. 하루의 반복은 갇혀 있고 구조화되기보다는 새로운 하루의 작은 차이를 포함하면서 열리고 있다. 이상하게 뭉클하다. 하루 동안 무언가가 일어났고, 무언가가 작게라도 완수된 듯하다. 창 쪽으로 돌아가 동생을 내려다보던 상옥은 침대 위 동생 곁에 앉는다. 빙그레 미소까지 띠고 있다. 이 동선과 움직임은 창으로 비치는 아침의 빛과 함께 약간 성스럽기도 하다. 상옥은 나직이 동생을 부른다. "정옥아 정옥아 무슨 꿈을 꾸니?" 말은 잠든 정옥을 향하고 있지만, 말의 반향은 두 사람이 함께 있는 작은 방 전체에 울린다. 이 순간 방은 꿈속 같다.

그리고 보면 정말 꿈속에 들어와 있는 듯한 장면들이 있었다. 송재원 감독과의 약속 장소로 가던 택시 안에서 상옥은 약속 시간과 장소를 변경해야겠다는 음성메시지를 수신한다. 시간이 남게 된 상옥은 행선지를 바꾸고 이태원으로 향한다. 상옥이 도착한 곳은 신록의 나무가 우거지고 빨간 장미가 핀 작은 마당이다. 바깥에서 계단을 통해 마당으로 누구나 들어올 수 있게 된 그 집은 꽃과 옷을 파는 가게다. 마당에서 마주친 주인(김새벽)과 상옥의 대화를 통해 사정이 드러난다. 상옥은 지금 어릴 적 살던 옛집 마당을 찾은 참이다. 그녀는 향수에 젖은 표정으로 마당의 나무들을 둘러보고 주인이 건넨 매실차를 마시고, 함께 담배를 피운다. 오전에 공원 다리 밑에서 조금은 옹색한 자세로 피우던 때와는(그러나 고개를 약간 숙이고 비스듬하게 다리 아래 개울가로 내려가고, 위태롭게 서서 버티고, 그러다 쪼그리고 앉아 담배를 피우는 상옥의 모습은 홍상수 영화만이 우리에게 줄 수 있는 인간의 포즈이고 세상의 풍경이다. 우리는 나중에 상옥이 처해 있는 절박한 상황을 알게 되지만, 그 사실을 모른 채로도 그녀의 동작은 우리의 마음을 타격한다. 이어서 멀리 폐철교가 화면을 채우는데, 지금 담배를 피우는 상옥이 바라보고 있는 것이라기보다는 직전 두 자매가 다리 위에서 바라본 풍경이 뒤늦게 인서트 숏으로 들어온 것 같기도 하다. 이 간극이 또한 마음을 아리게 한다. 그러면서 상옥의 내레이션, 기타 연주의 영화 음악, 개울물 소리의 합주는 이 장면을 상옥이라는 존재를 향한 영화의 간절한 응답으로 만든다) 완연히 다른, 편하고 행복한 모습이다. 이때도 기타의 영화 음악이 울려 나온다. 그러나 아득한 유년 시절과의 만남이 마냥 좋을 수만은 없으리라. 2층 곳곳에서 옛집의 흔적을 돌이키는 상옥의 모습을 영화는 묵묵히 따라간다. 옷이 진열된 작은 방 앞에서 상옥이 머뭇거린다. 어릴 적 자신의 방일까. 열려 있는 문으로 들어가 방을 살피던 상옥은 피곤한 듯 의자에 앉는다. 상옥의 독백이 내레이션으로 흘러나온다. "마음속의 기억들은 너무 무겁습니다. 여기 왜 왔는지 모르겠습니다. 하여간 틀린 생각이었습니다. 전 이렇게 안 살 겁니다. 이제는 제 얼굴 앞을 보게 하소서. 제 얼굴 앞을." 과거도 미래도 생각하지 않고, 지금 이곳 눈앞의 시간을 온전히 축복처럼 받아들이고 싶다는 것은 영화의 처음부터 여러차례 상옥이 기도처럼 우리에게 내레이션으로 들려준 마음이다. 옛집의 시간 앞에서 어쩔 수 없이 회한에 찬 상옥은 이태원을 찾은 자신의 결정을 후회하고 있다. 그때 가게 주인의 어린 딸이 열린 문 앞에 서서 낯선 손님을 바라보고 있다. 상옥은 아이의 이름과 나이를 물어본다. 주인에게 인천에서 출퇴근한다는 말을 들은 바 있는 상옥은 인천에 사는지 묻고 그렇다는 대답을 듣는다. 그런데 여기서부터 갑자기 대화가 이상해진다. "그럼 여기 놀러 온 거야?" "아뇨, 여기가 우리 집이에요.”“인천에도 집이 있고?”“아뇨, 여기가 우리 집이에요.”“아, 그렇구나.” 아이에게는 엄마가 하루 종일 나와 있는 가게가 더 ‘집’으로 느껴질 수 있을 테니(아이가 엄마가 해주는 점심을 매일 여기서 먹는다는 사실은 1층에서 들려오는 두 모녀의 대화가 알려준다. 더구나 이곳은 가게로 바뀌기 전에는 엄마가 자란 외할머니의 집이었다) 두번에 걸친 ‘여기가 우리 집’이라는 말도 충분히 가능한 답일 수 있다. 그러나 아이의 투명한 마음으로부터 미묘한 어긋남을 품고 반복해서 발화된 ‘여기가 우리 집’이라는 말은, 아이의 확신을 통해 상옥에게 건너와 상옥의 말이 된다. 그러니 아이의 맑은 마음에 기대면, 여기는 ‘지금’ 상옥의 집이기도 한 것이다. 상옥과 아이의 문답이 시처럼 느껴진다면, 바로 이러한 이유에서이다. 시는 진실의 모호성을 논리의 언어로 구획하고 가두지 않으려는 마음에서 태어난다. 이 순간 상옥은 아이를 껴안는데, 아이가 아이인 채 오래전 이 방에 있던 상옥 자신이 된다고 해도 이상할 것은 없으리라. 상옥은 그렇게 과거의 자신을 안는다. 그때 우연히도 열린 문의 유리에 그렇게 껴안고 있는 두 사람의 모습이 비치는데, 유리-거울은 현실/꿈의 경계선 같다. 작은 방은 돌연 꿈속의 공간처럼 느껴진다. “마음속의 기억들은 너무 무겁습니다. 여기 왜 왔는지 모르겠습니다”라고 하던 방금 전 상옥의 자책은(상옥의 기도는 현재에 대한 완벽한 긍정과 받아들임을 계속 강조하는데 그 현재 혹은 '눈앞의 얼굴'은 적어도 그 말들만으로는 하나의 소망적 논리일 수밖에 없다) 잠시 후에 도착할 '눈앞의 얼굴'에 무지했던 것 같다.

영화의 후반부 술집 '소설'에서 진행되는 상옥과 송재원 감독의 만남 자리에서도 이상한 균열의 순간이 도래하는데, 정작 그 시간 안에 있는 사람들은 감지하지 못한다는 점에서 꿈속으로의 이행, 이질적 시간의 출현 같다. 상옥이 한때 배우였다는 사실은 공원 산책길에서 상옥을 알아본 이에 의해 밝혀지기도 하지만, 상옥 역을 맡아 홍상수 감독의 영화에 처음 출연하는 이혜영이라는 배우의 실제 존재는 「당신얼굴 앞에서」의 영화적 외부가 아니다. 홍상수 영화가 언제나 자신의 다른 영화들과 자기언급적인 상호 텍스트성을 갖고(이번 영화에서라면 공원에서 상옥을 알아보는 배우 서영화와 그이의 동행 역을 맡은 이은미는 전작 「도망친 여자」를 곧장 환기시킨다. 상옥은 "그 사람 괜찮아 보이더라. 사람 좋아 보여"라고 말하는데, 배우 기주봉처럼 서영화도 홍상수 영화의 개별 작품을 넘어서 존재한다), 영화 밖 배우의 실제를 어떤 식으로든 영화 안의 허구적 인물 안으로 옮겨왔다는 점은 잘 알려져 있다. 이는 일반적으로 작품을 현실 재현의 환상으로부터 구분 짓는 메타적 시선의 문제이기도 하겠지만, 홍상수 영화에서는 그보다 '수행적'인 측면이 더 크다고 생각한다. 홍상수 영화는

'무엇을 어떻게' 찍는 문제만큼이나, 그 '무엇을 어떻게 찍는 일'이 그 자체로 (영화의 내용과 형식 모두에서) 무언가를 '한다'는 점을 끊임없이 의식하는 것 같다. 극 중 인물의 연기가 하는 일에서 실제 배우의 존재를 괄호 칠 수 없다고 생각하는 것은 그의 연기가 무언가를 '보여주기'만 하는 것이 아니라, 그 '보여주는 것'을 '수행'하고 있다고 믿기 때문일 테다. 영화 속 인물들의 말과 행동의 간격이나 괴리가 홍상수 영화의 중요한 관찰 지점이 될 때, 사실은 홍상수 영화는 그 질문을 그 자신의 영화가 '보여주면서 하고 있는 일'에 되돌리고 있는 것이다. 이것은 홍상수 영화가 다른 누군가의 영화보다 더 윤리적이거나 더 정직하다는 이야기가 아니다. 왜 자신과 영화를 찍을 생각을 했느냐는 상옥의 질문에 송재원 감독은 말한다. "상옥씨 영혼을 믿는다 할까, 그런 영혼의 힘과 빛으로 만들어진 인물을 만들고 싶습니다. 또 그런 인물이 잘 드러나도록 좋은 이야기를 만들 겁니다." 이때 이 말이 곧장 홍상수 영화의 자기 언급이 되는 것은 아니다(물론 우리는 이 말을 홍상수 영화의 의지와 등치시키고 싶은 욕망을 느낀다. 그리고 그런 측면이 없는 것도 아니다). 홍상수 영화는 이 말이 인사동 '소설'이라는 공간 한구석에서(홍상수 영화는 왜 이렇게 '구석'을 좋아하는가) 수행하고 있는 '무언가'를 찍는다. 이렇게 말해도 좋다면, 그 '힘' 혹은 '말과 몸짓의 자장'을 찍는다. 그리고 이 순간 배우 권해효와 캐릭터 송재원, 배우 이혜영과 캐릭터 상옥은 분리되지 않은 채 홍상수 영화가 지금까지 만들어온 영화 전체와 함께 있다. 물론 그 전체에는 프레임 건너편 카메라의 자리, 홍상수라는 개인의 현재적 실존이 포함된다. 홍상수 영화의 '구석'은 그렇게 함께 있다는 것을, 함께 공기와 자장을 나누고 있다는 사실을 가리키기에 가장 적합한 장소인지도 모른다(「풀잎들」의 카페 구석에서 김민희는 자신의 말로 바로 앞, 외화면의 존재를 환기하기도 한다). 권해효가 연기하는 송재원 감독의 말은 이혜영이 연기하는 상옥을 향해 발화되고 있지만, 홍상수 영화를 향해서도 발화되면서 무언가를 '수행'하고 있다.

송재원 감독은 상옥의 예전 90년대 초반 영화들에서 자신이 크게 감동 받았던 장면을 이야기한다. 주인 없는 술집 탁자에 술상이 차려지고, 상옥은 기타를 친다. 말의 힘, 장소의 힘, 술의 힘일까. 상옥은 우리가 아침부터 따라온 그 상옥이 아닌 것 같다. 강철 질감의 목소리는 더 날카로워지고, 눈빛과 몸짓 하나하나에는 설명하기 힘든 힘이 서린다. 배우 이혜영의 강렬한 존재감이 뿜어져 나온다. 상옥은 오래전 떠나온 배우의 시간으로 돌아가고 있는 듯하다(이것은 얼마간 배우 이혜영의 이야기이기도 할 것이다). 그러나 상옥은 자신의 건강과 관련된 이야기를 꺼내며(언젠가부터 홍상수 영화에서 '죽음'

의 테마는 돌아오고 돌아온다) 영화를 찍을 시간이 없다고 말한다. 「그 후」를 생각나게 하는 권해효(송재원 감독)의 울음. 권해효의 연기는 홍상수의 다른 어떤 영화에서보다 심각하고 진지하다. 술집 흰 벽에 기대서서 담배를 피우는 두 사람. 아직 한번 더 두 사람이 담배를 함께 피우는 꿈같은 모습이 남아 있지만, 「당신얼굴 앞에서」에서의 담배 신들은 어떤 경계 같다. 컷하면 술집의 문을 열고 들어서는 송재원 감독의 모습이 보이고 그의 손에는 술이 들려 있다. 두 사람이 앉은 구석 테이블 뒤 창으로 보이는 밖이 어둑하다. 갑자기 날씨가 돌변해 천둥이 치고 비가 내린다. 상옥이 조연출(하성국)은 언제 오냐고 묻는다(두 사람의 만남 초반에 상옥은 왜 함께 있던 조연출을 먼저 들어가라고 했냐고 물은 적이 있다. 송재원 감독은 그냥 사무실에 일이 있어서 갔을 뿐, 그렇게 말한 적이 없다고 부인한다). 그러니 조연출이 언제 오냐고 묻는 것도 조금 이상한 질문일 수 있다. 송재원 감독의 답은 더 이상하다. "금방 올 겁니다. 아마도 차가 좀 막힐 겁니다." (「풀잎들」에서 기주봉은 "내가 자살하고 나서"라고 잘못 말한다. 그 자리에 앉아 있던 누구도 반문하거나 말의 실수를 바로잡지 않지만, 기주봉의 말은 영화 전체에 곧장 이상한 기운을 드리운다.) 송재원 감독의 답은 소리로 들려올 때 더 이상하다. 그는 정말 상옥이 간파한 대로 조연출의 동석을 불편해하고 있는지도 모르겠다. 그는 조연출을 거기 못 오게 막고 있는 것 같다. 왜일까? 그러거나 두 사람의 술자리는 죽음의 이야기와 함께 고조된다. 상옥은 죽음을 결심했던 열일곱살 시절의 기억을 꺼내며 자신의 얼굴 앞에 이미 완성된 채로 있는 세상의 아름다움을 발견했을 때의 경이를 이야기한다. 하루 내내 상옥이 기도하듯 반복해서 읊조렸던 눈앞의 은총에 대한 찬미이기도 하다. 눈앞의 세상, 현재의 순간에 대한 긍정과 껴안음은 홍상수의 영화가 언제든 보여주고 말해온 것이기는 하지만, 「당신얼굴 앞에서」의 상옥은 좀더 열렬한 찬미자이고, 이혜영이 연기하는 상옥은 이 순간 어느 때보다 자유롭고 빛난다. 그러나 여기에는 이상한 도취와 흥분이 있고, 앞서 상옥의 두번에 걸친 기타 연주 때의 우울도, 송재원 감독의 당혹도 남아 있다. 천둥과 비로 어두워진 창밖 풍경도 있다. 세상의 구석, 자그마한 술집 실내의 비 오는 오후, 혹은 초저녁. 어쨌든 여기가 상옥이 말하는 '얼굴 앞'이고 은총의 세상이다. 홍상수의 영화는 눈앞의 송재원 감독을 향해 쏟아지는 상옥의 절실한 말을 찍으면서 여기 함께 있다. 상옥의 말은 홍상수의 영화, 카메라를 향해 묻고 있는 것 같기도 하다. 얼굴 앞에 있는 것을 당신은 제대로 보고 있습니까.

당혹과 도취 속에서 송재원 감독은 상옥이라는 눈앞의 은총에 대한 응답처럼 하루 이틀 여행을 같이하며 찍는 식으로 단편영화 촬영을 제안한다. 상옥이 동의하고, 약속은 바로 다음 날 아침으로 잡힌다. 그런데 제안이 둘만의 여행이라는 뉘앙스를 일부 담고 있기는 하지만(어쩌면 송재원 감독은 스태프의 참여를 당연하게 생각했을 수도 있다), 이어지는 상옥의 질문은 너무 돌연하다. 그리고 송재원 감독의 대답은 너무 태연하다. "근데 혹시 나랑 자고 싶죠?" "네." "그렇구나." "괜찮으시면요." "알아요. 고마워요." "저도 고맙습니다." 주인 없는 빈 술집, 둘만의 자리가 만들어낸 이상한 흥취가 있을 수 있다 하더라도 그렇다. 무엇을 놓친 것일까. 나는 내 눈앞의 얼굴로 두 사람을 계속 바라보고 있지 않았는가. 그때 조연출이 술집에 도착하는데, 무언가 이상한 기운을 느낀 것처럼 당황해한다. 그러면서 두 사람을 향해 거듭 질문한다. "괜찮으세요?" "두분 괜찮으세요?" 먼저 술집을 나가면서도 다시 뭔가 걸리는지 묻는다. "아, 우산 있으세요?" 두 사람도 모르고, 영화도 모르는 무언가, 어떤 일이 지금 일어났고, 조연출만이 그것을 감지하고 있는 것처럼 보인다. 무슨 일이 일어난 것일까. 그리고 그것은 무엇일까. 조연출과 두 사람은 한 공간에 있지만, 다른 시간에 있는 것 같다. 어느 한쪽은 꿈속에 있는 것 같다. 사정은 의외로 단순할 수도 있다. 오래 취기 속에 있었던 두 사람과 갑자기 그 공간에 들어온 사람이 느끼는 차이. 더구나 두 사람의 취기에 죽음의 이야기와 다디단 욕망의 이야기도 섞여 있다면. 그러나 영화도 그 취기 속에 함께 있었던 탓인지 차이를 알지 못하는 것 같다. 바깥에서 들어온 한 사람만이 낯설고 이상한 분위기에 놀라고 당황하고 있을 뿐이다.

잠시 뒤 비 내리는 좁은 골목에서 우리는 황홀하다고밖에 말할 수 없는 세상의 풍경과 만난다. 송재원 감독이 커다란 자물쇠로 술집 문을 잠그느라 우산은 상옥이 들고 있다. "자물쇠가 참 귀엽네요" 하고 상옥이 말하는데, 한옥의 대문처럼 생긴 술집 '소설'의 문은 「생활의 발견」^{2002}의 경수(김상경)가 끝내 돌아 나와야 했던 선영(추상미)의 집 잠긴 문을 연상시키기도 한다. 그때도 비가 많이 내렸지 싶다. 술집 옆 골목은 두 사람이 겨우 지날 정도로 좁다. 두 사람은 잠시 멈추어 담배를 나누어 피운다. 우산 안에 좁게 붙어 서서 불을 붙여주는 모습이 정겹고 애틋하다. 두 사람의 손이 처음으로 부딪치고, 손으로 바람에 흔들리는 라이터의 불을 가려주기도 한다. 이제 남자가 우산을 들고 걷는데 두 사람은 약간 비틀거리는 것도 같다. 두 사람이 걸어가는 모습을 카메라는 줌으로, 그리고 기타의 음악으로 따라간다. 비는 오고 있지만 봄날 초저녁의 거리는 아직 환하다. 골목 끝에서 두 사람은 멈추어 서서 담배를 피운다. 남자가 고개를 숙이자 여자는 손을 들어 등을 감싸고 위로하는 것도 같다. 두 사람은 서로를 바라보기도 한다. 두 사람의 몸은 좀더 가깝게 붙어 있다. 슬프고 처연하지만 아름답고 사랑스럽기도 하다. 비 오는 환한 저녁, 두 사람을 감싸고 있는 이상한 황홀은 도저히 말로 옮겨지지 않는다. 상옥이 오늘 하루 여러차례 말했던 '얼굴 앞의 세상', 그 자체로 완전하고 은총이자 축복인 세상의 풍경이 있다면 이런 것일까. 몇발짝 되지 않는 비 내리는 좁은 골목, 세상의 구석에서 두 사람의 모습은 꿈길에 있는 것 같다. 혹시 조연출이 방금 전 술집 실내에서 보았던 두 사람의 모습이 이러했을까. 영화는 뒤늦게 자신의 무지와 만나고 있는 것도 같다. 그런데 정작 두 사람은 지금 '얼굴 앞의 은총'을 누리고 있을까. 꿈속에 있으면서 꿈 밖에 있을 수 있을까. 그럴 수 있는 것은 영화의 권능이기도 하겠지만, 적어도 이 장면에서 홍상수 영화는 자신의 무지를 고백하고 있는 것 같다.

두 사람이 함께 찍으려 했던 '단편영화'는 봄밤의 꿈처럼 남지만, 「당신얼굴 앞에서」는 얼마간 그 꿈의 흔적이자 수행이기도 할 것이다. 그러나 그 수행이 아무리 온전하다 하더라도 영화는 끝내 꿈과 포개질 수는 없을 것이다. 혹은 죽음을 찍을 수는 없을 것이다. 홍상수 영화는 그 간격을 본다. 아니, 그 간격이 되고자 한다. 시간의 균열, 시간의 뒤늦은 출현은 그 무지와 무능이 여는 절박한 시일 수도 있다. 상옥은 다시 찾아온 아침에 잠든 동생을 내려다보며 말한다. "정옥아 정옥아 무슨 꿈을 꾸니?"

금색 남방의 행방

허우 샤오셴 「연연풍진」

　같은 영화를 여러차례 보다보면 그전에는 보이지 않던 장면, 세목이 전혀 처음처럼 눈에 들어오는 경우가 있다. 하스미 시게히코가 지속과 단절을 하나의 운동으로 성취하는(동시에 방금 분명히 눈으로 본 것이 바로 그곳에 존재하지 않는) 영화 숏의 경이로움과 희박함을 말하면서 눈동자의 무력감을 이야기한 걸 읽은 기억이 나는데, 이런 심각한 차원의 문제는 물론 아니다. "일단 지속을 단절시키면서 새로운 지속을 필름에 도입하는 숏이 흡사 생과 사의 공존이 현실화한 것처럼 같은 하나의 몸짓으로서 체험될 수밖에 없다고 하는 가혹한 현실에 눈동자는 그리 간단히 견뎌낼 수 있는 것이 아니기 때문이다." 하스미 시게히코 『영화의 맨살』, 박창학 옮김, 이모션북스 2015, 595면 **당연히**

기억력이나 집중력의 문제일 거고, 그보다는 이야기를 따라가면서 화면 속의 정보를 제대로 챙기는 데에는 눈동자나 의식의 용량 이전에 영화나 숏(이게 무엇인지 여전히 안갯속이지만)을 보는 훈련이 필요한 게 아닌가 하는 생각을 할 때가 많다. 도대체 무얼 보았던 거지, 하고 자문하게 될 때의 무력감은 꽤 쓰라리다.

서울아트시네마의 가을 특별 프로그램('가을날의 재회전', 2018.9.26~10.9)에 허우 샤오셴侯孝賢 감독의 「연연풍진」[1986]이 올라 있는 걸 보고 관람 날짜를 고민하던 중 공교롭게도 「연연풍진」의 주말 저녁 상영이 있는 날, 신작 한국 영화의 심야 기술 시사에 초대를 받았다. 그 작품이 다섯시간 분량이었으니 1박 2일에 걸쳐 일곱시간가량 영화를 본 셈이다. 이럴 때는 또 체력이 문제가 되는 것일까(한 감독에 대한 존경과 애정, 영화에 대한 사랑과 질문으로 가득 찬 다섯시간의 심야 관람은 힘든 만큼 벅찬 체험이었다). 아무래도 이렇게 영화를 연속으로 보게 되면 먼저 본 영화는 다시 조금 더 '희박'해진다는 걸 알게도 되었다. 어쨌든 그 희박함 너머로 「연연풍진」을 돌이키면서 이 영화가 매번 나에게 주는 지복감이랄까 행복감에 대해 생각해보았다. 그러다 전에는 눈에 잘 들어오지 않았던 몇몇 '숏' 혹은 영화의 세목이 이번 관람에는 있었다는 사실이 떠올랐다.

「연연풍진」에서 완(왕 징원)과 우엔(신 수펀)은 탄광촌 산동네에서 함께 자란 사이로 남자인 완이 한두살 많다. 두 사람은 서로 좋아하는데 어릴 때부터 가족이나 주변에서도 웬만큼 인정하는 관계였던 듯하다. 그런데 여러번 이 영화를 보았지만 두 사람이 서로를 정말 기쁘게 바라보고 행복을 느끼는 장면이 있었던가. 어두운 화면 한쪽에 점처럼 작은 원이 나타나면서 기차 소리가 희미하게 들려오고 점점 커지는 터널을 빠져나오면 풍성한 초록의 아열대 삼림을 따라 놓인 협궤 철로를 기차의 시선과 한 몸으로 달리며 감각하게 되는 「연연풍진」의 유명한 첫 장면에서 객실 안 통로에 기대어 선 통학생 모습으로 등장하는 완과 우엔을 생각해본다. 둘 다 책을 들고 공부를 하고 있는데 근심 어린 표정의 우엔에게 완이 무슨 일이 있었냐고 묻자 수학 시험을 망쳤다는 대답이 돌아온다. 모르는 게 있으면 왜 미리 물어보지 않았냐는 완의 질책이 이어진다. 연인이라기보다는 오누이 같다. 어려운 집안 형편으로 고등학교 진학을 포기하고 타이베이의 인쇄소에서 일하며 야간학교를 다니는 완을 뒤따라 우엔도 타이베이로 오게 된다. 약속이 어긋나 우엔이 타이베이역 플랫폼에서 낯선 짐꾼에게 짐을 들리고 따라가고 뒤쫓아온 완이 실랑이 끝에 짐을 되찾아 약속 장소인 역 뒤편으로 나오지 않은 우엔을 심하게 나무라는 장면도 있다(우엔의 짐을 들고 가던 이는 꽤 나이가 들어 보이는 사람으로 마지막으로 고구마가 든 보자기를 찾아올 때는 심한 몸싸움이 벌어지고 '젊은 사람이 노인을 때린다'는 과장된 항변까지 나온다. 이 실랑이 와중에 완이 인쇄소 사장 아들에게 전할 도시락 가방이 팽개쳐지는데, 뚜껑이 열린 채 철로 바닥에 버려진 도시락과 물통은 그것만으로 하나의 선명한 숏을 형성하며 볼 때마다 외면하고픈 마음을 불러일으킨다. 그리고 노인과의 실랑이 장면은 내게 늘 「동년왕사」[1985]의 아하우가 할머니를 태우고 온 인력거꾼 노인을 쫓아가는 장면과 겹치면서, 언제나 칼부림보다 더한 세상의 잔혹을 느끼게 한다).

타이베이에서 살아가는 일의 고단함 때문이겠지만, 완의 표정은 늘 굳어 있고 우엔과 같이 있을 때도 보호자의 의무감이 앞서는 듯 보인다. 두 사람만 있는 장면도 그다지 많지 않다. 친구 엔첸이 간판 일을 하며 숙식을 해결하고 있는 극장 한쪽의 허름한 공간(인쇄소를 나와 직장을 옮긴 완도 이곳에서 더부살이를 한다)은 타이베이 생활을 보여주는 중요한 장소라 할 만한데, 완이 아플 때 우엔이 봉제공장 일을 마치고 밤늦게 찾아온다. 엔첸은 극장 뒤쪽 문을 따주고 완의 병세를 설명한 뒤 이층침대의 이층 자기 자리로 올라가 계속 잠을 잔다. 이층침대의 아래에서 완은 겨우 일어나 벽에 등을 기대고 눈을 감고 있다. 우엔이 물수건으로 열이 나는 머리를 닦아주

자 그제야 눈을 뜨고 연인을 바라보는데 아주 희미한 미소가 입가에 떠오른다. 이어지는 다음 장면은 아침인 듯한데, 숙소인 2층 베란다 쪽에 우엔이 세숫대야를 들고 서서 밝아오는 하늘과 거리를 바라보는 장면을 멀리서 오래 보여준다. 아침을 깨우는 거리의 자전거 소리도 들려온다. 우엔은 완을 보살피며 밤을 새운 것이다. 이 장면은 수평과 수직이 교차하는 구도도 그렇고, 기타로 연주하는 영화 음악의 선율에서도 영화가 이들의 고향 주변의 다리와 산을 보여줄 때와 자연스럽게 겹치며 대비된다. 자라온 시간 속에서 생활의 일부로 녹아 있을 고향의 풍광을 그이들이 특별히 의식하며 바라보는 순간은 없었던 것 같은데, 도시의 낯선 아침을 무심히 바라보는 우엔의 모습은 이상하게 가슴을 무너뜨린다. 어느 쪽에서나 음악은 이들에게는 들리지 않는 것이겠지만, 음악과 풍경이 일으키는 대비는 이쪽이 더 쓰라린 것 같다. 계속되는 음악과 함께 1층 문간의 수돗간에서 엔첸이 쪼그려 이를 닦는 모습이 보이고 빨래를 너는 우엔도 보인다. 완은 일어나긴 했어도 여전히 벽에 등을 기댄 채 가수 상태. 완의 얼굴 옆에는 달력에서 오려 붙인 듯한 여성 모델의 수영복 사진이 있다. 그러거나 완을 깨워 무언가를 먹이려는 우엔의 모습은 어젯밤과는 달리 생기가 있고 밝다. 사랑 가득한 모습이다. 완의 미소도 지난밤과는 달리 아주 가까이서 분명하게 보인다. 그런데 완이 극장 뒤쪽의 문을 열고 우엔을 바래다주는 모습은 왜 그리 쓸쓸한가. 우엔이 골목을 걸어가는 모습을 카메라는 뒤에서 한참 보여준다(이 골목은 「동년왕사」에서 같은 신 수편이 배역을 맡은 수메이가 버스에서 내려 집으로 돌아가는 길, 아하우가 자전거를 타고 뒤따르던 골목길의 풍경과 왠지 너무 흡사하다. 수메이의 걸음걸이며, 작은 삼거리를 이루는 맞은편 모습까지). 맞은편으로 보이는 가게의 큼직한 간판은 그녀가 동틀 무렵 2층 숙소의 베란다에 서 있을 때 눈에 들어왔을 것이다. 그렇다면 지금 걷고 있는 골목을 내려다보고 있던 조금 전의 그녀는 무엇이며, 어디로 사라졌는가. 이 메울 수 없는 시차時差의 아득함은 도저히 어쩔 수 없는 것인가. 걸어가는 우엔, 그녀의 뒷모습을 바라보고 있는 완, 그리고 이를 찍고 있는 카메라—삼자 모두 어떻게 해도 건드릴 수 없는 시간의 심연이 여기에 있고, 허우 샤오셴 감독의 영화는 거의 본능적인 숏과 숏의 리듬, 잇고 끊는 운동으로 이 막막한 사태를 담아낸다. 바로 다음 숏이 그 젊은이들이 명절을 맞아 고향집으로 돌아오는 아름다운 다리 위 장면이라는 것은 또 어떻게 설명 가능할 것인가. 젊은이들의 머리 위로는 그들을 태우고 왔을 한량짜리 기차가 어딘가로 덜컹덜컹 달려가고 있다. 이런 게 영화이고 숏과 숏의 기적 같은 운동인 것일까.

입영 영장을 받은 친구의 환송 술자리에서 우엔은 작정한 듯 즐겁게 술을 받아 마시는데, 무언가 완을 의식한 행동이라는 게 느껴지고, 완이 거북해할 만한 상황이라는 것도 충분히 감지된다. 그러나 영화는 완에게서 그런 반응을 붙잡아 보여주지 않고 다만 목이며 얼굴이 벌겋게 달아오른 완의 모습만을 보여준다. 완은 술이 조금 약해 보일 뿐이다. 이 시퀀스의 빈곳은 나중에 완이 일하다 다리미에 팔을 덴 우엔의 부주의를 질책하는 자리에서 마지막에 다소 뜬금없이 모습을 드러낸다. "남자애들이 주는 술을 그렇게 마셔대고." 그때그때 사건이나 감정의 전모를 보여주지 않고 시간의 경과 후에 그것들이 자연스럽게 드러나는 방식을 취하는 것은 허우 샤오셴 영화가 서정 혹은 시정詩情을 만들어내는 서사적 리듬이기도 하겠지만, 그것은 또한 삶의 리얼리티가 형성되고 감지되는 실제적인 모습에 가깝다는 점에서 허우 샤오셴 감독 고유의 영역만은 아닌지도 모른다. 그러긴 해도 성장기 4부작에서 느껴지는 어떤 일관된 영화적 호흡으로 말하자면, 그런 리듬은 또한 허우 샤오셴 영화가 알게 모르게 품고 있는 남성적 시선이나 그 감정적 자질로서의 무뚝뚝함 같은 것과 무관하지 않은지도 모르겠다는 생각도 든다. 그러나 동시에 허우 샤오셴 영화는 남성 중심의 위계 따위가 허세나 허위의 영역이라는 것도 본능적으로 간파하고 있으며, 가령 우엔을 둘의 관계에서 마냥 수동적인 자리에 두지 않는다. 바로 앞서의 사나운 비난에 우엔은 아무런 변명 없이 앉아 있는데, 그때 둘 사이의 어색한 분위기를 느낀 친구 엔첸이 블라우스에 그림을 그려주겠다는 장난스러운 제안을 한다. 입고 있는 옷을 벗어야 하는 일이므로 엔첸 역시 완의 눈치를 힐끔힐끔 보는 상황인데, 우엔은 그 자리에서 보란듯이 상의를 벗어 내어준다. 정작 완은 어쩔 줄 몰라 할 뿐이다. 보고 있는 쪽에서는 아슬아슬하면서도 통쾌한 기분이 든다. 시대적이고 관습적인 제약에서 완전히 자유롭지는 못하다 해도 허우 샤오셴 영화에서 인간사를 보는 위계적이고 특권적인 시선은 찾아보기 어려운 듯하다.

　아마도 두 사람 사이의 애매하고 불안한 거리를 이야기하는 데는, 다분히 우연적인 구조물이겠지만, 우엔의 일터에 계단 쪽으로 나 있는 창과 거기 놓인 창살의 존재를 언급하는 게 더 빠를지도 모르겠다. 우엔이 일하는 곳은 자그마한 봉제공장으로(화면에 잡히는 것만으로는 공장이라 부르기 어렵고, 소규모로 의류를 만들어 납품하는 곳으로 보인다. 야간학교를 다니는 완과는 달리 여성인 우엔은 학교를 다니지 않고 일만 하는 것 같다. 「연연풍진」의 영화 속 시간은 60년대 후반쯤이다) 허름한 건물의 2층에 있고 지상에서는 옥외계단으로 연결된다. 그 계단 쪽으로 반원형의 작은 창이 있고, 그 창에는 유리 대신에 세로 창살이 몇개 놓여 있다. 완이 우엔을 찾을 때마다 둘은 그 창살을 사이에 두고 이야기를 나눈다. 대개 우엔은 일을 하고 있고, 완은 계단참에 쪼그린 자세다. 우체부가 편지를 배달하는 것도 그 창살을 통해서다. 창살이라고 적으니 섬뜩한 느낌을 주지만 거기서 일하고 그곳을 드나드는 사람들에게는 그저 편리한 보조 창문일 뿐으로, 대만의 더운 날씨가 유리보다는 창살 구조를 선택하게 하지 않았나 짐작된다. 그러나 창살 사이의 대화가 반복되면서 보는 이에게 창살이 조금씩 의식되지 않을 수는 없는 일이며, 차단되고 나누어진 느낌은 아마도 우엔과 완 두 당사자에게도 어느 순간 엄습해왔을지도 모를 일이다. 물론 이것은 전조前兆도 아니고 둘의 관계를 상징하는 구조물도 아니다. 그 창살 사이로 우엔에게 편지를 전하던(완의 입대 후에는 그 횟수가 늘었을 테다) 우체부와의 관계가 뜻밖의 국면으로 진행되는 것이 하나의 우연일 수밖에 없는 것처럼 말이다. 그것은 군대 내무반 침상에서 바닥을 치며 오열하는 완의 시간에 아름다운 해안가 낙조가 함께 존재하는 자연의 질서처럼 우연일 뿐이다. 그러나 이런 것들을 함께 지켜보게 하는 일이 (있을 수 있는) 전체에 대한 감각을 불러일으키고, 허우 샤오셴 영화에 (부재하는) 조화를 향한 희미한 지향을 산포하고 있다는 점까지 애써 부인할 필요는 없으리라. 그것은 명시적이지 않은 대로, '살아간다는 일'이 그것 너머의 어떤 질서와 연결되어 있다는 느낌 속으로 우리를 데려간다. 그 질서는 어쩌면 존재한 적도 없는 채로 사라져가는 것이기도 하겠지만, 사라져감을 대가로 해서만 남기는 것들을 우리는 리 톈루가 연기하는 할아버지의 쉼 없는 중얼거림의 형태 같은 것으로 받아든다. (「연연풍진」에 이어 발표한 「나일의 딸」¹⁹⁸⁷에서도 리 톈루는 비슷한 할아버지 역할로 나온다. 「나일의 딸」은 대도시 타이베이에서 나고 자란 인물이라는 차이는 있지만, 20대 초반 여성의 성장적 시선을 내면화하고 있다는 점에서 「연연풍진」의 연장선에 있는 듯하다.) 어쨌든 아직 완에게는 돌아갈 곳이 있고, 할아버지가 고구마와 인삼, 태풍의 이야기로 들려주는 지혜의 세계도 있다.

타이베이 생활 초반부에 완이 오토바이를 도난당하면서 설레는 나들이, 데이트가 한순간에 끔찍한 시간으로 급전직하하는 광경을 우리는 목도한 바 있다. 그날 옷감을 재단하던 우엔은 창살 너머로 나타난 완을 보고 환하게 웃는다. 신발 가게에서 우엔이 가족들이 보내온 발 모양이 그려진 종이를 꺼내고 두 사람이 그걸 함께 들여다보는 모습은 이들 사랑의 순정함과 무구함을 말해주는 것 같고, 너무 아름답다. 그러나 오토바이가 사라진 걸 확인한 뒤 두 사람은 혼돈에 빠져들고 결국은 완이 다른 오토바이에 손을 대기로 마음먹는 장면은 너무 안타까워서 지켜보기 힘들다. 쓰라린 것은, 그 순간 그에게 다른 선택지가 떠오르지 않았다는 사실이다. 망을 보라고 다그치는 완과 어떻게든 최악의 상황을 막아보려는 우엔 사이에서 영화는 긴박한 호흡을 형성하는데, 오토바이 자물쇠를 풀기를 포기하고 일어서는 순간 완은 거의 넋이 나가 있는 표정이다. 완은 그날 두 사람이 함께 계획했던 고향행을 도중에 포기하고 바닷가를 홀로 배회하다 해안 초소에서 밤을 보내게 되는데, 탄광 사고를 전하는 티브이 뉴스를 보다 어린 시절 아버지의 탄광 사고를 떠올리며 결국 정신을 잃고 만다(아버지의 사고는 「펑퀘이에서 온 소년」1983에서도 플래시백으로 찍혀 있다. 그때의 어설픔에 비해 훨씬 세련되게 찍혀 있긴 해도 느린 화면으로 진행되는 「연연풍진」의 플래시백도 조금은 어색하다. 왜일까?). 일견 무구한 아이들의 시간을 담아낸 것처럼 보이는 「동동의 여름방학」1984부터가 그러하지만 성장기 4부작에서 허우 샤오셴 감독은 폭력적이거나 비정한 현실을 영화의 프레임 밖으로 내보내는 법이 없고, 그게 그의 영화적 서정을 정직하고 견고한 것으로 만드는 듯하다. 그러긴 해도 우엔과 완의 사랑을 그리는 감독의 시선이 까다롭고 인색하다는 느낌은 어쩔 수 없이 남는다.

아니다, 그럴 리가 있겠는가. 허우 샤오셴의 영화는 결국 세상을 긍정하는 영화다. 나는 해안가 초소에서 완이 국수를 먹는 장면을 사랑하거니와, 그때 초소의 군인들이 보여준 따뜻한 배려와 보호의 공기를 잊을 수 없다. 기실 완과 우엔만 해도 불가침의 행복한 사랑의 순간이 영화에는 있다. 어느 날 우

엔은 완을 위해 반팔 남방을 사오고, 연인에게 그 옷을 입혀
본다. 극장 간판을 그리는 어수선한 작업장이 한순간 사랑의
무대로 바뀐다. 무뚝뚝한 완이 두 팔을 벌린 채 빙그르 한바
퀴 도는 모습은 귀엽기까지 하다. 그 인색한 얼굴에 미소가 퍼
지고, 지켜보는 연인의 얼굴도 사랑이 넘친다. 그런데 어쩌나,
옷이 조금 크다. 두 손으로 연인의 품을 맞춰보다 우엔이 수선
해주겠다고 하고, 완은 옷 사는 일이 쉬운 게 아니라고 가볍게
타박을 준다. 이 장면은 지나가듯 짧게 찍혀 있다. 나중에 완
이 입대를 앞두고 우엔의 일터로 찾아갔을 때, 창살 너머 근심
어린 표정으로 완의 남방을 손보고 있는 우엔이 보인다. 입대
를 위해 고향으로 내려가는 완을 역에서 배웅할 때 마지막으
로 건네고 급히 돌아서는 작은 종이 가방에 아마도 그 남방이
들어 있었으리라. 고향에서 군대로 떠나는 마지막 순간의 배
웅은 할아버지의 몫이다. 아이들이 신지 않고 버려둔 신발을
신고 길을 나서는 할아버지의 손에는 뜻밖에도 폭죽이 들려
있다. 돌계단을 천천히 걸어서 내려오는 할아버지와 손자 사
이로 펑펑 폭죽이 터진다. 동네 사람들이 놀라서 나오고 완의
입대 소식에 '축하한다'는 말을 전한다. 할아버지의 이상한 지
혜는 심각한 이별의 시간을 가벼운 축제로 만든다. 그렇게 철
로를 따라 걸어가는 두 사람의 뒷모습은 이 영화의 가장 아름
다운 숏 중 하나이리라. 저기 철로 저편에서 동네 꼬마 소녀가

걸어오는 게 보이고 폭죽이 터지자 몸을 돌려 두 사람과 잠시 동행한다. 우리는 우리의 삶이 저런 기적과 같은 순간으로 이루어지고 있다는 것을 끝내 알지 못하리라.

그리고 우엔의 결혼 소식을 전해들은 뒤 군 내무반 침상에서의 그 유명한 오열. 더 길게 이어지는 벌건 수평의 노을. 휴가를 나온 완이 집으로 들어서는데 어머니는 곤하게 낮잠에 들어 있다. 완은 할아버지가 농사짓는 고구마 밭으로 올라간다. 인사를 드리고 주전자의 물을 따라드리자 올해 농사가 유독 힘들었다는 할아버지의 푸념이 이어진다. 완은 쪼그리고 앉아 있고, 할아버지는 서 계신다. 태풍 때문에 올해 수확은 좋지 않을 것 같다. "그놈의 고구마를 키우는 게 인삼보다 어려워." 완은 남방 상의에서 담배를 꺼내 할아버지에게 건네고 라이터로 불을 붙여드린다. 입대 전날 아버지가 주신(탄광 파업 중 술에 취해 잠든 아버지 대신 어머니가 주머니에서 꺼내 전해준다) 라이터는 대륙에서 표류해온 일가족이 초소를 떠나던 날 그이들에게 선물로 주지 않았나. 비슷한 라이터를 다시 산 것일까. 그런데 완이 입고 있는 남방이 낯익다. 우엔이 사서 수선해준 그 연한 금색 무늬 남방이다. 하긴 남방에 달리 무슨 의미가 있겠는가. 마침 그때 거기 있었을 뿐. 그런 무의미들을 견디면서 마음과 시간은 흘러가는 것. 푸른 산을 배경으로 두 사람이 앉고 서 있는 믿을 수 없이 아름다운 화면 사이로 멀리 기차의 기적 소리가 들려온다. 두번. 대만 동북부 루이팡瑞芳에서 핑시平溪를 오가는 핑시선 기차일 것이다. 우엔과 완이 통학하며 타고 다니던 기차. 그렇게 완은 금색 남방을 입고 다시 세상 속으로 걸어가리라. 어떤 영화는 그 자체만으로 세상 전부다.

우리는 여전히 그를 통해 세상을 본다

에드워드 양 「타이페이 스토리」

1

내 방 한쪽 벽에는 꽤 큼직한 액자가 하나 걸려 있다. 2005년 여름 서울아트시네마에서 열린 '대만뉴웨이브영화제' 포스터다. 사람들이 오가는 번화한 타이베이 도심의 풍경을 먹 단색으로 그려놓고 '台灣新電映展' '대만뉴웨이브영화제'라는 제목을 세로로 나란히 배치해놓은 것인데, 영화제에 갔다가 마음에 들어 하나 샀지 싶다. 액자로 만들 생각까지는 어떻게 했던 것일까. 그러고도 방에다 걸 엄두를 냈다는 것도 잘 믿기지 않는다. 이제는 오래되어 거기 있는 줄도 모를 때가 많다. 가끔 눈길이 가기도 하지만 잠시 그러고 말 뿐이다. 포스터 하단

반팔 경찰복에 사진기를 목에 걸고 있는 남성이 내가 아는 영화평론가 누군가를 닮았다는 생각은 처음부터 웃으면서 했던 것 같고, 그런 것도 포스터 속 도심 풍경의 익숙함과 함께 정겨움을 불러일으켰을지 모르겠다.

그 영화제에서 「청매죽마」라는 제목으로 상영한 에드워드 양 감독의 「타이페이 스토리」1985를 처음 보았다. 그러긴 해도 그때 본 에드워드 양 감독의 영화는 「고령가 소년 살인사건」1991과 「하나 그리고 둘」2000이 워낙 압도적이어서 「타이페이 스토리」는 허우 샤오셴이 주연으로 나왔다는 사실 정도만이 흐릿하게 기억에 남고 말았던 것 같다. 같이 상영했던 「공포분자」1986, 「독립시대」1994는 일정에 쫓겨 보지 못하기도 했고. 재작년 「고령가 소년 살인사건」이 뒤늦게 극장에서 개봉했을 때 에드워드 양 감독의 영화들을 다시 한번 보고 싶다는 생각이 들었고, 「타이페이 스토리」와 「공포분자」, 「마작」1996을 찾아 보면서 그전에는 잘 의식하지 못하고 있던 에드워드 양 감독의 반복되는 영화적 테마라고 할까, 그의 영화를 하나로 잇는 희미한 선 같은 것을 느끼기도 했다. 거기에는 변화하고 질주하는 대만의 시간을 배경으로 거듭 상처 입고 실패하는 소년 소녀들의 성장의 이야기가 있었다. 그러거나 정말 새삼 놀라웠던 것은 「타이페이 스토리」와 「공포분자」의 영화적 뛰어남이었는데, 이들 두 작품이 감독의 초기작이라는 점을 감안하면 에드워드 양 감독의 개인적 역량 말고도 여기에 대만 뉴웨이브 영화 운동의 활력과 긴장이 행복하게 겹쳐 있는 게 아닌가 하는 생각도 해보았던 것 같다. 올 가을 「타이페이 스토리」의 첫 공식 극장 개봉 소식을 접하고 설레는 마음으로 기다렸고, 11월 6일 서울아트시네마의 '굿 애프터눈, 시네마테크' 프로그램으로 「타이페이 스토리」와 다시 만났다.

2

「타이페이 스토리」에는 늘 내 마음을 흔드는 장면이 있다. 아친(차이 친)이 동생 아링(람 사우링)과 함께 건물 옥상 난간에 기대서 있는데 바람이 꽤 분다. 건너편 건물 위로는 큼직한 후지필름의 전자 광고판이 보인다. 아링은 폭주족 젊은 이들과 어울리며 빈 건물에서 지내고 있고, 아친은 부탁한 돈을 전해주러(아링의 낙태 비용인 듯하다) 동생을 찾아온 참이다. 영화는 아링의 시점숏으로 사거리를 오가는 차량과 오토바이의 행렬을 부감해서 보여준다. 아링은 말한다. "여기선 전부 내려다볼 수 있어. 근데 저 사람들은 나를 못 봐."(「하나 그리고 둘」에서 양양이 사람들이 보지 못한다고 말하는 뒤통수의 이야기가 여기에도 있다. 그러고 보면 「고령가 소년 살인

사건」에도 영화 세트장을 위에서 내려다보는 소년 소녀들의 시선이 있다. 「하나 그리고 둘」에서 팅팅은 종종 고층 아파트 베란다에서 고가도로가 지나가는 아래 도시의 거리를 내려다 본다.) 잠시 뒤 카메라는 옥상 난간에 기대 대화하는 두 사람의 모습을 조금 멀찍이 잡는데, 타이베이의 낮은 스카이라인과 함께 광고판은 더 크게 보인다. 낮이라 아직 광고판은 점멸하지 않는다. 처음 이 장면을 보면서 오즈의 그 유명한 도심 광고판들을 떠올렸대서 그리 이상한 일은 아닐 테다. '후지필름'이 기호로 환기하는 일본의 이미지도 가세했을 테니까 말이다. 그러나 「타이페이 스토리」 쪽이 좀더 역사적으로 감각되는 도시의 자리에서 광고판의 풍경을 인물들의 시간과 타이베이의 시간에 교차시키고 있다는 느낌은 있었던 것 같다. 말하자면 그 풍경은 조금이라도 더 타이베이의 역사적 시간을 반영하면서 인물들 쪽으로 당겨져 있었고, 그 점이 알게 모르게 나의 마음을 흔들지 않았나 싶다. 오즈 영화가 모더니티조차 그 자신의 영화적 호흡으로 성속聖俗의 초월과 순환의 긴 지평에 넣기도 했다면, 에드워드 양은 그가 포착하려는 대만의 모더니티가 추상화되고 보편화될 수 있는 위험과 처음부터 싸워야 했을 거고 여기에 대만 뉴웨이브 영화 운동의 긴장이 가세했다는 사실은 서구 모던 시네마의 자장에 노출되기도 했던 에드워드 양 감독에겐 자신의 조국이 되돌려준 복된

짐이기도 했으리라.

옥상 건너편 광고판은 아룽(허우 샤오셴)과 아친의 관계가 아룽의 첫사랑 관(켈리 고) 때문에 위기를 맞은 뒤 교차 편집으로 두 사람의 힘겨운 시간을 보여주는 영화의 후반부에 다시 한번 등장한다. 이번에는 밤의 시간이고, 광고판은 색을 바꾸며 점멸하는 화려한 영상으로 부유하는 젊은이들의 배경이 된다. 동생의 거처인 도심의 빈 건물을 다시 찾은 아친은 폭주족 청년과 친해지고 그곳 젊은이들과도 어울려 함께 밤을 보내게 된다. 누군가의 생일인 듯(성탄절 무렵인 듯도 하다) 촛불로 밝힌 즐거운 즉석 파티의 자리 뒤로 점멸하는 광고판이 조금씩 보인다. 베토벤의 첼로 소나타가 영화 음악으로 흐르는 이 파티 시퀀스는 꽤 길게 찍혀 있는데, 아룽이 혼자 옥상 난간으로 나오고 잠시 뒤 폭주족 청년이 그녀와 함께하는 장면에서는 마치 광고판이 거대한 영화의 스크린을 형성한 느낌마저 준다. 바람은 불고 아친은 달리는 차의 전조등이 줄을 잇는 도심 거리를 내려다본다. 붉은색과 녹색, 흑과 백이 NEC, 日本電氣 등의 기호와 함께 번갈아가며 연출하는 그 도시의 우연한 스크린은 마치 이들을 알게 모르게 감싸주고 있는 것도 같고, 이들이 끝내 그 감쌈을 알 수 없다는 점에서 차가운 소외, 메워지지 않는 단절을 보여주고 있는 것도 같다. 사실은 어느 쪽도 아닐 것이다. 세계의 표면과 배치를 그렇게 보는 것은 오직 에드워드 양의 카메라일 뿐이다. 두 사람은, 혹은 옥상의 부유하는 젊은이들은 끝내 저 건너편 스크린에 가닿지 못할 것이다. 그 사이에는 다만 점멸하는 빛이 있을 뿐이다. 그렇다면 이것은 혹 영화의 슬픈 존재론은 아닐 것인가. 그런 것은 알 수 없는 대로, 이 시퀀스의 숏들에는 인물들의 직접적이고 즉각적인 감정을 보존한 채로 그것을 세상이라는 장소 안에서 다른 무엇으로 연결 짓는(혹은 넘어서게 하는) 힘이 있고 아마도 내 마음이 흔들렸다면 그 때문이리라.

아친이 그렇게 빈 건물의 옥상에서 밤을 보내는 동안 아룽은 친구의 가라오케에서(아룽과 아친이 꾸는 탈출의 꿈으로서 '미국'이 서사의 한 축으로 나오기는 하지만, 영화는 젊은이들의 취향이나 타이베이의 문화적 지형에서는 '일본'이 훨씬 더 강력한 기호로 작동하는 걸 여러 층위로 자연스럽게 보여준다. 대만 뉴웨이브 영화는 근현대의 한국인 역시 그 속에 긴밀히 붙어 있는 지정학적 세계의 영화라는 점에서 여타의 내셔널 영화와 공감의 기반이 다른 것 같은데, 한중일이라는 울타리 안에서도 한국과 대만이 공유하고 있는 역사적 문화적 감각은 특별히 깊은 듯하다) 꽤 큰 판돈이 걸린 카드 도박을 하고, 자동차까지 넘긴 뒤 깊은 밤의 도로로 나온다. 영화 마지막에 아룽에게 어처구니없는 비극을 건네는 그 밤의 도로와도 이어진 것처럼 보이는 그곳에서 택시를 잡지 못한 아룽이 한 손에 가방을 든 채 함성을 지르며 도로 한복판을 질주하는 신은 흔한 청춘 영화의 클리셰 같기도 하지만, 내연하고 있던 불안을 과묵하고 나직한 말과 행동으로 눌러온 아룽으로부터 얼굴과 몸 전체로 터져 나오는 혼신의 폭발을 이끌어내고 있다는 점에서 충분히 신선하다. 남성적 강인함과 묵묵한 순함을 함께 지니고 있는 허우 샤오셴의 둥근 얼굴이 신 전체에 주는 힘도 적지 않다. 영화를 다 보고 나면 아룽의 짧은 삶에서 어릴 적 리틀야구 시절의 환희 말고 긍정적인 쪽이든 부정적인 쪽이든 그런 감정 폭발의 순간이 그리 많지 않았으리라는 생각을 아프게 되짚게 된다. 허우 샤오셴은 에드워드 양 감독의 첫 장편영화 「해탄적일천」[1983]에서도 조연으로 나왔고, 「타이페이 스토리」만 하더라도 허우 샤오셴 외에 대만 뉴웨이브의 친구들인 커 이정柯一正, 우 녠전吳念眞 그리고 감독 자신까지 배우로 등장하는 등 서로 간의 협업은 초기 대만 뉴웨이브에서 불가피하고 자연스러운 관행이었던 것 같지만, 적어도 이 영화에서 허우 샤오셴은 온전히 한명의 충실한 배우다(「하나 그리고 둘」에서 주인공 NJ 역을 맡은 중년의 우 녠전의 경우가 그러하듯이, 「타이페이 스토리」도 아룽 역을 한 젊은 허우 샤오셴 없이는 성립하기 힘든 영화일 것이다). 허우 샤오셴은 조금은 과거의 시간에 더 사로잡힌 채 불안한 현재를 살아가는 1980년대 대만 젊은이의 시간을 그의 걸음

걸이와 몸짓, 조용한 표정과 낮은 언어로 납득시킨다.

　사실상의 데뷔작인 「해탄적일천」에서는 잦은 플래시백 탓인지(실비아 창이 연기하는 가리의 회상에는 남편의 실종을 둘러싼 이야기가 또다른 플래시백으로 삽입되기도 한다) 영화적 리듬에서 약간의 어색함도 있었던 것 같고, 인물을 따라가는 카메라의 거리나 구도, 화면의 질감에서도 관습적인 지점을 벗어나지 못한 대목이 꽤 느껴지기도 했다면, 2년 뒤의 두번째 작품 「타이페이 스토리」는 나중에 「하나 그리고 둘」에서 완미와 원숙에 도달한 에드워드 양의 영화적 스타일이 이미 전체적으로 상당한 정도 자리를 잡았다는 느낌을 준다. 에드워드 양 혹은 허우 샤오셴이 각각의 영화적 개성과는 별개로 공유하고 있는 대만 뉴웨이브의 정신이랄까 지향을 내가 이해하고 있는 수준에서 거칠게 떠올려보자면, '삶을 찍는다'는 것쯤이 될지도 모르겠다. 사라지고 변전하는 시간의 느낌을 보존하는 가운데 쉽게 규정될 수 없는 현재의 인간사를 가급적 그 실제의 리듬과 모습에 가깝게 담아내는 것. 그때 영화의 미학은 유동하며, 거듭 다시 시작되는 삶의 감각을 포착하기 위한 최선의 방법이자 결과로만 주어질 수 있으리라는 믿음 같은 것. 그러나 사실 이처럼 막연하고 어려운 일이 어디 있겠는가. 「타이페이 스토리」에서 연인 아룽과 아친의 관계는 아친의 새 집에서의 두 사람의 일시적 동거나 미국행 계획, 갈

등 뒤 아친의 청혼 등 표면적인 결속의 계기가 제시되지만 영화 내내 불안하고 모호한데, 두 사람 모두 완전히 떨치지 못하고 있는 또다른 연인과의 관계나 여타의 문제들이 계속 개입해 들어오는 탓일 테다. 이 관계의 풍경을 특별한 극적 드라마에 기대지 않고 그이들이 겪고 있는 나날의 시간, 불안과 회의, 회한과 결의가 오가는 삶의 감각 안에서 찍어내기로 했을 때, 우리가 보게 되는 「타이페이 스토리」의 느리고 머뭇거리고 배회하는 영화적 리듬이 나왔을 것이다. 아친은 자주 웅크린 자세로 거실의 벽에 기대 있거나 베란다 너머 도시의 풍경을 본다. 차를 운전할 때, 그 조용하고 조심스러운 움직임은 너무도 아룽의 것이지만 동시에 정확히 영화 전체의 리듬 같다(중화민국만세, 국부만세의 전광 글씨가 번쩍이는 밤의 타이베이를 질주하는 폭주족 젊은이들의 속도 또한 이 영화가 감당해야 할 세상의 리듬이겠지만).

그 느리고 조용히 움직이는 차에 (의도적인) 추돌 사고가 나야 겨우 영화는 야구의 꿈을 접고 택시기사로 힘겹게 생업을 이어가는 초등학교 동창 아킨(우 녠전)의 이야기로 옮겨가면서 아룽의 것이기도 한 희망의 비껴감을 말한다. 아친의 밤의 옥상 신 다음에 아룽이 아킨의 누옥을 찾아 친구와 술을 마시는 신이 교차 편집으로 붙어 있는데, 그 쓰라림을 어찌 말해야 좋을지 모르겠다. 아룽은 지저분한 벽에 기대 앉아 있고,

아킨은 잔뜩 구부린 채 등을 보이고 앉아 있다. 문가 쪽에는 아킨의 어린 아이들이 서 있다. 아킨은 도박에 빠진 아내가 가출했으며, 결국 스스로 목숨을 끊었다고 알려준다. 처음 도로에서 택시 운전하는 아킨을 만났을 때, 집까지 함께 간 아룽은 어려운 집안 형편을 보고 나오면서 아이들에게 뭐라도 사주라며 주머니에 있던 돈을 친구의 손에 쥐여준다. 청매죽마, 혹은 죽마고우로 자라며 함께 키워왔던 꿈은 그렇게 부서지고 있었다. 두번째로 아킨의 집을 방문한 날은 아이들을 버려두고 도박판에 앉아 있는 부인을 집으로 데려오려 한다. 아이들을 한쪽에 둔 채 한 사람은 달아나고, 한 사람은 뒤를 쫓는다. 이 슬픈 소란을, 카메라도 가까이 갈 수 없었던지 멀리서 바라본다. 그러니까 이번에는 부인의 죽음을 전하며 흐느끼는 아킨이 그의 앞에 앉아 있다. 화가 난 아룽은 왜 우냐고, 이제 아내 없이 혼자 살아내야 하잖냐며 친구를 일으켜 세운다. 일어나라고, 고함을 지른다(그 순간 아이들의 놀란 울음소리가 들려온다). 그때 아룽의 머리 옆으로 백열등 전구가 가려지면서 성난 얼굴이 어둠속으로 잠겨드는 숏은 아무런 상징도 아닌 채로 보는 이를 막막하게 한다. 나중에 피를 흘리며 아룽이 도로변에 주저앉았을 때 고함소리는 그 자신에게 돌아와야 하지만, 돌아오지 못한다. 그 어둠의 도로에는 아무도 없다. 쓰레기와 함께 버려진 텔레비전에서 1969년 리틀야구대회 대만

우승 소식을 흥분된 목소리로 전하는 푸르스름한 흑백 화면이 환영과 환청으로 재생될 뿐이다. 얼마 전 「타이페이 스토리」를 극장에서 본 한 선배는 이 텔레비전 장면이 약간 이상하더라는 말을 했다. 다소 감상적이 아니었냐는 의미였을 테다. 그러나 그것은 이 영화가 아직은 패기 넘치는 젊음의 소산이었다는 뜻일지도 모른다. 그러니까 그것은 너무 일찍 도착한 상실의 노스탤지어가 아니라 일어나라는, 일어나 다시 걸어보라는 영화의 일깨움이었는지도 모른다. 영화의 힘에 대한 믿음 같은 것. 간혹 세상을 웬만큼 알아버린 노숙한 표정이 깃들긴 해도, 허우 샤오셴의 얼굴은 젊고 싱싱하다. 에드워드 양의 「타이페이 스토리」는 어떻게 해도 대만 뉴웨이브의 의욕으로 출렁이는 젊음의 영화다. 에드워드 양 감독이 카메오로 출연하는 다트 장면을 떠올려본다. 미국 물이 잔뜩 든 채 젠체하는 알렌 역의 젊은 에드워드 양은 어수룩해 보이는 아룽 역의 허우 샤오셴이 다트 게임에서 연신 표적을 빗나가자 왕년에 야구선수였다면서 그 정도밖에 못하냐며 비아냥거리고, 결국 참지 못한 아룽은 폭발한다. 엉키면서 치고받는 두 사람. 꽤 제대로 싸우는 것 같다. 이 바보 같은 장면이 왜 그리 우습고 가슴을 데우는지 모르겠다. 2019년 극장에서 1985년의 「타이페이 스토리」를 본다는 것은 그런 일인 것 같다. 금방 또다시 가슴이 시려온다고 해도 어쩔 수 없는 일이리라.

3

청매죽마의 친구들은 다 버거운 젊음의 시간을 지나가고
있다. 희망은 어긋나게 오고, 사랑도 그러하다. 어느 날 자신
들이 자라난 도시가 낯설어지고 거기서 이방인이 된다. 폭주
하는 청년들의 속도 역시 그 시간에 눈을 감으려는 안간힘인
지도 모른다. 그러거나 불 꺼진 거실에서 헤어진 뒤 서로 다른
밤을 보낸 연인에게도 또다른 아침이 찾아온다. 아친은 결혼
이야기를 꺼냈지만 아룽은 혼자 생각할 시간이 필요하다며
끝내 연인의 집을 나섰다. 에드워드 양의 영화에서 연인들은
서로 마주보고 있기보다는 자주 비껴 서 있다. 아친이 아룽 옆
에서 머리를 기대고 앉아 텔레비전을 보는 장면은 뒷모습으
로 잡혀 있는데, 아룽의 몸과 시선이 다른 외로움의 자장 속에
있는 것이 느껴진다. 「고령가 소년 살인사건」에서 샤오스는
샤오밍을 정면으로 바라보지 못하고 바닥에 시선을 둔다. 「하
나 그리고 둘」에서 NJ도 딸 팅팅도 사랑을 끌어안지 못한다.
앰뷸런스가 아룽을 싣는 숏 뒤로 벽에 기대 옹색하게 잠든 아
친의 짧은 잠을 깨우는 전화벨 장면이 이어지지만 아직 아룽
의 소식은 아니다. 아친은 아룽의 죽음을 모르는 채 새로운 일
을 시작한다. 아친이 이사할 곳을 찾아 빈 아파트를 둘러보는

두 연인의 모습에서 시작된 영화는, 아친의 전 상사가 새로 사업을 시작하게 될 사무실의 텅 빈 공간에서 끝난다. 처음 아친과 아룽 두 사람은 함께(그러나 약간 비껴선 채로) 텅 빈 아파트 거실에서 베란다 너머 창 밖 풍경을 바라보고 있었지만, 지금은 아친 혼자 사무실 밖 도시의 풍경을 바라보고 있다. 어쨌든 이게 또 하나의 새로운 시작이 될 수 있을까. 여전히 아룽의 소식은 도착하지 않은 채로.「고령가 소년 살인사건」에서 샤오밍은 샤오스에게 말한다. "네가 날 바꾸겠다고. 난 이 세상과 같아. 세상은 변할 수 없어."「하나 그리고 둘」에서 팅팅은 꿈속에서, 깨어난 할머니의 무릎에 머리를 기대고 말한다. "할머니, 왜 세상은 우리 생각과 다른가요? 이제 깨어나셨으니 세상을 보세요. 바뀐 건 없나요?" 샤오밍이나 팅팅만이랴. 누구에게나 이런 답 없는 반문, 물음은 언젠가 돌아온다. 다만 한가지는 말할 수 있겠다. 에드워드 양의 영화는, 그리고「타이페이 스토리」는 세상의 완강함과 시간이 일으키는 변전과 부식, 접히는 희망, 그럼에도 끝내 다시 돌아오는 시작의 순간을 바로 그 완강한 세상의 표면에서 변전하는 세상의 리듬과 함께 응시하려 한다. 삶에 대한 전체적 느낌이 함께하는 그 순간순간에서 사람들은 예정된 듯한 좌절과 실패 쪽으로 갈 때조차 이상하게 아름답다. 그리고 슬프다. 이 진지하고 묵묵하고 예리하게 빛나는 작업이 그의 이른 죽음으로 더 오래 지속

되지 못한 것이 안타깝다. 우리는 여전히 그의 영화를 통해 세
상을 보지만, 그는 여기 없다.

서로의 등을 바라보며

초판 1쇄 발행 / 2023년 8월 31일

지은이 / 정홍수
펴낸이 / 강일우
책임편집 / 이진혁
조판 / 박지현
펴낸곳 / (주)창비
등록 / 1986년 8월 5일 제85호
주소 / 10881 경기도 파주시 회동길 184
전화 / 031-955-3333
팩시밀리 / 영업 031-955-3399
          편집 031-955-3400
홈페이지 / www.changbi.com
전자우편 / lit@changbi.com

ⓒ 정홍수 2023
ISBN 978-89-364-3930-9 03810